戏子匠

中短篇小说集

吕翔宇 著

陕西新华出版
陕西人民出版社

图书在版编目（CIP）数据

戏子匠：中短篇小说集 / 吕翔宇著. -- 西安：陕西人民出版社，2025. -- ISBN 978-7-224-15773-4

Ⅰ. I247.7

中国国家版本馆 CIP 数据核字第 2025N67T86 号

责任编辑：许晓光

戏 子 匠：中 短 篇 小 说 集
XIZI JIANG: ZHONGDUANPIAN XIAOSHUO JI

著　　者	吕翔宇
出版发行	陕西人民出版社
	（西安北大街 147 号　邮编：710003）
印　　刷	西安盛业印务有限公司
开　　本	880 毫米×1230 毫米　1/32
印　　张	10
字　　数	233 千字
版　　次	2025 年 3 月第 1 版
印　　次	2025 年 3 月第 1 次印刷
书　　号	ISBN 978-7-224-15773-4
定　　价	80.00 元

目 录

戏子匠……………………………………………1
上访的女人………………………………………64
站年汉……………………………………………116
金牛、改梅………………………………………181
手足………………………………………………202
人海………………………………………………210
羊倌………………………………………………230
姐妹发廊…………………………………………251
被折断的向日葵…………………………………264
麻袋里的女人……………………………………272
赛貂蝉……………………………………………282
洗澡………………………………………………291
墙洼洼上的相框框………………………………298
老支书：向我开炮………………………………301
一碗水端平………………………………………306
拐沟往事…………………………………………311
桃花红杏花白……………………………………314

戏 子 匠

一、秦腔名伶

杨秀英老了。

杨秀英老了！头发白完了，长的长短的短，蓬蒿一般遮蔽住了双耳和脖颈，那可曾是三股子绕起的齐腰麻花辫啊！散开后包起大头，插上各种头搭，那可曾是炸开戏场摊子的法宝啊！当初披挂上阵的腰身，如今佝偻着略显羸弱地支在两条颤巍巍的瘦腿上，那可曾是两条能够轻松扳起朝天蹬的腿啊！微微颤抖的双手互搭着，拄一根戳在胸口的枸子棍，那可曾是耍着水袖、挥出流水行云的双手啊！

谁也不会联想到，"边墙"岭上，这个眼神呆滞的农村老妪，曾是秦腔名伶。

有一位戏曲名导说过："将军马革裹尸，伶人戏装咽气。"显然杨秀英的生命不会如此幸运、如此悲壮，恰恰她的多半生都透着悲催、悲凉、悲凄、悲惨。

十二岁那年她第一次进县城，第一次听秦腔。

大幕拉开前，当司鼓挥动筷子样的鼓槌，击响热场所需的急促的鼓声时，她的眼睛就湿润了。当旦角披挂上阵，甩动水袖，跑开圆场时，她的泪就淌出来了。当悲怆的大秦之音，合着板鼓、铜锣、二胡、小镲娓娓道来时,她已泣不成声了。

回去后,她把土窑洞的石板炕当戏台,生硬地甩着袖子,挪着碎步,咿咿呀呀学着戏子匠的唱腔。

她告诉娘,她要去县剧团学戏,要当戏子匠。

娘回答她:"愣娃娃,家里祖坟没有冒出青烟,安生当农民,种地务农,练好针线活,过上几年就骑到毛驴背上,让吹手引到别人家去给人当婆姨去。"

她脸一红,不甘心。

在当时,在陕北的褐黄色的土地上,说书人随处可见,戏子匠却凤毛麟角,新社会的精神文化生活是要饱餐这些身怀绝技者的,没有人愿意把这些身怀绝技者划拨在三教九流的末尾。她娘巴不得她装扮起来,抖落一身尘土,光鲜亮丽地站在黑压压人群簇拥的舞台上光耀门楣。

像着了魔,她种地给地唱,放羊给羊唱,拾粪就对着驴粪蛋子唱。就第一次看戏学下的那几段唱腔、道白,反反复复,来来回回地唱。

终于,十三岁时,县剧团到他们乡上演出,她熟练的抛甩水袖姿势和极富天资的唱功,被剧团的师傅发现了。

后来,当她成角后,多次回来,站在那片千里马被伯乐赏识的土坪上,告诉身边的人,县城是她与戏结缘的地方,这里是戏与她结缘的地方。

十三岁的杨秀英进了剧团学员班。祖坟冒不冒青烟就看她吃得下吃不下这台后的苦了。

没有她想的那么风光,半年了,一字一句浑全的唱腔也没教下,就是各种练功,拔筋、马步、倒立等等,看似简单,却哪一个都够他们这群小娃娃吃一壶。她农村出身,苦倒是不怕,唯独拔筋让她哭过多次。揪得疼啊,太疼了,大腿根和腿弯子的筋都能揪断。她能够坚持下去的另外一个原因就是剧团的伙食相当不错。

成角后师傅张广志才告诉她,起初半年不教唱戏只练功是有目的的,都是剧团头目私下秘密定夺好的,故意为他们这一帮学员设下的套子,然后悠闲地呷着瓷缸子里的浓茶,看着、等着有人钻。没办法,靠关系进来的人太多了,而且多是些个不能吃苦的,多是县城里没怎么劳动过的干部家娃娃。这个行当,吃不了苦中苦,就做不了人上人。只有加大练功力度,才能像过筛子一样,筛下去一批歪瓜裂枣,留下一些真材实料。怪不得一个一个哭喊着要走,最后家里人拗不过只能让他们自己卷铺盖离开了。

她这才明白,原来要在名利场谋生不只是手到脚到,头脑也得活泛。

经过一番筛选后,人不多了,女生里面她算是出挑的,男生里头同样也有个出类拔萃的。这正是师傅张广志所期盼的。生旦净末丑,生行、旦行才是撑起一台好戏的支柱,甚至可以说,就是靠这两个行当的台柱子才能凑成一出好戏来,其余的都是敲敲边鼓,跑跑龙套,填补一些舞台效果而已。

十年后,杨秀英登台了,和男生班里面的尖子何占远搭戏,他们饰演的多是郎才女貌、才子佳人剧目中的女一男一。

有了新一代的台柱子,县剧团一时间名声大噪,出演的场次越来越多,上午还在邻县撤台,下午就又在哪个乡间搭台。围在戏台下的观众对杨秀英赞不绝口,懂者喟叹她的字正腔圆,说她"唱腔稳健,道白紧靠'泾三高'"。功劳得算在她师傅张广志的头上。她师傅是地地道道的关中人,熟知"泾三高"。"泾三高"也就是泾阳、三原、高陵一带的说话语调。

不懂者啧叹她扮相栓正，说她"脸蛋俊，身子端，赛贵妃，比貂蝉"。

男一自然稍稍逊色一些，且多是沾了杨秀英的光，常常被观众误认为是现实中女主角的丈夫，便也爱屋及乌。

何占远是个懂得逢迎的人。在他们的师傅张广志还不是剧团团长时，他就常常提着师傅的暖壶替师傅打热水，自己不舍得吃穿，攒下钱来给师傅买烧酒。现在师傅当了团长，他在剧团自然如日中天，红火得很。用同门师兄弟的话说，"那娃娃现在红得尿血哩"。

十年串练（锻炼）下来，杨秀英也不是那个对着驴粪蛋子唱戏的憨女子了，置身在剧团小社会里，水涨船高，不变精都不由她。

要说更为明显的变化，她的身型样貌才是值得叙述者大处落墨的。高挑丰腴的身姿印证了剧团伙食好的事实。的确，她的几个生活在守堡城子村的弟弟妹妹，个个瘦小、羸弱。她这样的身段怎能不赢人，是个男人就会拜倒在她的波涛汹涌巍然高耸处，谁都免不了会有一阵楚云湘雨、风花雪月的臆想。脸也长开了，当初离得比较远的一双大花眼，如今妥妥地沉浸在那张盘盘脸上，一齐汇聚出摄人魂魄的光束来。后头顶扎起粗粗的一根麻花辫，宛若水蛇萦绕在她柔软纤细的腰肢间。抖开麻花辫，盘起散发，包大头上点缀些个闪闪亮亮的头搭；扯起额头，提起眉角，底子与扮相叠加而出的妩媚啊！当锣、鼓、镲、板胡一再叫嚣，呼之欲出的那一刻，当她在后台装饰半天、披挂上阵的那一刻，当粉饰后的、超脱了现实的、演员与角色融合为一体的盛世美颜一经亮相的那一刻，整个戏场的嘘声、哨声、掌声、叫好声淹没了一切舞台合奏出的乐器混响。开门一炸，且不说唱腔功底，且不说武旦技艺，已经稳住了台面。

杨秀英就出脱成了这样一位美人儿了！

"近水楼台先得月。"

何占远每天早早就起床了，不练功也不吊嗓子，把前一天晚上就打好的热水倒在脸盆里，埋下头把水撩在自己的偏分头上，搓开香皂，指尖不停在头发里揉搓。天一亮他就要和杨秀英对戏排练，油头垢面怎么能行。他努力把自己变成一个清爽的男人，至于那份用心，其他人感不感受得到他的良苦，无所谓，他只要心仪者能够觉察便心满意足了。专业方面，他极力融入角色，把爱恨离愁饰演得入木三分。有的时候甚至忘记了是在演戏还是在现实中，爱起来相濡以沫，恨起来深入骨髓。年轻的心敏感而深情。杨秀英稍稍冷漠些，他就一蹶不振，借酒消愁，常常半夜还在剧团大院醉生梦死地吼秦腔。杨秀英多给他施舍几分绵绵情意，他就像个孩子，对谁都喜笑颜开，即便是路上遇见个生人也要殷勤地嘘寒问暖几句。好在，他们在剧团多数人眼里，就是一对儿能够撑得住剧团门面的金童玉女，大多数人似乎都有意识在促成一段佳话。

既然在剧团好多人眼里他们是一对儿，那么好多事就应该由他来做，而每次演出装台归置、拆台收装，杨秀英身边总免不了有些个极具爱心的人士，他们无论冬夏，都抢着帮她收拾、归置衣物，帮她卸车、装车，她就只能感激地站在别人身后一个劲地道谢，一个劲地笑。下苦出力都轮不到他，敏感的他就索性躲得远远了。

他和杨秀英并没有实质性的进展，台前幕后完全不同。他们只不过是对儿舞台情侣、众人眼中的金童玉女罢了。可他已经将演戏和现实含糊不清了，已经混淆为一体了。杨秀英就是他何占远的婆姨,谁也不要削尖了脑袋见缝插针,谁也不要举起镢头掘他的墙角。在他看来,给杨秀英帮忙的,一个个殷勤得令人作呕的人,都是不怀好意的,都是准备一餐秀色的,是流氓,下作,是他的眼中钉肉中刺。她太美了,美得无人不知,无论是县革委会、公社革委会的干部,还是农村的支部书记,抑或普通的劳苦大众,她都情长地笑格盈盈地站在他们身后,关心问候的话不断,也配合他们嬉闹。她倒本事不小,能够把第一次见面做出第十次见面的熟知感来。这怎么行,这个女人处处留情,还怎么做他何占远的老婆,得让她专心实意只对自己好,像在舞台上搭戏那样,眼中再无旁人。

  杨秀英傻吗?一点也不傻。她十三岁进团,如今已经过去了十多年,在一个需要时时处处竖起耳朵、擦亮眼睛的地方摸爬滚打,不易啊!你以为你只有一副好身段、好嗓子就能够出类拔萃,就能够霸住舞台的正中央吗!?十多年了,什么事她不谙熟,什么手段她没用过。没办法,要生存啊!在她学戏的第二个年头,也就是1958年,回了一趟家,家里的一切都没有变,每一口吃食都要在土地里刨挖,日子和她离开时一样苦焦。自那个时候起,她就下定了决心:刻苦学戏,吃公家饭,当公家人,无论如何不回村,不当农民。别人卷起铺盖走人,距离她的成功就越近。吃苦的关好过,世道的事难办。尽管你不吭声地扳朝天蹬,尽管你不作响地拿大顶,尽管你日日鸡叫就练习唱功,可你的命运仍然抓在为数不多的几个人手里,谁也不敢得罪,谁咱也惹不起,叫咱干啥咱干啥,就差陪睡了。后来,在饭局酒局中,她明白了,团领导的命运也拿捏在为数不多的几个人手里,她呢,只不过是团领导攀附别人时顺手抓的一把蒿草。团领导估计无暇细细琢磨,他们不也是她攀登舞台正中时抓住的一把蒿草吗?在团里有靠山,戏就宽了,况且她的能力水平有目共睹，足以服众。在她看来世上每一个人都是有用的，即使你不用他，并不代表你要用的人就不用他。环环相扣，门门道道复杂着哩，都是她的经验之谈。今天跑来帮你提包抬箱子的人，无论是吃公家粮的革委会主任也好，还是拄着讨吃棍的穿烂棉絮袄子的泥腿把子也好，都不敢看轻了，她都一视同仁，礼貌待之，绝不像团里其他的有几分姿色的戏子匠，她们见人说人话，见"鬼"躲着走。事实证明她的观点是对的，在她落难时就印证了。后话不提。

"林子大了，什么鸟都有。"来帮忙的好心人里，不光有热衷秦腔的戏迷，更不乏一批狂热的追求者。这才是何占远操心上火的根本原因。有些人在杨秀英面前，口无遮拦，说些个调戏挑逗的粗俗话，但见她还笑，那些人就蹬鼻子上脸，有时竟然会趁着她不注意伸一把"咸猪手"，她还是无动于衷。他真想举报了这些人，让把他们这样的流氓抓起来丢进去。

不能继续"起步走"了，得"跑步走"了，再这么下去，黄花菜就凉了，熟鸭子也飞了。此后，每次装台归置、拆台撤场，他都挤在人前，让别人插不上手。他心细了，细得好比蜘蛛丝，甚至能够通过她的举动，洞察出她是否处在例假时期，每遇那几天，杨秀英的杯子里就没断供过热红糖水。他攒下钱来，为她买丝巾，买她从未穿过的无比丝滑的的确良衬衫。然而这一切他精心做下的却并未换来杨秀英的芳心，所得到的与其他追求者所得到的恩宠待遇差不了多少。唯独他们双双扮起装束，站在舞台上，那份满足才那样真切，可那毕竟是戏，是角色需要。

对于一个情窦同样初开的、一个没有家庭负担的、一个生活上没有羁绊的、一个还不到事业攀爬期的男生而言，恋爱的求而不得完全可以算作是一大苦楚了。心情一阵低落一阵高昂的。

一天,他提溜着两瓶子烧酒,买了只庄户人养的土鸡,趁着暮色去了师傅张广志家。师傅住在剧团练功场的一个拐角处,那里只有一排五孔砖窑,并且三孔都堆放着服装道具杂物,不住人,是个安静的去处。这两孔套间窑也算是给予团长的一个优厚待遇吧。师母取了一两酒,点燃,燎起了她刚刚杀死煺毛开膛后的白格生生的土鸡,接着三下五除二就把它剁成了小块。师母是一个泼辣麻利会持家的不要男人干一点家务的农村出来的女人,师傅看中她的正是这个,用剧团人的话就是:"团长待遇高,十指不挨地。团长老婆人强,'职称高'。"对于一个男人来说,这很重要。

鸡肉炖好了,两间套窑里香气四溢,在两个人酒过三巡正好需要填充满是烈酒的肠胃时,被"高职称"端了上来。看着他们师徒开始有滋有味地吃开时,"高职称"又退回了里窑。

何占远眯着眼睛,边吃边向师傅诉苦。

"师傅,你命真好,师母茶饭一流,把你照顾得周全。我啥时候能成个家噻,在家里也有口热乎吃的,炕头上也有个暖被窝的人。不瞒您说,我其实……"

何占远说着说着停住了,他倒是想说自己其实也有了对象,转眼又一思忖,自己算哪门子有对象,只不过是个卑微的追求者而已。张广志心知肚明,只顾着吃,他等着徒弟接下来的话。

"其实,其实我也有人,只是还没说透来,过上一半年就明朗了。就是……咱们团杨秀英,师傅觉得咋样?大事我必须……必须得向你汇报,必须征求你意见的。"

张广志意味深长地吐了口气,放下碗筷,然后提起酒杯举到徒弟面前,不说话的酒杯似乎在替举着它的饮者表达了感谢,感谢他把人生大事拿出来让自己裁决,不,不是裁决,是准备把他的话当作意见,好用来做出裁决。那他就有一说一,哪怕说出些徒弟不爱听的话也得说,不说将来徒弟必当埋怨自己不够坦诚。此刻,他又一次在徒弟面前放下官架子,诚挚地说:

"娃娃,婚姻不像吃饭穿衣,这顿没吃好咱下顿好好吃,这件衣服小了大了的,咱下次买个合身的。婚姻啊,一人一个命,一人一段姻缘,有老天关照的,有自己争取的,完全说不准。至于你选择的人,师傅早就打听了,人没问题,肯吃苦,得是?是个唱戏胚子,得是?我从小看着你们长起来,那娃娃的天资在你之上,好在你们两个性别不同,生路不同,要不哪有你的戏路子,你怕只能给人家垫脚,当个配角了,得是?……"

张广志滔滔不绝,只谈些专业方面、业务范畴。他能从一个单丁独户做到今天的功成名就,成为一个县最专业的秦腔"班主",没三下两下怎么行。该说的总归要说,他早就头脑清晰地罗列出来说话的顺序。先扬后抑,徒弟面也顾及了,该说的也说了。

"那娃娃是人精,按说一个超越别人、能够站在戏台中间的人,是要得罪不少师姐师妹的,而她能做到让谁也不嫉妒、不羡慕,这就很难很难了,得是?算优点,也算缺点吧,娃娃太灵了。也看你怎么归置自己的生活哩,是想做个好胜心强的掌柜呢,还是安安生生过日子呢。这话就两说了,你要是很小气很在意的话……那她可能会不服从你的,她有她的目标,是个有道行的女娃,得是?她有思想哩,人样也好,追求者也多,而且会为自己铺路架桥。若你想安安生生过日子,两耳不

戏子匠

— 9 —

闻窗外事，那这女娃就是最上乘的选择了，要模样有模样，要名气有名气，美着哩，得是？"

话到此，显而易见，师徒二人便转移了话题，继续推杯换盏。

海量，两个人几乎一人一瓶，除了燎鸡倒去的那一两酒。张广志够沉得住气啊！直到最后神智被酒拿捏了一半，才把过段时日能讲的话提前做了剧透。

"副团长要被撸了，出了些作风问题。这是内部话，你知我知，说出去对谁都不好。"

何占远正好奇、惊奇师傅怎酒后也爱八卦别人时，又一个霹雳犹如在晴空响起。

"我已经在全力推荐你上！组织基本认可。话就到此打住，出了这个门就当没这事。事以密成，语以泄败，得是？"

有头衔好，有头衔好，这头衔将会成为一件制胜法宝、利器，劈开阻挡在他爱情路上的荆棘，也将拉开杨秀英悲戚一生的序幕。

二、不疯魔不成活

杨秀英成了。

如今的杨秀英成了，宛若暴戾的山洪，倾泻而出，过境处草木无不倾倒、拜倒在她的浪涛里。谁能料想得到，这洪水里的每一滴都是突破层层屏障，从守堡城子的山缝缝里渗出来的，然后汇成小溪，涓涓流淌，流进县城，在那里积蓄了整整十年，才集结成了这样吼叫着的冲毁堤坝的山洪。

一个如日中天，一个不温不火。何占远焦躁郁闷，郁闷的倒不是自己登台唱戏不温不火的事，他压根就没有想和谁比，更不会和杨秀英争什么台柱子。先头心里没事，该吃吃，该喝喝，现在师傅告诉他有望提拔后，反倒心神不宁，夜不能寐了。心太小了？好像也不是。每个清早起来，洗头搽油，依旧。杨秀英的大凡小事，跑前跑后的还是他。只是他和杨秀英的距离仍旧不远不近。那纸任命啊！快下发吧，不要再折磨人了，拿着它，只有拿着它，杨秀英、何占远才能日月同辉。那时不定谁是"日"，谁是"月"哩。师傅透漏这事已经有些个时日了，迟迟没有下文，就连占着副团长位置的那个有作风问题的也下台了，咋回事，他夜夜枕着双手想象各种可能，他也曾好几次试探地问过师傅，张广志就一句话："事以密成，语以泄败，得是？"

杨秀英火成啥了，山洪暴发了，无论大川小沟都给它灌得满沿沿介，巨浪翻滚，谁也阻拦不住。谁能拦住?！爆火得让他有些望尘莫及，同为主角，戏份上不相上下，杨秀英出场，台下骚动，叫好连连，而自己出场，只瞅见些个嗑瓜子谝闲传的。不应该，学戏唱戏十几个年头了，扮起武生来怎么就稳不住个台面，回回卖足了力气，跟头一连串地翻，咋个就比不上人家侧帘一登台、一亮相所引起的轰动、骚动。如果杨秀英只是个跑跑龙套的小角色，还会把尾巴翘在半空对他不远不近吗？还会是一副漠然的样子吗？

正当何占远的"爱情"进入焦灼状态的时候，他日思夜盼的一纸公文下来了。张广志的努力没白费，为了徒弟的提拔，他着实出了几身水啊！他不愿早早吐露是担心年轻人不够沉稳，怕他压不住，还是谨慎好，弄不好还引火烧身哩。人逢

— 11 —

喜事精神爽。何占远的愁眉和苦脸不见了，手轻轻背在身后，多少还有些不习惯、不自在。大院里打招呼的人一喊他"何团长"，就由不得喜上眉梢，笑格盈盈和人聊半天，其间总忘不了干咳上几声，好使得声音听起来干脆利索，更像这大院里的二把手人物。杨秀英比以前殷勤，"何团长"喊得悦耳动听，笑得跟开了花似的，见了他甚至有些局促，双手互相搓着，尽管他在杨秀英面前没有显示出一点领导的架势来。何占远背搭的双手撩开了，不单单是收起了官架子，他一刻也没有忘记自己仍然是一个追求者身份，为了打破这种在他看来奇怪的相处模式，他"责令"她：人后必须还叫他"占远"，抑或后面加上一个"哥"字。哪里是责令，话语里竟生出些俏皮。杨秀英知道何占远对自己显示亲和有着什么用意，但她不能得寸进尺，领导已经放下了场面上的架势来接近自己，不能不知趣，毕竟那一纸任命公文是盖着红坨坨章子的啊！她敢不听？人前人后她都不，绝不，何团长就是何团长。

真好！当官真好！以前不"尿"你的人，瞧不上你的人，都服软了，低头哈腰，就连些平时不来往的"生葫芦"蛋子，此时都削尖了脑袋往你身上贴。怪不得人们说"尿盆子搁在碗架上还当碗用了"，何况他，一个白光光的青瓷碗，应该放在博物馆的玻璃柜子里去。今非昔比，倒不是他何占远把戏唱红扬了，更不是如今身上笔挺的中山装，以及中山装上口袋露出笔帽的钢笔。现下你就是"精勾子跑脱"，人们一样毕恭毕敬，还说你身上"皇帝的新衣"款式好哩。

实话说，现在她开始注意他了。何团长干干净净，清清爽爽，人未到，一股子香皂味就先来通禀了。他们算是青梅竹马,两小无猜,十三四岁进团,转眼十多年了,师哥都混成了二把手,自己一番打拼下来,也算当红的秦腔名伶,戏里戏外相得益彰。回想起种种来,自己确实格局小了,视野窄了。唉!一个农村女子,瞎猫撞见个死耗子,误打误撞居然在这一行当里混得风生水起。那你也不敢飘飘然啊?戴上头搭你就高人一等了?你就英雄忘了出身了?你就眼睛长在脑门顶了?还说你精怪,会来事,你竟然无视别人一番番美意,你竟然有眼无珠不识泰山。

1974年,杨秀英嫁给了何占远。

1975年,杨秀英生子复出。如果还用一沟山洪来比杨秀英,那么复出后的她算是经历了陡壁断崖。看!浪涛奔流而下,雾气缭绕,云海茫茫,弥漫,升腾,激起碧浪又滔天,活力充沛,仪态万方,溅起香肌玉体,丽而不媚,秀而不娇!生完孩子后杨秀英愈发俊美了,走在黄土高原的小县城里,准能将所有爱慕倾心者的目光汇聚过来。她什么都不说,什么都不做,就足以撩拨得小城男人魂飞魄散。那些个婆姨女子钻在她身后,指头指着,操着一口本土特有的悠扬婉转的话音:"哎哟哟!天神神!生了个娃娃才成了背阴阴崖畔畔上的山丹丹花了,娇滴滴得能把人爱死!"

她又重新回到了戏迷朋友的视线里,又回到了无数爱慕者的视野里,无疑,再次亮相惊艳了所有人。她在戏台上咿咿呀呀地唱戏,台下三三两两的人勾着头窃窃私语,幸好,龌龊的不堪入耳的话语被侧台坐着的一帮子乐师连拉带敲带吹地压制住了。有人过过嘴瘾,有人则付诸行动。他们把这档子事当正事办,攀扯这那的,动用方方面面的关系,假借戏迷的虚伪外

衣，只为认识和走近杨秀英。她仍旧谁的面子也不伤，把每个人都当成日后可以攀附的抓手。现在丈夫是副团长了，政治同样是舞台，此台底下的观众可不比戏台子下的观众，他们满眼戾气，死盯着台上，你稍有差池，他们便扮上相穿上装，唱你没唱毕余下的戏。她得比先前更加八面玲珑，为了丈夫，为了自己，更为了自己怀抱的儿子。农村娃娃出山闯天地，能有她杨秀英这般光景势事的不多，祖坟的青烟都不知道冒出来几股子了，哪敢丢盹纳闷，稍有不慎分秒钟把你打回原形。

  杨秀英应付得焦头烂额，刚卸了妆下台，就又整装上场。她是角儿，走哪都是，只是舞台的角儿靠的是唱功、身段、扮相，忘我地投入在所要演绎的他人身上；酒局的场靠的是长相、灵活、量气，不需要忘我，本色出演，在可以听得到的赞美声中翩然若仙。她在以她认为的方式为这个家奉献，常常醉醺醺的，被人搀扶着送回来。每次她都婉拒别人好意，只让他们送自己到大门口，然后以一个副团长夫人的姿态，端直地跨进剧团大门。这一段路她走得稳健，为了不引来非议，为了不落下什么把柄在别人手里，为了给二把手的丈夫颜面，她完全能够克服天旋地转，完全能够战胜酒酣时千杯不醉时豪饮下肚的烈酒。

  一日便罢，长此以往，久而久之，何占远也发开了牢骚。怎么能不发牢骚呢！他一个大男人，一个副团长，成天扒锅燎灶，在每一个杨秀英出去参加酒局的晚上，他还要抱着娃娃，安抚这个因母亲不在身边而号啕大哭的婴儿。这到底是怎么了，自己当初怎么想的，鬼迷心窍？女人就是鬼，俊女人更是魔鬼，她们楚楚动人的外表就是魔鬼战胜男人的利器，温文尔雅，本本分分，都是魔鬼变身前伪装出来的表象，时机一旦成熟，她们必定露出獠牙，挥舞魔爪。被她们扼住、擒住的男人还少吗？他似乎幡然醒悟了，又似乎依然愿意蒙在鼓里。他想起师傅的话，是啊！"若你想安安生生过日子，两耳不闻窗外事，那这女娃就是最上乘的选择了，要模样有模样，要名气有名气，美着哩，得是？"完全看你自己怎么去看待生活了。此刻只有那看不见摸不着的头衔时刻在提醒他：你是一个副团长，在剧团大院"一人之下"，你得时刻摆正自己的位置，你得双手叉腰或将它们背搭在身后，你得眼观四路耳听八方，随时随地预备"指点江山"。然而呢，然而并非如此，他更像是一个主内的妇女，全身心地投入在了柴米油盐的生活里。

难道一个戏子匠的副团长对一个戏子匠还没办法吗！有几次他把儿子安顿好，等他睡熟后，叼起一支烟顺着院墙边边往大门口溜达，站在隐蔽角落里。比起生活角色互换带来的苦闷，披上夜色所看到的那一幕才更令他心碎。好一个不知羞耻的荡妇，你的腰肢在夜色的掩护下就能如此失去警惕吗？你是嫌夜色下那双罪恶的双手无处安放了吗？都到了家门口了啊，还是在国家机关的大门口，吃了熊心豹子胆下的酒了吗？把他何占远当什么人了，他可是这个大院里不用掰手指就能数得清楚的拿事人之一啊！

唉！男人啊，没主意的男人啊！他每一次都只阴了几天脸而已。不是他没有悍性，只是招架不住"魔鬼"的利器和魔鬼变身后的魅惑。那一刻他什么都忘记了。日子照旧继续过吧，反正他手握权柄，会有办法的。果然，杨秀英的Ａ组常常被Ｂ组取代，外出演出的机会少了，她只能站在院子吊嗓子、练发声了。剧团排练一直都会采取 AB 组模式，防止哪个组或者哪个人有个啥突发事件，好有个顶替，戏不能停，戏子匠心里清楚——"戏大于天"。

"戏大于天"，名家杨秀英的戏比天更大，可她万万想不到自己手握权柄的丈夫居然会挡在她登台的路上，并且给她堵得死死的。男人的自卑竟会生出这么可恶的损招，难道她把戏唱红火了还给男人把人丢下了？好你个何占远。自此他们一天一大吵，三天一打架。何占远始终不给她登台的机会。团长想出面劝阻，可又想想这不光是工作上的事情，牵扯着别人的家事，清官都难断，何必明知山有虎还往虎山去呢，安安生生端上茶缸子浧住呷几口不好吗？新戏谁也可以唱，差距又有多大呢，况且都是千锤百炼出来的，没有亮相的机会不也白白苦熬了多年吗。挡住你杨秀英的不是我这个一把手，冤有头债有主，任谁也不会把账算到他头上去。

主角好当吗？显而易见。苦与累将贯穿你的整个舞台生涯，生活有多美好，又何从晓得。杨秀英曾厌恶过唱戏，尤其唱一个台柱子的戏，整天也不敢多说话，养嗓子，累死累活一台戏。别人呢？轮到了，上场跑个一圈子，一台戏几乎都坐在后台，三五一伙谝着聊着。她就像个另类，坐在一旁倾听着他们说着各种关于男男女女的话题，只有贪婪地掩面一笑。苦和累啊！这么艰辛的感受，怎么就战胜不了名利之心呢？名利是会作祟的，让人麻木得忘记了远方，忘记了大树下还有遮蔽住烈日的阴凉，忘记了人生苦短。确实忘记了，名利作祟起来人又是钢铁，可以忍辱，可以负重，可以负重了再去忍辱，忍辱了再去负重，可以同时忍辱又负重。杨秀英如今不唱了，坐上了冷板凳，本可以放开了去诹，扯咸淡，了却此生苦短不也是幸运的嘛！杨秀英何尝不解其中味，可名利又是鬼怪，是会迷惑人心智的，让奋斗的人追着暗黑的洞穴，四处碰壁。有的人啊！就是做不到，做不到！比负重忍辱还困难了。本可以享受一番闲暇，此刻她却对任何话题没了兴致，除了早上还坚持吊吊嗓子，一天几乎不再说一句话。晚上没有一个囫囵觉，两耳全是板胡、锣鼓、笛子声，眼前是黑压压的人头，面孔却不再是一副求知若渴般听戏的样子了，是一副副狰狞可怕的样子，吓得她一身汗，实在绷不住了就一哆嗦，睡意全无。夜夜如此。实在熬不住了就出去喝一场大酒，把自己灌得烂醉，以致于在完全能够走得稳健的那段大门距离家的路上也打着摆子，跌跌撞撞。逐渐，杨秀英对戏也不再感兴趣，整天浑浑噩噩，醉生梦死。生活就此颓废、糜烂。

　　一个戏子匠倾注了十余载心血的舞台轰然倒塌了！不，不，不是舞台倒塌了。是她自己的志折了，名利变成了妖魔鬼怪。是她钻得太深？或者说艺术这个东西只有疯魔一般才能成活？才能造就一代秦腔名伶？是也，非也。说她亲手脱下戏服，为戏疯魔，不假。何占远不允许任何人玷污自己，双手自然而然地背搭在身后，殊不知却像个笑话一样，活在小城人们的茶余饭后。看着被亲手拉下舞台，如今痴痴傻傻的杨秀英，他没产生一丝怜悯，而是捧着那一纸赋予他权力的公文，想着如何与她划清界限。终于被他逮到了机会，剧团怎么能容得下一个作风轻浮的女人肆意妄为，不能徇私舞弊，大义灭亲才是最高的觉悟。

　　杨秀英被县剧团开除了。

三、破茧成蝶

县剧团不能再收留她了,她和这里再没有瓜葛了,这半年能够住在道具库房,也是师傅念及她在这里长大,怕她一时想不明白寻了短见。

怎么可能久留,人走茶凉,她不再属于这个地方了,无论你多么留恋。离开剧团,杨秀英跣脚徒步在大街上,失魂落魄,东倒西歪,一张苍白阴郁的俏脸藏在披散着的长发里。无论身处"人前人后",无论举止有多乖张,包括此刻已然彻底落魄街头,她都还是焦点,她都还会令县城里的陕北女人们惊诧,还会使她们发出陕北这一区域所特有的妖娆的惋惜:"哎哟哟!天大大!"这一句喟叹啊,道出了杨秀英此时的凄惨,道出了杨秀英从农村娃娃成长为秦腔名伶的不易,道出了杨秀英跌宕悲催的人生境遇……石板街变得无比漫长,她就那样漫无目的地行走着。着实漫长,如同她十三岁进团到如今离团所走过所有路的总和。道路两旁的景致俨然不同了,先前是戏迷夹道送出的热烈掌声,而今只有寥寥几人无尽的叹惜。无所谓了,经受了烈火炙烤,还有什么风雨不能应对呢。她茫然四顾,迈开双腿,也不知要去往何处,只想快快地驶离那一双双眼睛所投射而来的怜惜和那一张张嘴巴所鸣出的喟叹。

春寒料峭,惊雷唤醒了冻土里的生命,却消融不了她那颗布满坚冰的内心,仿佛只有不停地前行才能使她感觉到自己仍然还活在人世。她拨开遮挡在眼前的长发,苍白的脸庞在皓月下尝尽了悲苦,此刻的她多么像行将物化前尚还寄存在人间的天女。她隐隐觉得自己的生命正在匆匆扮上装束，最后一次合着锣、鼓、镲、板胡登台唱戏了，最后一次享受嘘声、哨声、掌声、叫好声，就要草草谢幕了。

不错，老天还算眷顾着她，没有曝尸荒野，临了还寻下了一处容身之所。天黑了，界限似乎都分辨不出来了，她将就躺在一孔大敞着没有门窗的窑顶不平整的土疙瘩摇摇欲坠的牲口草料窑里。是有些疲惫了，从天明一直走到半夜，磕磕绊绊，跌跌撞撞，还没有真正讨下一顿饭吃，就变成了衣衫褴褛的讨吃子了。

这一晚杨秀英睡得很香。梦里，开场鼓、暖场乐并未将她吵醒；梦里，她换下了绣着牡丹拖着长长水袖的华丽戏服，卸下了银光闪闪的头搭，拆开了包大头，将一头秀发披散开来；梦里，何占远大发慈悲让她上一出戏，要她饰演一个潦倒落魄的讨吃子。人生如戏，戏如人生。

当她眼皮上出现红光时，翌日的晨曦告诉她——还活着。一天一夜水米未打牙，她踉踉跄跄走出了草料窑，眼前是一个什么样的所在？这里住着什么样的人？她开始了思考，大脑从前一日的混沌中苏醒。

一群调皮捣蛋的小孩子向她扔来了土疙瘩，看来他们俨然把她视为了愣疯子。他们围在杨秀英周围，对着她新近磨破的无法遮体的衣服哄笑，无数土疙瘩统统朝着她裸露的一侧胸脯袭来。她怒了，奋力去追赶他们，正中下怀，那群孩子尖叫着、嬉笑着四散溃逃，不一会又聚拢回来，瞄准裸露的胸脯，丢起了土疙瘩。杨秀英彻底愤怒了，她拾起一根棍子，瞅准一个大点的孩子，朝他追去。这一追，杨秀英就是讨吃子、疯婆子了,把梦里刚才饰演的角色搬进了现实。她撩开腿跑,裸露的胸脯没有任何遮蔽,就那么在摞满垛草的庄稼场上荡漾。这群孩子一看这歇斯底里的架势,有些招架不住,纷纷跑回了家,把生产队烂草料窑来了个愣疯子的事告诉了大人。大人们提着扫帚从四面八方往草料窑汇聚。

杨秀英穿着虽破,但她的面皮仍然白皙可人,似乎没有一点愣疯子样,只像是个落难到此的贵妇。人们这才放下警惕,纷纷丢掉手里的扫帚,走近她。

"天神神啊!这不是陕西唔边的戏子匠杨秀英么!"

"是哩!是哩!嘎咋在这哩!"

……

人越聚越多,杨秀英被团团围在正中,有好心婆姨已经将自己的薄襟袄脱下来披在了杨秀英身上。当那颗胸脯重新被遮挡起来时,杨秀英也显得正常了。这倒好,把后到的一伙子男人悔恨坏了,他们都在责怪那个脱下了襟袄的婆姨:"嘎急啥哩!唔可是'边墙'唔边数一数二的俊戏子匠哩,能瞅一眼唔啥,真值咧。"

几个婆姨凑上去回怼道:"回去瞅你妈的去!"

杨秀英在几个婆姨女子的保护和搀扶下往庄院走去。

她低下头一手端碗,一手刨饭,要比狼吞虎咽更壮观,是在救命。她重新活过来了,麻木的头脑清醒了,委屈的眼泪在打了几个转转后终于决堤而出。杨秀英暗自感动,竟还有如此兼容并包的所在,难道她的"罪恶"在这样一个偏远贫瘠的土地上,就这样被赦免了吗?自己的双腿是受了祖师爷的指引了吗?祖师爷啊!你怎么这么会剧情反转,怪不得称你为祖师爷呢。既然命不该绝,那就重新来过吧。

昨天的她几乎绝望,行尸走肉一般,那双腿在不由大脑的控制下逆着二道川奔涌的河水,蹚过厚厚的塘土路,一跃上了"边墙"岭,继而又跨了过去,最后落脚在了"边墙"另一侧的甘肃地界上。

历经千年的秦长城,它似一道屏障,似一堵墙,横亘在陕甘交界,把人们所遭遇的苦难阻挡在了它所划定的界限。这一道岭,两省三县的民众亲切地唤它作"边墙"。那孔烂草料窑就镶嵌在"边墙"一侧,一个叫作元城子公社吕沟咀大队的地方。

吃罢梳洗后,杨秀英换上了农家妇女的花襟袄,被几个婆姨女子在石板炕中间团团围定。她的眼中噙着泪水,先前的呆滞就这样被滋养得有了生机。两个强婆姨自告奋勇,她们跪在杨秀英身后,各自手持三股子长发,不一会就在杨秀英的后脑勺扎起了两根粗粗的麻花辫来。

再看她,破茧成蝶!两条能够扳起朝天蹬的长腿,此刻正安详地盘坐在炕中,支起挺得笔直的腰板,展展拓拓,多么优雅自如;俊美的面庞,光光堂堂,犹如闺中待嫁的女子,连岁月都不忍在她眉宇刻画星点。同样的胸脯又同样地收拢在一起,耸立着。

一众婆姨女子开始起哄,央求杨秀英唱一段大戏。

"唱斜(斜:甘肃省方言中的语气助词,无意义)!唱斜!"

只见杨秀英立起身子,轻轻咳了一声,兰花指顺势一捏,两眼登时幻化为《庵堂认母》中的那位佛门修行人。虽然唱词表达的并不是她的遭遇，然情却真切，过往好似已别的红尘。

今日我若把儿认

大祸立刻要临身

大街小巷都谈论

施主们乱棒赶我出庵门

那时我手拿讨吃棒一根

东藏西躲难容身

后跟儿童一大群……

唱至此处杨秀英早已泪流满面，泣不成声，只好停当了下来。

"边墙"元城子公社吕沟咀大队的好多人都曾不辞辛劳，赶成百里路去看杨秀英唱大戏。当年在台下，杨秀英也是这般被围定，直到现在他们仍然记得杨秀英纤细手掌上的温度，他们依然记得杨秀英卸妆后在戏楼下摊子中和他们亲切地交谈。而今，善良的戏子匠落难了，如有神灵指引，竟到了他们这里，那就坚决不能像对待瘟神一样把她再赶走。她是好人，是农村出去的苦娃娃，不仅不能赶走，更应该给苦难的女人一条生路。几个热心婆姨私下一合计，妙计就来了。

大队早些年就成立过一个庙会管理组织，设一个总社长，好些年没有发动过庙会了，总社长也老得不能动了。现在只留下了总社下设的两个分社长，一个南社长、一个北社长，他们也无事可做。原先，总社长摇旗，这两个分社长就行动，主要负责过会前南北两边社员的物资收集工作，有钱的出钱，有力的出力，有粮的纳粮，侍候好戏子匠，全额付了戏子匠薪酬。

等着等着，北社的社长也老了，走两步路都困难。再要起会的话大小事一概都肯定得由南社社长定夺了。

南社社长叫吕文怀，今年三十三，和杨秀英同年等岁，至今仍然光棍一条、一条光棍。

一位年长一点的，经常爱撺掇配对的婆姨拍板定案了："吕文怀三十三属驴的，胆子大、杆子硬……"众人笑，"别笑，说正经哩。让他组织过一场会，杨秀英每年唱几出戏不就有营生了，不就留在咱这里了？"

"那吕文怀没有总社长的口令他敢起会哩？"

年长一点的婆姨反驳道："两年光棍如骟驴哩，他吕文怀拖不起咧。让他见见咱杨秀英。人支人支不动，×支人满山跑。"众人又笑。"别笑！说正经哩。我还真想把这两个干柴、烈火拾在一搭哩。"

说话那婆姨就撩开双腿朝吕文怀窑院跑去。

吕文怀一听，得知是陕西的秦腔名伶来了，倒趿着鞋，拉开双扇扇门，着急忙慌就往外冲。他急切地想一睹杨秀英芳容。

穿着补丁中山装，戴着一顶破旧绿军帽的吕文怀一把推开双扇扇窑门，单单跨进了一只脚，还有一只脚仍然留在门外就愣住了。

叙述者先前刚用过一句话，此时此刻再拿出来刻画一下吕文怀内心的震撼尤为合适——"她是寄存在人间的天女！"

他震撼的或许是粉墨登场时那个光彩照人的杨秀英如今一身素衣，又或许是落难后穷途日暮本应一副落魄相的杨秀英，还或许是如此尤物竟降临在了"边墙"这块贫瘠的土地上。

总之，小伙子傻眼了，久久立在双扇扇门中间，前不前后不后。

吕文怀当即就决定过一次庙会，而且要大大地过一回，把庙上的残垣断壁修起来，给神神老披上缎子，冒起香火，美美唱他几天大戏。他撩开双腿，奔波在"边墙"岭上，一双开着口子的布鞋在塘土路上蹚出了昂扬来。他挨家挨户重复着那几句："有力的出力，该上工上工，该当大师傅就帮几天灶，伺候好戏子匠们。有粮的纳粮，三二斤黄芥油，三五斤荞面，一袋子洋芋，多不嫌多，少也别太抠。有钱的捧个钱场，三毛二毛根据自家情况，五毛的记大功一件。"

杨秀英也没闲着，十来八天就组下了一班临时人马。名伶就是名伶，她出来摇旗，自有人响应。

搭台的、唱戏的、出钱的、出力的、纳粮的，一台在"边墙"元城子公社吕沟咀大队的大戏算是拉开了帷幕。

简单的装扮后杨秀英又披挂上阵了，只不过大戏台变成了小戏台。

扮起装束后，杨秀英又一次合着锣、鼓、镲、板胡登台唱戏了，又一次享受嘘声、哨声、掌声、叫好声了，又一次炸开戏台下的摊子了。

悲怆的大秦之音终于在它的疆域之极、领土之最、邦畿之界，如潮水四溢般、如飞瀑急越般流淌开来。

杨秀英看着台下黑压压的人群，百余双眼睛聚焦在她身上。登台这么多年她第一次跳出戏外，她第一次想以最为诚挚的敬意答谢每一位台前幕后的人。她第一次萌生了要一辈子为他们唱戏的想法，她要记住台下的每一个人。"戏大于天"，她对自己今天的出戏而自责，又向自己今天饰演的人物而致歉。自责就自责吧，致歉就致歉吧，至少她是虔诚的，没有谁会觉得她不敬。

她又瞅见台下正襟危坐着的吕文怀，只见他两行泪刷刷往下流，似乎比久别舞台的自己还激动。"谢谢，谢谢……"杨秀英在内心里反复向这位破衣烂衫的男人道谢。是舞台将她"复活"，而这个舞台的真正装台人就是眼前这个破衣烂衫的男人吕文怀。

唉！男人啊男人！何占远当年甘愿成为绿叶衬托她，甘愿居于人下辅佐她。她想起他们一起配合的最多的那出《白蛇传》，那里面有一句台词"夫妻恩情山海重。"到头来却让她感觉到了什么叫凉薄。太绝了，小肚鸡肠的难道就只有女人？何占远日弄人的手段，想想都叫人头皮发麻。阔别已久的舞台，本该去好好享受一番，怎么还触景生情了，真是"爱恨随戏起，肠断意难平。"

在吕文怀的积极联络下，杨秀英接二连三地赶了周边其他好几个村子的会事。吕文怀一直伴随左右，像以前的何占远一样默默打理杨秀英台下的所有事务。他为她租了一孔窑洞，就在自己隔壁的院里。杨秀英近一二年的生计终于解决了。

这两年她哪里也不打算去了，漂泊的心安定了下来。她扳起朝天蹬，用脸轻轻蹭着那条腿，那条貌似受了神明指引而带她来到"边墙"岭的腿。她看着自己温馨的小窝，想起那些昏暗的日子，想起她遥远的镶嵌在守堡城子山洼上的娘家，想起在县剧团的日子，想起还留在县剧团和何占远一起生活着的儿子……戏里她曾唱过那些传奇人物的飘摇人生和悲惨命运，现实里她也尝尽了起起伏伏。生活还要继续，她在想，是否可以大胆地迈出一步呢？

吕文怀坐在隔壁院子土窑洞的炕头上，一只手举着旱烟锅子，一只手搓着光脚片子。在"边墙"岭上，人人都说他们是非常登对的一对儿。登对吗？看看自己这身腆水，连一身像样的衣服也没有。他尿了一泡，也确确实实在尿盆里照了照自己，才三十多的人，头发就已花白，额头上几垄皱纹扯开了又合拢。看得出神了，就想着把这一盆子尿浇到脸上去，一来清醒认识下自己，有审视的意思，二来他也想知道它们是否会顺着自己深深的法令纹朝嘴里流去。人家是谁！人家可是秦腔名伶，在陕甘边界上响当当的戏子匠，癞蛤蟆想吃天鹅肉，说的就是他这号不自量力的家伙，说的就是他这号不知趣的山汉。唉！自打见杨秀英的第一眼起，他就拔不出来了。他常常思想，如果自己十来岁也进剧团，也唱大戏，现在会是怎样，说不准他们会双双成为"边墙"岭上的才子佳人。人说落架的凤凰不如鸡，不管怎么看人家，落架了也还是凤凰，就连她初次降临烂草料窑时也不像鸡，一只鸡哪能让满村人追到粮垛子场上去呢。即便她真的变成鸡，那他仍旧还是个癞蛤蟆，吃天鹅也好，吃鸡也好，都是会被人耻笑的。

杨秀英练完功躺在被窝里，忽闪着双眼。她也有心事。

月老啊！你在窗外明明看得清清楚楚，就是默不作声，你就眼睁睁看着两个近在咫尺的人儿苦苦相思，你明明能够感知到他们相互猜度的心思，就是揣起明白装糊涂。难道你有什么不好的预测，故而选择冷眼旁观吗？

四、一波还未平息,一波又来侵袭

杨秀英踮着脚,一手倚在缸沿上,身体往前探着从半人高的水缸里舀出了一瓢水,她呷了一口润了润嗓子,而后将铜马勺挂在了缸沿上。她知道吕文怀也会随着这一声鸡鸣睁开眼睛,结束漫长黑夜的煎熬,然后拾起枕边平躺着的羊腿把子旱烟枪,在那永远瘪瘪的旱烟袋里掏挖,顺嘴冒出的青烟一定会让他飘飘欲仙。她似乎清清楚楚地听见了他呲呲的咂烟声。陶醉吧!苦焦的下苦人。她隐约记得当年,鸡一打鸣,大就抓起羊腿把子旱烟枪,掏一锅子烟丝,空气中淡淡的死烟气立刻便加深了。多少年了,她仍然觉得那就是家的味道。

她所期盼的味道就在不远处,只有一墙之隔。

吕文怀的两只公鸡扯开嗓子,冲着山体曲折的黑影不断打鸣,红红的鸡冠、肉髯微微颤抖。杨秀英边拾掇边咿咿呀呀地清嗓子。

"呼啦",几乎在同一时间,那堵墙两侧两孔土窑洞的双扇扇门被拉开了。他们蹑手蹑脚地顺着墙根在各自的院子踱步。天还没有大亮,只有鸡鸣狗吠,清晨仿佛比夜还要沉寂得多。他们互相探听着对方院里的动静,没有一点声响,什么动静也没有,他们认为彼此一定还赖在床上。杨秀英长叹一口气,捏起兰花指就吊了一嗓子。本就出奇安静的清晨像被利刃顷刻划破,着实令正在专心探听动静的吕文怀毛骨悚然,两只快要磨穿了底子的倒趿着的烂布鞋,像两只受了惊吓撒开腿逃窜的黑鼠,悄没声向窑里奔去。"哐当",杨秀英听得出那是双扇扇门闭定的声音。一阵欣喜搅乱了她,只见她脚下踱起了碎步,是旦角跑圆场那种,上身挺拔,纹丝不动,两条长腿却像在坚冰上滑行,又似在一叶小舟上顺风漂流。她一闪也进了窑,随后展开兰花指。"咣当!"门也关闭了。

吕文怀瘫坐在炕沿上,握着羊腿把子烟枪的手颤抖着,在另一只同样颤抖着的提着瘪瘪烟袋的手中掏挖,半天竟什么都没掏出来。吕文怀在自责,慌什么啊,她吼她的秦腔,你只顾在墙根处听就对了嘛,这一跑肯定会让人家误会,误会倒也没啥,只是他的尊严会因自己的慌乱而再次被践踏,她会认为自己不知天高地厚,还是那句老话:"癞蛤蟆想吃天鹅肉"。乖乖钻在墙下,也不至于被浅看。吕文怀太敏感,自尊心太强了,横在他们中间的哪里是一堵墙啊,分明是一座山,一座好比分水岭一般的大山,这头刮着凛冽的寒风,而那头正春风徐徐,春暖花开,春意盎然。他曾无数次鼓起过勇气,想要跃过去,想要让那头的春风抚慰他这头坚冰冻土的大地。如今她落难了,一身素衣,就住在隔壁的窑院里,和自己点着一样的煤油灯,和自己一样在黑黢黢的窑洞里等待天明,而且他们同年等岁……然而,每当他来到墙根下,心里就敲起了退堂鼓。如果杨秀英还生活在剧团大院,如果她还在宏伟的戏台子上唱大戏,高高在上,怎么可能会俯下身子来怜悯自己这样一个平头老百姓呢?断断不会。即便现在她屈居在"边墙"偏僻的农村,那也不可能成为真正的农村妇女,别看她穿着普通的襟袄、素衣,一双纤细的巧手不可能去抓粪种地吧,白皙可人的面庞又怎么会经得住烈日骄阳。不是一路人,压根就不是一路人。等着吧,有朝一日,当她暂时的凄惨境遇过后,必定会振翅飞走，继续蹾在梧桐树上当凤凰。这里只是她经历悲惨境遇后受伤心灵的避难所、疗养院。她的种种表现都是她自己也没意识到的错觉，真的在一起了，还有多少关要过要闯？不敢想，就连上炕圆房都会成为最大的关隘，不是吗？掀开被角那里面包裹的可是人间尤物啊，他会愣在那里的，他黝黑干瘦的躯体是在亵渎美好啊，久而久之她也会有抵触。何必自欺欺人呢，又何必自取其辱呢。羁绊在他们中间的分水岭啊，折磨着一对儿孤男寡女。

杨秀英坐在灶火口扇着风箱，低声吟唱《杨排风》里的一折戏《打焦赞》。此刻，她真的就是戏里的烧火丫头了，坐在黑黢黢暖烘烘的灶火口，没有竞争，没有尔虞我诈，不必操心有没有戏唱，不必操心是不是主角，悠闲自在。唉！人啊！早知今日何必当初，安安生生当一个普普通通的农民原来这般踏实，何必少小离家，何必把人生无数的愁肠都体验了一遍才醒悟，再不敢眼高手低鬼迷心窍了，寻哪门子有权有势的，"夫妻本是同林鸟，大难临头各自飞。"你所欣然投奔的权势，在节骨眼上统统都会被用来对付你自己。墙那边的男人啊，人家毛眼眼一黑一黑往明里睁哩，就是不见你的动静，你的心思明眼人都能看在眼，为什么呢，你揣着明白装糊涂。为什么呢？

天大亮了。吕文怀心也明了。他抠起倒趿着的鞋跟，拾起扁担搭在肩上，扁担的两头各甩一只木桶朝沟里走去。岩层里流出的水在他凿开的凹槽里聚成了一眼清泉，哗哗作响，泉子四下已然芳草萋萋，比其他地方率先进入了夏季。去年也是这一番场景，那时候杨秀英初来吕沟咀大队，他的心火也就在那时被彻底点燃,熊熊烈焰在胸间翻滚,多亏这眼清泉了,是它冰冷的抚摸才将那一次次翻滚的火焰扑灭。他捧起清泉溢出的一股溪水,持扬在额头上,持扬在后脑勺。

杨秀英敞开大门——红柳棍扎成的栅栏,立在大门口向坡下瞭望。她知道细心的吕文怀估摸见自己的水缸不是满满的。无以为报,自己疯子一样来到陌生的吕沟咀,是这个貌不惊人、语不惊人的下苦人一直照顾自己,能够重获新生全靠隔壁的男人了,她想踏踏实实做个平头百姓,嫁给隔壁的男人,让他疲累的身躯在自己营造出的温暖里歇缓,为他生儿育女传承香火。不管怎么说,她作为一个女人,若扯着拽着恩人往炕上爬,成何体统,那样只会把恩人吓跑,谁敢和一个扯拽男人上炕的女人过日子。他到底怎么想的,什么心思,又顾虑些什么,嫌她曾为人妻还生过孩子吗?嫌她曾由于作风问题丢掉工作而流落乡间讨吃为生吗?说他木讷吧,好像不是,能从各家各户筹措起财物重整旗鼓过会唱戏,更能够动员周边邻村、他乡效仿搭台唱戏。偏偏在男女问题上,呆板死相,一点灵光不见。

吕文怀吭哧吭哧从硷畔坡洼上来,杨秀英这才从茫茫思绪里回过神来。她没有像往常一样情长地又是掀门又是揭缸盖,而是径直走向灶火口,面对后窑掌一言不发。真委屈,那是一种女人独有的不能被男人所会意的委屈。当年,和她一起喝玉米酿酒的男人,哪一个不怀人尽皆知的歹意,他们统统拜倒在她的惊世容颜下,一个个为博得她欢心推杯换盏,醉成烂泥一滩也在所不惜,而她只是在逢场作戏,草草应对,与所有倾慕她的男人始终保持着不远不近的距离,一双双揽住她柔软腰身的手都会在她的恩威并施下不情愿地停当在原地，休想或上或下游移。现在她离婚了，恢复了恋爱自由，有了意中人，并鼓足勇气去开创属于自己的另外一种人生，对于她来讲，能够接纳眼前的男人，已经是经过了自己用惨痛所编织的筛箩过滤过的。看来发生在"边墙"另一端的往事，已经给她的额头烙上了一记标识，几个足以刺痛男人内心的字眼赫然写在了上面。唉！这辈子和"荡妇""娼妓"……这些个字眼剥不离了？难怪憨实的吕文怀视而不见无动于衷。她开始胡思乱想。

吕文怀往缸里倒水的一刻，杨秀英轻声的呜咽已无法发泄心中的委屈，嚎啕压过了流水的哗哗声。

女人的眼泪啊！流起来没完没了，流起来不管不顾，流起来揪住人心。吕文怀再呆傻也不至于无动于衷，一个农村爷们就不懂疼人、体恤人了吗？当然不是，不仅会，而且非常直接粗暴。这点不像城里人，他们又是摸头，又是递手绢，又是面露感同身受的苦颜。他走过去，站在杨秀英面前，两只大手径直插进杨秀英柔软的腰身。他知道杨秀英这是在怪罪，顿时也理解了杨秀英内心的期许，只有一竿子插到底的办法才能把那些止不住的泪给收住了。果然，被吕文怀揽在怀里的杨秀英破涕为笑，她终于知道自己错怪了眼前憨实木讷的男人。那双大手就那么交织在自己背后。她渴望了，酥酥麻麻的，胸也鼓胀得厉害，却被面前瘦弱的男人有力地挡住了，越渴望了。泪瞬间就干了，先前的感伤一股脑全部变成了冲动。她喘着粗气，身体被裹挟着酥麻地唯有胡乱扭动，两片唇却主动了，闭着眼轻易就找到了宣泄处。四片唇，威力大了，比平时说出的任何话威力还大。其实他们有千言万语，内心的话说都说不完，刚

戏子匠

— 31 —

刚获得点儿机会，就又被堵上了，喘息都还来不及。拉话他们不急，这一时半会儿哪来的时间。杨秀英被举托在半空朝门口而去，到了门口，她一只手压住双扇扇门，"咣当"一声双扇扇门闭定了；另一只翘着兰花指的手抓住门闩，"呼啦"一声，门闩也插住了。

两颗猜度的心终于在那时那刻坦诚地会晤了。

怪事情，隔在当院的土墙就在那惊心动魄的时刻轰然倒塌了，之前分水岭般的比登天还难的"大山"轰然倒塌了。来自双方的劲风在废墟之上形成了漩涡，飞扬的尘土敲打着麻纸窗户，却无力阻止滚烫炕板石上正在发生的一切。

1978年，杨秀英与吕文怀生活在了一起（未结婚）。

1979年，杨秀英为吕文怀生育一子。

在杨秀英一生所生育的七个子女中，这个儿子最令叙述者揪心。他不到一岁就离开了母亲，或者说被母亲留在了吕沟咀与吕文怀相依为命，苦焦的土地让他饱受疾苦，长大后不得已成了"边墙"岭上的站年汉——上门女婿。

就在杨秀英和吕文怀还被高高的土墙隔开时，和吕沟咀大队同属元成子公社的周河大队，有个叫周文金的男人隔三岔五就出现在"边墙"岭上。细心的读者一定记得，早在杨秀英还是剧团名伶、副团长夫人时，在何占远第一次动怒的那个夜晚，他就以一个"护花使者"的身份出现过，那个在剧团大门口揽着杨秀英柔软腰身、欲得寸进尺、后被杨秀英掀开的男人是也。不容置喙，明里，他是杨秀英摇旗后的响应者，临时戏班的司鼓；暗里，他一直是杨秀英的仰慕者、追求者。

世事难料，早年杨秀英初显端倪，心气高，眼光高，他周文金算哪根葱哪头蒜，只不过是陕甘两省秦腔界里的一个民间鼓手，没有正式编制，走街串巷敲些个红白悲喜事情，偶尔登台也是顶替剧团请假的司鼓。在他心中，杨秀英就是仙女。直到心仪的女人嫁给了剧团的副团长，他才死了拥有她的心，却始终没有放弃想要得到她。现在，这个仙女真的下凡间了，机会来了，老天对他不薄，很眷顾了。杨秀英和何占远结婚，那他的那份心只能叫作"觊觎"，和正大光明完全相悖，是有偷抢动作的不道德行为。一个变故，洗牌了，正大光明了。

　　有一说一。有句俗语也讲，"高手在民间"，不假。有一类人天生灵动，几乎没有正经学艺，没有拜师为徒，却有独特的本领，属于老天爷赏饭吃。周文金就是这一类。十三四岁时有戏班在他老家所在的元城子公社搭台唱大戏，当开场的鼓槌击打出如丝雨般的密鼓时，他震惊了，天底下竟有如此千军万马的阵仗，奇了，一切竟是两根筷子敲出来的。他一嘎子跳上侧台，巴巴眼盯着手持筷子长短鼓槌的司鼓。叮咚咚、嘀哒哒、沙啦啦……行云流水，一台大戏牛的不是戏子匠，更不是拉板胡的乐师，正是面前放着几面大鼓小鼓的鼓手。他伸出两根食指，司鼓怎么敲，他就学着怎么挥，一台戏下来两条胳膊酸得抬都抬不起。此后，哪里有戏，哪里就有他，坐在侧台上学敲鼓。有时候赶远路去学敲鼓，没有鞋，两只脚在曲曲折折的山路上硬是跑出了像狗蹄子、羊蹄子一样的硬坨坨来，不同的是他的裂着口子，像刀子划拉过的。苦焦日子蹚过来的人，干什么事都执着，有道行，有恒心。对待谋生和情爱更是执着、有道行。

　　有一回，大戏唱罢正要散场，周文金大言不惭地对戏班的司鼓说自己比人家敲得好，嫌人家鼓不够密，点不够清。那人一听火冒三丈，不过也不屑与一个十几岁的碎娃娃叫嚣，默默端起杯子走了。周文金倒不依不饶起来，挡在那人面前，硬要比试一番。那人思想，非叫你娃娃受点挫折，不知天高地厚的东西。于是提出，自己要是敲得好，碎娃娃就地磕上三个响头叫声爷爷。周文金抬起头不卑不亢说：你要是败了就叫我一声爷爷。那人将鼓槌扔向虎头虎脑赤着脚片的周文金，并示意拉二胡的师傅坐下来配合着玩玩。周文金终于坐在了鼓前，台下的人台上的人都围了来。凭借记忆，一首《三对面》最为激烈处的鼓点敲响了。他挥动鼓槌，但见两手又软又硬上下闪成了一把扇子，泼不进水，透不过风，似雨点一样淅淅沥沥拉开了场。在场的人全都惊呆了。这是谁家的儿？十几岁的娃娃，扮猪吃老虎，众人开了眼界。事前答应输了就跪下来磕头叫爷的司鼓，早就没了影踪。

　　一炮而火，自此这个没有鞋穿的半大小伙子无人不晓，哪里搭台唱戏他就在哪里蹲点，依旧坐在侧台上学习敲鼓，戏罢，他总会被邀请上台，敲一趟子。人都爱才惜才，日复一日，经了众多司鼓的指点教学，周文金入了门道，又一步步将敲鼓变成了营生，光脚的终于变为了穿鞋的，且不再像父辈一样，一辈子背着日头从东到西。在父母及乡里的眼中，他不在土地里挖抓，整天像个逛鬼到处游荡，十足的不务正业。别人以为逛鬼好当，不用下苦种地。其实只有他自己清楚外面的世界是个什么样子，上顿刚混的吃饱就要操心下一顿的着落，风餐露宿是常事。当然，他算幸运的，掌握了一门技艺，吃香喝辣，披上民间司鼓大师的斗篷，好不威风，就连剧团正经八百的戏子匠也得叫他一声周老师。当一个平头老百姓好吗？怕只能坐在戏台下嗑嗑瓜子，鼓鼓掌，三五成群说些关于旦角的浑话。那只是过过嘴瘾，他现在要和哪个名伶吃饭吃不上？要和哪个推杯换盏不可以？甚至搂搂抱抱捏捏揣揣都不会被推搡开。你们虽在舞台中央唱呀，演呀，光彩夺目把众人劳心费神贡献出来的精彩统统独占，但侧台运筹帷幄，一台大戏的节奏把控还要靠他们这些人统筹。尤其当名伶登台，哪一个不想用个高手司鼓为自己推波助澜，不要小瞧两根筷子一样的鼓槌，任凭你嗓子好、身段靓，只要它们没在点子上都是白搭。剧团的重头戏哪一出不是请他周文金亲自出马来敲。捏揣怎么了，权当她们报恩了。

无论怎么说，不管如何会敲会打，都改变不了他平头老百姓的身份，追求杨秀英段位仍然不够，他偏偏不甘心，越是够不着的苹果，他越想吃。软磨可行，硬泡拉倒，那就从背地里来，使使手段一点点达成。他知道杨秀英功利心强，要上台，要往人前走，那就投其所好，他圈子广，面子大，那就借力使力吧，三天一大喝，两天一小聚，每次饭毕周文金都会主动请缨当护花使者护送杨秀英回家。那个晚上他怎么会没看见何占远，纸烟的红点在角落里闪烁，他就是要让何占远看见，看见你老婆的腰并不是只有你可以搂，想去吧你，你老婆不光有腰，还有别的。

经过了这许多，杨秀英也不再是剧团名伶了，不再是副团长夫人了，一丢盹半路上又杀出来个吕文怀，还没成婚就生下了个娃娃。周文金是谁，十三四岁混迹江湖，风风雨雨二十多年，什么事情没有经见过，什么恶人没应对过，一个农村庙会分社的小社长,说白了仍然是平头百姓,还不如自己,不足挂齿。容你先乐呵两天吧,日后有你的苦头吃。

杨秀英流落民间后组了一个小戏班。小有小的好处,灵活机动,势不可挡,联络好演出事宜,十来个人半天时间就可以搭台唱戏,半天时间也可以拆台撤场,船小好掉头。如今,他们不光活跃在"边墙"岭,偶尔甚至会深入秦腔的发源地八百里秦川。

红有红的理所应当,戏班的主角杨秀英自不必说,其余也都是方圆百里的知名人士,司鼓便是那十几岁就一战成名的周文金。

杨秀英一度怀疑过周文金的加盟,怕他醉翁之意不在酒,自己刚刚从一段痛不欲生中被救起,可别再生出什么枝节来。眼下,苦于生计,想要活着,想要在舞台上唱戏,就必须用上真材实料,周文金是不二人选。她想过,要是他还如之前那样肆意妄为,哪怕秦腔不唱也罢,绝不能因小失大。

她所担心的或许只是虚惊一场,周文金就像换了个人似的,一门心思全在几面鼓身上,即使半夜三更也仍在叮叮咚咚敲打着。平日里见了她,客客气气,先前的流里流气彻底不见了,没有丝毫的不敬,就连看她时的眼睛也躲躲闪闪。

不怕贼偷,就怕贼惦记。一个仅靠敲鼓技能为生的人,自十三四岁起就混迹社会哄吃骗喝的人,有什么无上的感召能使他摒弃本性立地成佛、浪子回头呢?都是表象,表象越善良骨子里就越恶毒,表象越憨实其心谋取得越是大利。显然,他的伪装已然骗过了所有人。

一双经过钻营布局后的罪恶之手,正悄然伸向那个"边墙"忽有婴孩啼哭的幸福家庭。

五、三请周文金

大队人形容杨秀英他们的小戏班："唔家伙现在红得尿血哩。"的确，杨秀英隔三岔五包包蛋蛋拾掇上一股风似的出了村，十天半月后又拖着疲惫的身躯窸窸窣窣回来了。

半年多时间杨秀英彻底卸下了对周文金的防备，甚至很是欣赏他身上热衷秦腔的那股工匠劲。在外演出，她是主角，戏份重，要养精蓄锐，戏班其他伙计戏头不重，整日红火灿烂的。他们经常把僻静偏远点的窑院留给杨秀英，让她养足精神好撑住一台台好戏，他们则睡在一起集资喝喝小酒，胡诌冒聊一趟。周文金最爱凑红火、赶热闹，可和杨秀英出门唱戏，再怎么红火，再怎么热闹，他都能耐得住，在他心里有着比这些更为当紧的事要办，不得不装出一副没见过世面的憨实相，两杯酒下肚就开始推搡不喝，故意左摇右摆前后脚地转圈子。众人信以为真，没人劝酒。他也机灵，让他们先耍，说他自出去透透气。每每这个时候，他就会举起一只经过钻营布局的手，叩响居住在稍远处杨秀英单间的门扉。只要里面说已经睡下或者其他不方便之类的话，他掉头就走，绝不掰扯乞怜。这时候那种凛然的正气连他自己对自己都肃然起敬，回去躺在通铺床上感觉比其他人要高出一大截子。

他出门混迹了多年，胆大脸厚，死缠烂打不知道祸害过多少女人了，套路深不见底，用他自己的话说——天底下还有一件比敲鼓更简便的事，就是"串门子"。叩响杨秀英门扉的大多数时候,门闩还是会"呼啦"一声拉开的。在周文金看来每一次的开门接纳都是一次大踏步,攻占有利地形何其重要,好在对方并不在乎什么"一城一池"、什么唇亡齿寒,貌似把精兵强将都集结到了核心区域,只要侵略的大旗不插在关键部位,只要"主权"仍然在握,"领土"依旧完整,一切都可以妥协、商榷。四目相接,共处一室,想都不敢想,如今却统统做梦般实现了,不能急,他知道:心急吃不了暖豆腐。杨秀英被蒙蔽了,她又变成了宠儿,觉得谁都对她好,是拿出真挚情感的好,不掺杂腌臜的好,殊不知她卸下来的防备就像即将丢掉的一城一隅,终将像周王朝遭遇诸侯国一样慢慢被咀嚼吞噬。他正襟危坐,句句不离戏,他们一起探讨某一出戏什么地方的鼓点该密布,什么地方的鼓点该松弛。他向她请教秦腔文化,她耐心解答。他对她讲老戏,她悉数记下。把每一次的问题弄懂后,他起身告辞绝不留恋,俨然一副敬业者、戏痴的样子,像个跑龙套的好演员,从"出将"的门整装登场,从"入相"的门功成而退,不抢戏、不出戏。如此"演员"谁会设防。逐渐那个流里流气、色胆包天,敢把罪恶之手伸向漂亮女旦角柔软腰身的周文金彻底被杨秀英遗忘了。她现在感觉无比轻松,先前所有的担忧都在周文金一次次适时的"入相"后云淡风轻。她不知道更无法想象,每一次正经八百的交流完成,周文金轻轻闭住她房门以后发生的一切。那双鹰隼一样犀利的眼睛在暗夜里闪耀,恶狠狠地站在冰冷的旷野上伺机反扑。回到大通铺,他故意折腾出声响来,表现出得意和满足,是有预谋的,有些人的鼾声轻了,他知道他们稀里糊涂的脑海会臆想出他所期许的误会来。他要的就是这个效果,唾沫淹死人，人言可畏，众人的嘴里哪有什么光明磊落，他就要借助通铺上一张张不着边际的嘴把是非传播开来。他和杨秀英夜深人静聊戏曲的可信度和趣味性高呢，还是他和杨秀英夜深人静以聊戏曲为由男欢女爱的可信度和趣味性高？不容置喙。

果然奏效。演出罢了戏子匠们拖着疲惫的身体回到"边墙"及"边墙"周邻，再怎么累他们都会把外出的所见所闻在第一个夜晚欢愉过后分享给枕边人。为了取悦身边刚刚"立了大功"的人，他们声情并茂滔滔不绝地开讲了。杨秀英和周文金在他们的口中好得如胶似漆。杜撰是这样：周文金趁着他们微醺睡意正浓的时候，蹑手蹑脚从大通铺溜走，苟且之事行罢后又偷偷摸摸返回。原本他躺着的地方被弟兄们一人一拃悄然占领，哪能再容得下一个身形魁梧者挤进来，所以每次他回来大家都得为他再让出一拃来，不得不醒来片刻，听他得意的哼哼声。

不得了了，人们奔走相告，这件事不等同于任何一件"边墙"岭上的龌龊事，像是点燃了秦长城的烽火台，顷刻间人尽皆知。吕文怀应该算最后一个知晓者吧，各种言论必定会绕开他的，也不知道是哪个脑子缺弦的货，冒着挨打还把事说给了他。人不对了，现在，可怜的吕文怀觉得人们看他时满眼里都是同情，还有个别人看他时满眼里都是轻蔑。怪谁去？癞蛤蟆沉在水底还不叫人眼黑，你偏偏要浮出水面吓唬乡邻四舍。他敏感而超强的自尊心让几句话就击垮了，蹴在前炕头，一只手捏着羊腿把子烟锅，另一手却忘记了去点燃，来回搓着一双赤脚片。他一把扯下裹在头上的羊肚子手巾，还觉得头重脚轻，似有无数的帽子正在压过来，压得他脖子都伸不出来

戏子匠

了。孩子娘抱着孩子满脚地踱着旦角跑圆场的碎步，母子两个其乐融融。孩子娘无懈可击的身形在破旧的窑洞闪烁，他的自卑在那时那刻完全熄灭了他内心里所有的光亮。那晚，他拒绝了她的热情，一个人睡在隔壁刚刚煨过有些返潮的石板炕上，唯一令他欣慰的却是他冷漠的举动给孩子娘徒增的些许不畅。

男人的犟脾气分好多种，早年何占远因为一点风吹草动也和她冷战，但无论多么冰冷沉默，只要她一钻进何占远的被窝，何占远诚实的身体必将叛离愤怒未平的内心而任她摆布。现在，吕文怀一样被闲言碎语迷惑，竟躲到了别的窑里，对她的投怀送抱视而不见。其实她并不知道自己和周文金的事在"边墙"怎么被传，她只是以为吕文怀嫌自己三天两头就丢下男人和儿子，在那发无名火，抖抖独自育儿的亏欠。起初她以为事情不大，男人嘛，三两日就会抱着铺盖卷乖乖跑上炕，为获取慰藉贴着脸向她摇尾乞怜，谁知这家伙倒好，一周过去了仍然"冰清玉洁"，就连她多次的主动也不为所动。再后来她也生气了，满腹委屈，有时候甚至想踹吕文怀个人仰马翻，算了，看在儿子面上懒得再去理会他了，爱分居就分着吧，她则整日抱孩子嘻嘻闹闹，乐哉快哉。

周文金探听到事情的进展程度，大致朝着自己规划的方向走着，他猜想此时的杨秀英正在现实生活里上演《双官诰》里被诬陷受屈的三娘，抑或正在现实生活里上演《二进宫》里满腹委屈有苦难言的李彦妃。

到了该添油加醋的时候了。一天，趁着杨秀英单独外出跑个小场，他不辞十几里路遥来到"边墙"吕沟咀大队。他的出现又像是墩梁上的烽火台被点燃，顷刻间人尽皆知。一帮子好事婆姨一路撺着他走,她们料定他是来抢夺杨秀英的,一场比戏还热闹的大事就要发生,这个身形魁梧的汉子一定会不遗余力一争到底的,大伙都替瘦弱的吕文怀捏一把汗。

来干什么,只有周文金自己清楚。他心中的城府高墙壁垒,怎么会轻易跑来造次,怎么会一竿子捅破好让杨秀英排斥自己。他来只是预谋已久的一个部分,是慢条斯理的小步骤,推波助澜的一股风罢了。无知的庄稼人,你们懂个什么,你们要失望,好戏是要上演,但剧情是你们这些庄稼人想象不到的。

爱撺掇说媒的那个婆姨在撺着的人群中开口:"唔家伙栓正哩,箅梳子把头发梳理得光蛋蛋些,蝇子都敢落不住咧。毕咧!毕咧!"

众人问:"咋毕咧吗?"

"咋毕咧?吕文怀要成光棍了!"

周文金一身深蓝中山装笔挺地裹在他未曾从事过繁重农活的腰杆上。两个男人在吕文怀的院子外狭路相逢。吕文怀拄个锄把站在他的对面,比他低了一头,打着补丁的衣服里是一个孱弱佝偻的身躯。正要出院下地的吕文怀见到周文金,先是一惊,又持久地愣住。周文金读懂了这一惊又一愣,惊的是眼前叫周文金的男人如此仪表堂堂,愣的是他自己低人一头寒酸不起眼。吕文怀想起自己在尿盆里的样子来,压根就不应该不知好歹与本就不般配的人组成一对啊……旗开得胜,周文金今天不辞劳苦赶来,就是要让这个小老头男人屈服,就是要步步紧逼,就是要激怒他做些个冲动事,好让他已经建立的憨实形象在杨秀英那里轰然倒塌。

周文金凑在吕文怀耳边低声细语说道:"老弟真叫人羡慕哩,搂着美人,生活有滋有味。实话说谁体验过兄弟的滋味谁才敢说这话哩。"说罢后又斜眼瞅了瞅吕文怀,"我看吕沟咀大队改成阳谷县才合适咧。"

竟有人敢如此明晃晃挑衅,欺人太甚,谁不知道阳谷县有个武大郎,幸亏记得说书、唱戏的戏文,否则被人戏耍了还蒙在鼓里。男人的命门无非系在两个女人身上,一个是母亲,一个是婆姨。如今有人非要触及他的命门,风言风语已经够他忍受了,竟然还敢当面羞辱,不管了,在所不惜,叫你有来无回,吃官司,哪怕被枪毙,绝不能忍。说话吕文怀扬起锄把,周文金猛一闪,但锄头的利刃还是从周文金侧脑掠了过去。顿时,鲜血飞溅而出,崭新的中山装上半身全是血迹。

周文金捂着后侧脑勺,黏稠的血液从五个指头缝里往出钻,热乎乎的,不停流。他万万没想到蔫货吕文怀听懂了他的比喻,也没想到看着文弱的男人挥出的竟不是锄把的那头,而是带着锄头利刃的这头。好在躲得快只是划破了一道口子,伤及不到性命,有惊无险。正好,这伤不轻不重,疼归疼,这出苦肉计迟早要演。就在他疼得嗷嗷叫时,下一步的计划已在此时鲜血奔涌而出的头颅里酝酿开来。

几个跟来看红火的婆姨女子死死抱住瘦小的吕文怀,见到鲜血后她们的嗓门更大了,尖厉的声响在"边墙"地界的两省三县游荡。

戏班又接了几出大戏,就在大家整装待发时出了岔子,挨打的周文金请辞了。他头上被吕文怀砍破的伤口早就愈合,大家都认为让他不能释怀的并非外在的伤,而是内心里的痛,解铃还须系铃人,要化开这层薄冰还得杨秀英亲自跑一趟周河大队周文金家。

是应该登门致歉了,替她那惹祸的男人。早就该登门了,今天反倒在众伙计面前变成了迫于无奈才去。犟板筋男人打了人还不知悔改,他们冷战得越来越厉害,吕文怀见了她就像见了阶级敌人,满脸恶狠狠的样子。那就去一趟吧,毕竟失礼在前,装憨也是个装了。距离出发没几天了,赶出发一定要把周文金带到大伙面前。

沿着"边墙"的架子车路走了好一段,又顺着七拐八岔的深沟下了岭,杨秀英瞭见盘踞在山腰间十几户人家的周河大队。周文金坐在硷畔的木墩子上瞅见塘土路上来了个身着花衫衫的女人,庄邻院舍没有这样装束的女人。莫非她来了?终究还是来了,在他脑海中不知思量过多少次的一幕终于出现了。他站起身,遮住太阳,眼睛眯成了一道缝缝。杨秀英也看见了他,她立在原地向在硷畔瞭望的周文金使劲招手。没错,就是杨秀英。周文金挖蹦子向那个白点奔赴。盘旋的架子车路他不走,一出溜从当洼径直跃了下来,两条腿的频率越来越快以减缓沉重身体带来的冲击,身后驰扬起一绺黄尘。

杨秀英看着满脸泥道道,上气不接下气,站在自己对面憨笑着的周文金,竟生出些许怜悯来,同时更加坚定了能够把他带回到大家面前的信心。

没想到一个五大三粗的爷们,窑里收拾得竟然比女人的还整洁。土脚地扫得比河湾里的石板还平滑,被子叠得和豆腐块一样。周文金从一只红木箱里取出红糖,为杨秀英冲了一杯,

— 43 —

双手微微颤抖地递给杨秀英，然后立在脚地看着眼前似有几分愧疚之意的杨秀英。

阳光格外耀眼，明亮地透过窗棂上一格一格的麻纸，微尘欢快地悬浮在光束里。这孔沉寂了多年的窑洞太需要一个女人了，杨秀英到来的这一刻，她的灵性俨然唤醒了一切，带抽屉柜子上画着的牡丹仿佛才开，娇滴滴的，还有那未开放的花骨朵似乎也开始往出翻了……谁说它们没有生命。周文金感动得有些鼻子发酸，坐在他炕头的不是别的女人，是自己苦苦追求良久而不得的梦想，而这个梦想在自己苦苦的钻营下正一步步往着实现的方向去了。

杨秀英有些忸怩，不知从哪里着手。她自进门就一直夸赞周文金是个细致人，夸赞周文金是一般女人都比不上的整洁人。一杯糖水喝完了，周文金又为她续了一杯。话题正好可以从容地过渡到此行的目的上了。

"周大哥，我家犟板筋把你……你也别……本来我们早就该登门的，我把他拾掇过了，到现在我都不理他。你好些没？"

周文金只记住一句"到现在我都不理他。"他感觉所受的疼痛和委屈都值了，真想就此和解了，跟着杨秀英返回剧团。但那只是一闪念而已，他精心布下的局正到了牛咬马的关键时候，怎么能被一时的胜利冲昏了头，机不可失，时不再来。

"唔没啥，没啥，千万别想多了。反倒是我该向你和你家掌柜的道歉哩，毕竟事情的起源是我，我这几天臊得很，正寻思哪天登门给你和你家掌柜的郑重地表达一哈哩。没想你居然先来了，把我还架在了火炉上。"

杨秀英显得更加忸怩了，起初，她约莫没几来回好话，周文金偏转的头怕很难回一回，没承想，人家主动认错，把错归结到了自己一人身上。这份涵养令前来致歉的人，茫然中又徒增了些愧疚。

"快不敢，快不敢……"

杨秀英没啥可说的了，她更单纯地觉得，今天周文金一定会随她返回，不日后的赶场一定会圆满顺利。于是，她把赶场的事情说了。

周文金意味深长地说："唉！秀英妹子，不是你周哥说你哩，你好不容易又组建了家庭，山水里抱住了救命柴，重新过开了光景，大哥替你高兴哩。大哥不瞒你说，去不得，不能去。"

单纯的女人，更觉委屈了眼前这个一心为自己着想的男人。

周文金斩钉截铁地说："不能去了，请原谅。我不能再叫你为难，只要我不在团里，你就没有啥难愁了。"

单纯的女人，她们遐想的空间太局限，往往把看到的、听到的、感受到的当作真实的，她们的心念统统来自表面的判断，左右她们行为的也正是这些表面的判断。单纯的女人，她并不知道已经掉入了稔熟设计陷阱的狩猎者所布下的大网中。他就是要她感恩戴德，他就是要她把矛盾都调转头戳向自己那个犟板筋男人，他就是要把自己伪装成可怜巴巴的受委屈者，他就是要她更加忸怩。

当杨秀英听到周文金不回戏班，字字句句都是为自己着想时，的确感动了。他还在絮叨，说他也想继续敲下去，毕竟这么多年就学下了这么一身"武艺",但是这样下去只有一个结局,他不愿看到杨秀英再一次孤独漂泊。周文金态度坚决,有几分决绝,一改刚见到时的热情和善解人意,甚至没留她吃饭就推搡着送她下了曲折的架子车路。路上杨秀英表示,他们身正不怕影子斜,流言蜚语她不在乎,但还是被周文金毅然拒绝了。

两天后,杨秀英又出现在了周河大队的进村塘土路上,周文金手持锄头正大汗淋漓地锄着硷畔的一小块菜地。这次他没有表现出上次的热情来,直到杨秀英走近时才撂下锄头略显无奈地走出菜园。

周文金很冷淡,先入为主地说:"当个在土地里挖抓的农民美着哩,要是还为请我回去的话,你就请回。有其他事的话,进窑里说。"

周文金看杨秀英悻悻地站立在那不说话,更表现出了一副誓死不归的样子来。本来他就知道,一切都悄没声地向着他制订的计划发展,现在他就像在照剧本演戏一样,顺其自然。他拾起锄头继续劳作,野草随着锄把挥舞铺了一地。这时杨秀英看见锄把上有血迹,那是常不下苦人手掌磨出血泡又破裂造成的。她下定决心,这次无论如何也要说服他返回,不管出于小戏班的发展,还是出于他对自己的关爱,都必须说服他。他的手敲了二十多年的鼓,地里的活明显做不来。杨秀英感到一阵阵心酸。她上前夺过锄头,一把扔在地上,然后一把抢过周文金不知往哪里安放的双手,翻开在自己眼前。天啊!满手的血泡,新增的磨得肿胀发亮,早先的正在破裂流脓。杨秀英强忍着泪,视线模糊了,却又没让泪流下来。她掏出手巾悉心为周文金擦拭着。

"走吧！和我回去，老天爷赏你吃的不是这碗饭，不要顾及我，谁爱说谁说去，我不在乎。"

一句不在乎人言的承诺终于在没有任何威逼利诱下，甘心情愿地从杨秀英的口中表述了出来。这一回合又得胜了，没有枉费他这两天的有意而为。还不到庆功的时候，骄兵必败，得一城并不意味着所向披靡全域在望，此刻，更应该严明军纪，稳住阵型，重整旗鼓。

他仍然一脸冰冷："你回去吧！你就是把我五花大绑，我也不回去。人都不易，你能从一团乱麻中走到今天，不能被我再毁了名誉。我本来就是泥腿把子，老百姓，唔土里的事才是正事，我算务正人了。"

杨秀英的第二次规劝又无功而返了。

眼看戏班子就要开演集结了，司鼓还没有到位，一台大戏眼瞅有黄的可能，一班人急得像热锅上的蚂蚁，坐立不安。杨秀英决心再去一回，无论付出什么代价都得请回周文金。于公，戏班趁着"十年"过后，刚刚迎来春天，好多老戏还要靠这位司鼓来敲，靠这位司鼓去回忆编排，离了他这班人就得面临散伙。于私，周文金并非置气那一锄头，更多的是为了让她杨秀英安稳过日子。

老戏唱过，刘备三请诸葛亮，看来她杨秀英也得三请周文金了。稔熟布置陷阱的猎人也该抓住最后的机会收网了。

六、伶人芳华刹那

此刻，叙述者无法厘清一个矜持的女人为何毫不扳扯地铺

展开来，躺在她曾极度排斥的男人身下；无法理解一个坚守城池的将领为何降下吊桥而悬于护城河上，缴械迎接进攻者的侵入，改旗易帜；更无法厘清暗黑里那两股子此起彼伏的喘息声为何如此情投意合。请原谅！本该大处落墨在杨秀英的心理变化上，然而因本人愚钝，只能做个"不知有汉，无论魏晋"的、浅薄的、三流的笔者了。聪慧的读者一定会有自己的理解吧！

那一夜本该得意的周文金竟然委屈起来。天知道这条路有多漫长，有多艰辛。

当年，杨秀英还不是流光溢彩的伶人，碎女子只能在后台舞一舞水袖、在镜子前做自己的观众时，他周文金就赤着脚片站在戏楼侧台楼梯往里窥探了。那时候的杨秀英，身形不丰腴不说还多显单薄，一马平川的胸前凸起两颗貌似桃核一般的乳房。锥子型的脸蛋上，两道翘眉拉得老长，分别伸至了太阳穴处。两窝白水银般的眼白里，养着两粒黑珍珠，且在棱角分明的鼻梁两侧略显遥远生疏。周文金那时就毅然断定杨秀英是个美人胚子，看着吧！不出两年那麻秆一样的身形必将饱满而珠圆玉润、丰神绰约。脸盘随之扩充后，两道翘眉也将在她绯红的眼睑上扬眉吐气。柳眉下的星眼亦将不会显得那么生疏遥远了，它们必将会有层层秋波不时暗暗送出。挺立的鼻梁依旧横亘在面盘中央，却提携着明眸皓齿。

果不其然，杨秀英出脱成了大美人，她水袖翩舞登台，成了方圆百里的秦腔名伶。虽然周文金的鼓也敲得声名鹊起，可在他们中间总有种说不清的东西阻隔着，周文金"泥腿把子"的身份不断提醒他，直到他弄懂了一个被叫作"悬殊"的名词后，才逐渐释然了。

周文金也有过年少懵懂，也接触了不少女孩子，青涩的小伙曾为杨秀英守身如玉，从未对喜欢他的女孩子动过心，尽管那是一种在相处上让他感觉平等、畅快，且没有"悬殊"从中作梗的舒坦。默默关注了多年，他发现杨秀英根本就不知道他的存在。罢了，罢了，这个叫作"悬殊"的东西就是山海关、函谷关、剑门关、虎牢关……他单枪匹马就想过关斩将，正如他那些狐朋狗友说的，何必为一个压根就无视自己存在的女人守身如玉呢。周文金是个聪慧人，心中一旦没有了念想，抑或说信念吧，就不再执着了，他很快就在红尘俗世中玩得心应手，一天比一天老道，今天一个穿红袄的，明天一个穿绿袄的，好不快活。一股子清泉顷刻就奔入了它迟早该去的浪涛当中。马尔克斯恐也料想不到他笔下的弗洛伦蒂诺·阿里萨，在中国的陕北这块贫瘠的土地上早就有了。

层层关隘终于在这一夜被逐个击破。

天大亮了，正当戏班一帮人等心急如焚整装待发时，杨秀英三顾周河大队返回了。难以抑制的嘚瑟洋溢在周文金脸上，这一回他并非虚张声势，前一晚得胜的捷报已然传遍，众人的口舌已经不再重要。

戏比天大，众人悬着的心总算落地了。

周文金坐在驴拉车的拉杆上，杨秀英就坐在他身后的板车上，一会儿是坑坑洼洼的破烂路，一会儿又是厚厚实实的塘土路，肆意摇筛着两颗刚刚同频共振过的心。换作以前，杨秀英断断不会与周文金同乘，如今却还时不时拽拽周文金的衣衫。

看着杨秀英笑格盈盈的表情，周文金有些失望，心里嘀咕着："女人啊！女人啊！原来，你杨秀英也并非什么山珍海味。"在阅人无数的周文金看来，她和世上漂泊风尘的女子没啥两样，都是早先视死如归在边疆驰骋守卫，进而又不屈不挠在腹地御敌，最后还不一样改旗易帜俯首称臣了。唉！罢了，先前这个女人毕竟是自己苦苦追求而得不到的，知足吧，一个从前窘迫得连双鞋都穿不上的穷小子，一个趴在后台门框往里仰视的苦命人，该知足了。老天不薄，经历重重阻隔，还是替他把那个叫作"悬殊"的词语撕了个粉碎。好了，好了，够好了，满行了，不管怎么说她都有傲世的足够满足他虚荣的样貌。

时间是个怪物，没轻没重，没形状没样子，更无从知道它是步履沉重还是轻盈的，形容起来像魔鬼，是魔鬼就胡作非为了，能把你当下看得比命还重的东西开膛破肚，一绺一绺剥去，等你再去思忖时，赫然了，轻飘飘的早就不在你心里了，你只会吃惊和诧异，甚至会怀疑有的人和某些事是否真的存在过。

杨秀英被这样的魔鬼给纠缠住了，心存的不舍一天一绺被剥离，最后荡然无存了，毅然离开了吕沟咀那个有婴孩啼哭的窑院，在一片"婊子无情，戏子无义"的骂声中于1982年和周文金结婚了。婚后她一连生了两男三女。

身子挨身子一连生了五个孩子后，"小翻""死人提""连前搏"等一系列高难度动作，她都无法再完成了。周文金对抬头纹、鱼尾纹、法令纹遍布的杨秀英也失去了兴趣，他那铜铃般的眼睛公然盯在了不断壮大的戏班里的几个新招的貌美的旦角身上。

看戏的不光听的是唱腔，更多观的是扮相。被生活负累，杨秀英分身乏术，常常胸口吊一个吃奶的，脊背上爬个捣蛋的，炕上还有三个呼唤的，她哪里还有制约男人的妖娆身姿和绝代风华，哪里还是秦腔名伶，简直和农家妇女相差无几了。即便是有演出要上台，她那两道扬眉已然无法再提起了，眼睑呈的都是塌陷状。无论怎么施粉抹脂，深深的褶皱已无法去除。原先能够炸平滩场的秦腔伶人，如今不得不令台下的陕北妇女发出这一地域特有的妖娆的惊诧："啧啧啧，天大大！杨秀英真格老了，这么介打扮一场还老眉圪楚介。"

杨秀英在戏楼中央站了这么些年头了，台下的风吹草动哪能逃得过她的法眼，一扫便知。那是一双双要了人命的眼睛啊！它们跳出了戏曲，无一不哀叹着她已逝的青春。戏大于天，即便泪水已经攒满了眼眶，她也绝不会使它们喷涌出来，戏文唱的是欢喜，她绝不敢饰演出悲伤来，戏文唱的是愁苦，她也绝不敢演绎成大悲过头。台上还好有角色撑着，台下就得她这个肉身独自面对了。可怜的杨秀英在戏台上看似铿锵有力，下台瞬间就又气息奄奄了，像生活在棉花堆里，总感觉虚空无助。杨秀英又开始彻夜彻夜睡不着，眼睛里有了雾，虚无缥缈，嘴像被黏住了，惜字如金。

杨秀英这碗冒花子开水啊，终于变成了"温吞子"，岁月又曾宽恕过谁呢！最近她老是想起在娘家度过的那些年头，一辈子最无忧的时光都留在了守堡城子老家，那里有她的亲人，那里有她无限追忆的青春。细细算，已经十多年未曾回去了，风风雨雨熬过去了，应该回去走一走、看一看了，似有一丝落叶归根的意思。

还是那条沟，左边坡坡、台台上种着庄稼，右边坡坡、台台上也种着庄稼，溪水哗啦啦淌着，太阳红杠杠地悬在当头顶，沟道的塘土路热烘烘地往上散着热，杨秀英被烈日和厚土烙饼一般夹击着，脸红扑扑的。硷畔挂满梨蛋子的树影下卧着一条老土狗，安静的晌午被它汪汪几声打破了，杨秀英她娘走出敞开门窗的土窑洞，老土狗就又安然地耷拉下了眼皮。

"女子，寻谁呢？"

显然母亲没有认出她来，更不会在晌午迷迷糊糊的午觉间隙料想女儿会回来。

两道泪水簌簌往下流，从杨秀英滚烫的脸颊划过时竟有一丝冰凉。她轻声唤："妈！"

母亲被这一声柔弱女子轻声的呼唤给惊呆了，许久才揉搓起眼睛来，泪水随之夺眶而出。她一个趔趄扑向了女儿。

老人知道十几年前女儿就不在县城剧团了，她听庄里人说过杨秀英还在唱戏，只是去了邻省。母女相拥痛哭流涕后，杨秀英隐隐觉得这盘炕已经很长时间只单单睡着母亲一人。

疼爱她的父亲走了，就在她疯疯癫癫离开县剧团那年。二老在守堡城子听外出回来的人说杨秀英不在剧团了，父亲便动身赶去一探究竟，没想到他们的女儿不仅被开除出了剧团，还疯疯癫癫不知了踪影。此后，父亲就一病不起了，没等到过年就离世了。母亲说父亲临走时有气无力、模模糊糊地一直喊着"英子"。两人又是一通哭嚎。

母亲听了杨秀英的三段子情感经历后又是抹泪又是顿足。她懊悔把女儿送出去学戏，庄里人都说杨秀英一马勺把守堡城子的福底底舀干挖尽了，可你们谁知道女儿遭遇的这些个不为人知的悲情故事呢！下苦人，安安生生守在农村，找上个本本分分一样的下苦人，日子不比谁落后。农村不管远嫁近嫁的，只要在土地里刨挖，不离开黄土地，一辈子都不会遇上什么大风浪。

杨秀英当天下午就坚持去了父亲的坟头，永诀的悲声与纸钱燃烧升腾的烟雾，把杨秀英回来的消息就此散布了开来。

人们围坐在杨家的炕头，煤油灯的光亮打在一张张笑脸上。虽然小小就离开了家，但这里的每个人杨秀英都记得，她瞅着他们只是变老而未变样的脸面，想到自己同样累积着岁月的面相，不禁唏嘘。两个婆姨在她乱蓬蓬的头后拧起麻花辫来，她们说杨秀英小时候的两条麻花辫常都由她们辫就。一束束眼光投射在她身上，她那因为变老和男人周文金种种欺凌而阴郁的心底敞亮了。她的目光不由地老落在一个角落，一个十四五岁的陌生女孩蜷缩在后炕，羞答答地看看她，又低下头看看纤细手指玩弄着的一只花猫。

女孩是杨秀英不远亦不近的堂妹，十六岁，生得一副乖巧相。杨秀英似乎从女孩身上看到了当年的自己，不出两三年她一定会出脱成一个美人，届时站在戏楼的正中央必定是会炸开摊场的。十六岁，只要肯吃苦，练功也不迟，在这个扮相尤为关键的年代，一好遮百丑，就是一连串的跟头翻不了也不影响一个绝代芳华的伶人成名成角。女孩家里巴不得送她出去和杨秀英学戏，即便杨秀英已经不在县剧团，她的功底和名望众所周知，如若能得这位秦腔名伶的真传还愁将来进不了剧团，抱不上铁饭碗吃不上公家饭吗？

孤身而来的杨秀英回时身边多了个貌似自己当初的碎女

戏子匠

子,一言不发默默跟在杨秀英身后,像杨秀英携着的一抹靓影。回去后碎女子举手投足的绰约丰姿,练武的吃苦劲张,唱腔的婉转悠扬,无不像极了杨秀英,就被大家称作为"小杨秀英"了。

周文金几乎不怎么回家了,满炕的孩子吵得他不得安生,家中曾令自己疯狂迷恋的女人也变得邋邋遢遢。他早就不想过下去了,只是那一炕的孩子是自己的种,离了孩子娘他们就得饿死。他混惯了,从小就跑江湖,安定的日子他过不惯,只有和杨秀英结婚的头两三年打心底说还算收了心,两三年新鲜一过,加之没有遭受生活负累的杨秀英一头扎进繁重的生活后被操劳得"面目全非",逛鬼周文金哪里还能继续厮守在她身边。

这类游手好闲者若能养得家糊得口,花花肠子就统统会使在女人的身上,鹰隼一般的眼神时刻都在留意猎物,那股子执着劲,不到得逞绝不松懈。这二年周文金的爱火被他们戏班的一个女子点燃了,那女子的父亲是个说书的,碎女子能了,既会说书又会拉二胡,就和这班人走到了一起,而后又跟着学了小二年秦腔,现在常常登台唱些个龙套戏,当当丫鬟仆人啥的。她叫李彩娥,比杨秀英小好多岁,未婚配,忧郁的双眼总是低垂着,脸颊总露红一阵、白一阵的娇羞状,颇有些小家碧玉的感觉,身子骨看起来也柔柔弱弱的,任谁见了都会生出怜悯来。

周文金见了更不例外。一天寻寻觅觅的,自打初见李彩娥时,他那双铜铃大眼就有了生机,台前使大劲为其配好鼓,幕后老爱往李彩娥身边窜,作为戏班元老,又是台柱子的丈夫,对成员的关爱很正常，只是他的关爱里多少渗透着些个说不清、理不顺的东西。李彩娥虽说是农村出身，未经见过多少世事，但她不愚笨，谁待她心好、谁待她心歹，一瞧便知。初来时没办法，新入伙的生瓜蛋子，只要没什么大动作，她就都隐忍了，没想到她一次次的隐忍却换来周文金一步步更为大胆的举止。从最初的扶一把肩，进而摸一把背、搂一搂腰，直到后来没人时竟然敢敞开双臂熊抱她，甚至强行向她递来一双厚嘴唇，她只得侧过脸把自己的嘴唇偏向身后去。她讨厌这种不知羞耻的骚扰，可又有什么办法呢。拒绝吧？无论从司鼓方面还是外出协调承接演出方面，都不能得罪，他就是这支戏班的精神领袖、灵魂人物。不拒绝吧，万一真搞出什么没名堂事情来，便宜不了的还是自己，细思量，他可不是别人谁的男人，他是台柱子杨秀英的男人啊，吃了熊心豹子胆了，这号子纸里包不住火的事坚决不能有，就算为了心中那个梦想也要坚守"阵地"。

其实，她心里一直打着小算盘。为了这个梦，她深不得浅不得地一动不动端站着任周文金上下齐手过；为了这个梦，她人前人后鞍前马后侍候、服侍着台柱子。距离梦越来越近了，杨秀英老得真个可以用"迅猛"来形容，一个娇滴滴的戏子匠，一头扎进生活，真够她吃一壶。有时候看见杨秀英在台上奋力演出，台下却嘘声一片，她也悲伤。青春饭显然已然吃不成了，她会替她惋惜，转而她又会为自己庆幸。机会来了，杨秀英很快就会佝偻着腰身告别戏楼了，她一身绝学定然不会没有传承，目下，她就是最好的传承人，样貌十里八村少见，年纪才二十不几。不过这个年纪刀马旦、武旦怕是练就不成了，

— 55 —

可闺阁旦谁与争锋，再二年她杨秀英怕只能唱唱彩旦了。为了这个梦，她有所牺牲，不就是一副皮囊嘛，不仅揣摸不坏，而且还能当作让周文金撺掇杨秀英教授自己的筹码。正当一切都朝着这位看似毫无心机的柔弱女子所设定的方向而去时，杨秀英带回的女孩却改变了这一切。

杨秀英从老家守堡城子回来了，身边多了一个小跟班，瘦骨嶙峋却生得楚楚动人，谦逊得见谁都弯下腰半鞠躬问候。自打这个碎女子来了以后，李彩娥就感觉自己被打入了"冷宫"，杨秀英再不会花大把时间在自己身上了，而是成天教那个碎女子压腿、拉筋、翻跟头，更可恨的是她还教她唱戏，唱的还并不是什么片段折子戏，而是一整本一整本的主角戏。现在人们都喊这碎女子为"小杨秀英"了。她愈发讨厌和害怕这个小小年纪的小杨秀英了，觉得她那谦逊状做作得厉害，心机城府深不可测。决不能坐以待毙，在这么下去怕不只是被打入"冷宫"那么简单了，而是永无翻身机会了。她能看得出杨秀英对新徒弟的上心，也难怪，她们一个庄，更是一门子人，典型的自己人，肥水怎么会流向自己一个外人呢！杨秀英一定会倾囊相授的，陕甘地区将会出现新的秦腔名伶了！

她不甘心，就这么瞎混了两年什么也没得到，就这么白让人捏揣不尊重了两年。她不甘心，这两年在戏台上尽扮演些个丫鬟仆人之类的龙套角，她也想碎步在台上不紧不慢地跑个圆场，舞一舞水袖，也想望着一池观众亮一亮唱腔。决不能眼睁睁看着这颗生瓜蛋子在戏台上滚骨碌，而自己则站在她身后继续演绎些个没有轻重的丫鬟仆人。

看着飞速进步的小杨秀英，她再也坐不住了。

一天，她有意出现在周河村口，靠在一棵老杏树下，果不其然周文金不一会就屁颠屁颠来了。

"最近没出去接戏，见罢稀罕的彩娥妹子快一月了。看见妹子来了，我比狗撵上还跑得快咧，你看鞋还倒趿着哩。"

村口是最显眼的位置，在这里不宜谈事情，更别说什么交易了。

李彩娥瞅瞅周文金倒趿着的鞋噗嗤一笑，觉得自己的貌美还是有分量的："后山墩儿底下说。我先去。"

周文金一听，今儿太阳算是从西边出来了，李彩娥居然约自己去这么个幽僻的地方，两颗铜铃般的眼睛登时放射出光芒来，大胆扫在李彩娥的身段子上，那些个无处隐藏的美好不仅没有回避的意思，反倒更加敞开了些许："行，行呢，你说哪儿就哪儿，行，行，别说墩儿梁，就是黑刺沟渠我也去。"

周文金如约而至。

烽火台的土墩儿早已不见了当年的庄重，破败不堪，孤零零矗立在山巅，四下里是一望无际的荒山窄沟。李彩娥坐在墩底下的阴凉处，几束狗尾巴草在她的一番操作下即将被编织成草兔子。此时的她居然没有觉察到迎面站着的周文金。他没有打扰她，只是瞥了一眼她手中的狗尾巴草，然后将目光移向距离狗尾巴草最近的两只真正活蹦乱跳的"小兔"身上，它们是那么隐约可见，那么活灵活现，通过李彩娥绸缎般白皙的脖颈，他判断那两只"小兔"一定也是雪白的。他有些迫不及待，故意往前上了两步。李彩娥手中的草兔已然成型，她缓缓起身。在看到周文金眼睛里那邪恶的如同猛兽一般流露出赤裸裸的兽性时，不由后退了几步。周文金眼光中散发出的那两道急不可耐的、饕餮的光束,足以令任何女人都退避三舍,贪婪得恨不得在千年的烽火台下将她吞噬,连骨头渣都不剩下。在她倒退的同时,周文金向前挺进着。身后的烽火台阻挡住了她的退路,她已被逼在了绝境。在这寂静的旷野里,她听到了自己噗通的心跳,也听到了潜藏在心间的那个梦想的怂恿。她柔弱的身躯油然生出了一种无以言状的豪迈来,凛然得足以抵御任何猛兽肆意暴虐的进攻。刚刚编织的小兔跌落在了地上,继而被她重重的身子压住,几番躁动后被撕裂成了一堆草芥。

她坚信,当她站在戏楼中央挥舞水袖时,一切终将会被告慰。泪水却还是从她紧闭的眼角滑向了两鬓。复杂的心绪交织着,她贴在他耳边说:"我要学戏,只有我能学戏。"

如愿以偿的周文金为了让这种关系能够继续保持,他没有食言。从此,全天候照顾五个孩子以及家务一应事宜全部都交由小杨秀英来做。可怜的杨秀英在他的淫威下只能违心去教一个二十多岁朽木难雕的李彩娥。

尽管李彩娥通宵达旦、闻鸡起舞,但在她骨子里谙熟的配着三弦音律的陕北说书腔调已根深蒂固。还有一难,二十多岁了,筋骨僵硬,不是说能拉开就能拉开的,那钻心撕裂的疼让她不时想起烽火台的第一次。

杨秀英的精神状态愈来愈差,常常一整夜都睁着眼睛,加之周文金动辄棍棒相加,身体每况愈下。她想教个徒弟,让自己一身的本领能够继续登上戏台,可这个行当不单单凭借一腔热血就能成,谁都清楚这是老天爷赏饭吃的营生,而男人周文金推选的苗子实在朽木难雕,于是她就偷偷教开了小杨秀英来。为了免于棍棒,她让小杨秀英每天带着孩子在她教授李彩娥的边上待着。看似她在潜心教李彩娥，实则将压箱的功底倾囊授予了抱着、拉着、背着孩子的小杨秀英。小杨秀英咿咿呀呀暗暗学着。每晚孩子们入睡后，她就在脚地练各种杨秀英白天教授给李彩娥的"十八般武艺"。

两年很快就过去了。杨秀英苦苦挣扎了两年，该教的都教了，该学会的人却没学会。她的确按照男人周文金说的，教的都是几处大戏里的主角戏。该出师了，这天小戏班开始检验他们未来的台柱子了。当伴着鼓、锣、镲、胡试戏时，李彩娥的表现却让大家大跌了眼镜。唱的是戏？陕北说书和关中秦腔杂交了吗？身段僵硬得是要变成犁去揭地吗？扮相好有什么用呢！毕了，毕了。大伙信心全无。小戏班眼看就得散伙啊，各自回家专心营务自己已经分到手多年的耕地吧。有人嘀咕说还有台柱子杨秀英嘛，也有人反驳："杨秀英？你看唔老成啥咧，腰都弓了，让老周三天两头捶的，唉，才四十来岁的人，你看她眼里哪还有一丝戏子匠的灵气嘛！"

正当大家都绝望无助之时，一个怀抱着孩子、周身围着孩子的碎女子发声了："让我试一下吧。"

一班人又叽叽喳喳说开了。有人说，一个碎哄娃娃女子，虽然外号叫了个"小杨秀英"，还真个把自己当秦腔名伶了？笑话。也有一种声音说，这娃毕竟跟了杨秀英几年了，试就试吧，死马当活马医。试吧！周文金并没抱多大希望，用筷子一样的鼓槌敲击开了，镲也跟着响起了，其他的乐器一应紧跟着鼓点，一场折子戏《路遇》的前奏在周河村的庄院响起。

小杨秀英似变了个人，合着鼓点跑着圆场碎步移向场院中央。她挺起胸脯，目光炯炯。众人从她高耸的胸脯先是一惊：

咦，哄娃娃的碎女子长大了。而后，大伙的目光因那起始的第一嗓子、第一声唱腔，纷纷落在了她白皙的脖颈上，久久停驻，谁也不曾料想那里会发出如此摄人心魄的大秦之音。谁能料想到，一个整天背、抱、拖、拽、拉、扯五个不大不小孩子的碎女子，竟会是老天爷赏饭的主。

乐师越击越上劲，小杨秀英唱得也更卖力了。

成了，成了，戏班子终于可以继续往前探摸着走了。压轴的角也终于继杨秀英后诞生了，时代来了！有人了，时代来了！真是"锣锣一响，黄金万两。戏箱一封，口袋稀松"。

她的面盘不减当年杨秀英，绰约身姿亦不减当年杨秀英，唱腔道白倒是略微逊色，无法与杨秀英媲美，但假以时日她必将出其右啊。

杨秀英一屁股坐在了磨盘上，浑身筛糠般抖个不停。

就在小杨秀英开腔的那一瞬间，杨秀英彻底老了，两窝曾类比白水银、黑珍珠的眼睛浑浊得烟雨蒙蒙。开腔的那瞬间，她的筋骨好似被抽去，瘫软得只能将就坐在身后的磨盘上了，只有两只干瘦的手掌支撑着那麻秆身躯，否则她将会彻底倒下去的。那一腔开得后无来者啊，预示着她杨秀英的舞台地位将就此被撼动。唱了半辈辈戏，在戏楼中央站了半辈辈，鼓、锣、镲、胡……呼出的将不会再是自己了。

杨秀英干瘦颤抖的双臂有些支撑不住了。几年来丈夫对她拳打脚踢，加之她整夜整夜失眠，还有生活的负累操磨，最主要的竟是这一嗓子。它就是压倒骆驼的最后一根稻草。

杨秀英疯了，在小杨秀英吟唱出大秦之音那悲怆的韵律中跟跄而去。

后　记

　　叙述者用近四万字来叙述一个秦腔名伶悲凉的一生显然微不足道，绞尽脑汁，构想出符合逻辑的千丝万缕来服务一条年深日久的真实故事主线，不堪重负，故而匆匆收笔。

　　杨秀英疯了，跌跌撞撞地离开了周河村。这以后所发生的故事才是向我口述杨秀英故事的几个朋友（那时候他们十岁左右）亲眼见到的，之前关于杨秀英的种种他们也是听老人们说的。他们说，杨秀英蓬头垢面，无论冬夏都是单衣薄裤，拄一根枸子棍，端一个讨吃碗，谁给她吃食，她就为谁唱酸曲。人们都知道她曾是秦腔名伶，可无论怎么诱惑她，她都不再唱一句秦腔了。我想许是秦腔伤了她的心吧！

　　这是个悲情的故事，好在真实结局并不是那么令人料峭难耐，似乎有一种乍暖还寒的感觉。后来周文金去世了，杨秀英又回到了周河村，和子女一起生活，不用再孤苦飘零了，病也有所好转。小杨秀英这个虚构人物我想一定会成为继杨秀英之后的又一个秦腔名伶吧！

　　我初见我故事的主人公时，就像我开头写的那样：杨秀英老了！头发白完了，长的长短的短，蓬蒿一般遮蔽住了双耳和脖颈。只是当时我并不知道，那曾是三股子绕起的齐腰麻花辫，散开后包起大头，插上各种头搭，那曾是炸开戏场摊子的法宝。我并不知道当初披挂上阵的腰身，如今就略显羸弱地支在两条颤巍巍的瘦腿上。我也不知道，那曾是两条能够轻松扳起朝天蹬的腿！微微颤抖的双手互搭着，拄一根戳在胸口的枴子棍。我不知道那曾是耍着水袖、挥出流水行云的双手。

初见时我坐在车里，和村支书刚下罢乡，去邻省元城子吃饭返回的途中。支书有些反常，他偏转头，几乎顾不得手中正握着的方向盘了。我就问他，那个农村老妪是他的什么亲人。他很是感慨地告诉我：她是七八十年代有名的戏子匠！奇怪，那一瞬间，我就萌生了写一个中篇的念头，题目就叫《戏子匠》。所以说方支书是我采访的第一人。但迟迟未动笔，一直到五六年后才着手，原因有三：其一，对于秦腔这门艺术知之甚少，只停留在儿时与奶奶赶会看大戏，那时其实我们都听不懂，只是大眼瞪小眼，小眼瞪大眼，我问她唱了个啥，她只说，声音亮得很，衣服花得很，滩场红火得很。不管有多晒，我们俩都会坚持到曲终人散。其二，方支书讲述得不够全面，大都是围绕她多俊、多美，甚至讨吃那会儿也美，他们一群娃娃都爱撵上看，但谁也不敢靠近。再就是说她唱戏那会儿有多少人觊觎。总之立不起框架。其三，我那时主要精力是在长篇小说《黄土地》的初稿写作上，分身乏术。

后来《黄土地》初稿完成，总觉得百孔千疮，就决定从短篇小说、中篇小说练起，于是就又记起戏子匠杨秀英来。首先得恶补秦腔知识，我选择了"秦腔通"作家陈彦的两本书《主角》《喜剧》，后来又看了介绍京剧名伶的《往事并不如焉》等，才算是有了点专业支撑。接下来就得找了解杨秀英的人来采访，几经周折，我找到了她第二个男人吕文怀的干儿子。沟通了几次，他很热心，还专程回去了几次，最后他带着完整的故事在他位于吴起县政府沟的齐师饭馆向我讲述了杨秀英的一生。我拧住采访的笔帽，当天又看了陈凯歌拍摄的电影《霸王别姬》，这时腹中有货，胸中有感，历时三个月写完了这部中篇小说《戏子匠》。

上访的女人

前　言

　　在农村，我见过太多贤惠温婉的女人变成歇斯底里的样子。她们每一个都很相似，都有诉求，都有着莫大的冤屈，都有着不是我们造成亦不是我们能去解决的问题。她们带着夙愿找我们，我们也努力过，试图寻找过办法，但往往徒劳，她们积攒下的幽怨太深太深了，除非时光倒退，她们的人生可以重新来过。这些故事和电影《我不是潘金莲》很相似。电影里那个奔波在上访路上的女人到底要什么，其实她什么也不需要，她积攒的怨艾贯穿了她整个人生，将积蓄、精力、重获的爱情，甚至一生都用在了上访上，她执拗了，她歇斯底里，她要的那句话让她付出了太多，以至于连本应已经来到的幸福都没能被抓住。在我们看来她要的不就是还她一句话嘛！——"你不是潘金莲！"当真正把这句话说给她，她还是一样会上访，她认为满世界的人都知道她是"潘金莲"了，所以她最后要的是——所有人，所有人都认同她不是潘金莲。怎么可能！既是说过"你不是潘金莲"这话的人，不也是敷衍吗！？

　　都说女人是水做的。这里面有善变、可圆、可方、可扁，可以成为一切世间所具有的形状。这里面有刚毅,冻成坚冰,是利刃,如此锐器可穿膛破肚,不在话下。这里面有温婉,似水柔情,四溢开来,情多得宣泄不完,才有了"宁在花下死,做鬼也风流"。这些个性里面又有必然的联系,从生活中诱发出来的一系列催化剂,圆了善变的个性,成了刚毅抑或温婉。

一个叫屈银花的女人,用她那掉线线的眼泪向我们诉说她所遭遇的不幸。男人总在思考女人,女人也总在思考女人。男人思考的结果,妥协了,喟叹女人和女人的眼泪。这两样东西是有威慑力的,会渗透、会发酵,会在半夜叨扰你,又是让你喟叹不幸的女人有多么不幸,又是叫你气愤窝囊的女人有多么窝囊。在屈银花的故事渗透、发酵后,总有一种思考伴随着我——她是怎么熬过来的?

她是怎么熬过来的?我相信这样一个懦弱的女人在没有遇见把他变成歇斯底里模样的男人前,一定是温婉的,她一定想象不到自己日后会变得那么"强大",成为一把利刃,刀口朝外,能够从此般无常的悲凉的世事中煎熬出来。我相信每一个女人在未婚配前都是娘家人手心里的宝。事实是这样,我向她证实过。那么当她寸步难行,在所谓的婚姻里痛苦挣扎时,那个曾为她挡风遮雨的娘家怎么又如此绝情呢?她说,她不堪重负逃回了娘家,娘家人不仅没有替她做主,她大她妈她哥嫂更是扯着她,把她从沟里拉出来扔在大路上。她说,她的脊背都磨烂了,鲜血直流。

这个女人和她的眼泪啊!总是唤我去思考。我认真了,在一个个这样的深夜我翻来覆去,终于弄清楚了一件件白天无法想明白的事情。这是我写人物的一个习惯,总要对号入座,想明白什么样的人做什么样的事,或者什么样的人贸然做了什么事是为什么,想通了才下笔。终于明白了她好多遭遇背后的事,我还明白了和发现了一件别的事。——我发现,我那颗心脏依然柔软如初,它并没有随我日益增长的好胜心及斗志而变得异常刚毅。是的,它还是它,从外界捕获一幕幕让人动容的场面,它还是会轻轻颤抖,它还是会嘤嘤哭泣。我得感谢它,谢它还能容得下屈银花的眼泪在它的面前纷飞,谢它还有良知去思考审视一个几近被世人遗忘了的不幸的女人,还有她的眼泪。

欢快、疾驰、跳跃,这一类人的人生命运很少出现在我的笔下,往往那些凄凉、凄惨、不幸的人才会成为我的素材,是我灵感的源泉。我不是一个悲观、伤感的人,恰恰因为我不是,我才会被那一类人的境遇抑或说命运所恫吓,在这样的故事面前,我不得不承认它是很具威慑和震慑的,所以我不得不慎重又慎重地去思考——她、她们是怎么熬过来的?

这个故事的主人翁如今七十多岁了,有诉求,也棘手,很复杂,她要她破碎的情感得到修复弥补,她要她受过的冤屈得以昭雪。即便她把所有的都要回来了,她还是会继续要,她还是要继续上访,因为她说过,把整个"公社"都给她她才能平息。那终究是一句气话,其实她最缺乏的是理解,她没地方诉苦,她的苦会吓退别人,她的苦三天三夜也讲不完,没人愿意沉浸在她悲惨的过往里唏嘘。所以,每当找到聆听者时,她都会用她那掉线线的眼泪来倾诉她那充满怨愤的半生。终于,泪流干了,她用一个上午或者一个下午把故事的某个阶段讲完,讲完就走,一点都不含糊。诉说完了,舒畅了,走了,她却忘记了她是来索要的了。

她并不知道,她的故事会让我思考,会让我悲愤,会让我有了创作的想法。我想过题目,还是用"上访的女人",好过"女人的上访",有包涵与被包涵的概念,更符合叙述者此篇只叙述其一的事实性。

瓜明晃晃的,在那,丝弯子却很长,那就顺藤摸瓜,看吧……

一

屈银花蜷缩在后脚地灶火口。炉火很旺,火光映红了她的脸,在她的两道泪痕上闪耀。在跳动的煤油灯光下,可以看见炕头上摆着两床新被子,颜色很艳丽,是新婚的那种类似绸缎般的料子,一床红色的,一床绿色的,被子上都绣着花,大朵大朵的那种,像富贵之花牡丹。它们点缀着这孔空荡荡黑漆漆的窑洞。前脚地蹲着个小伙子,背靠在墙上,低头沉闷的只顾玩弄手里的羊腿把子烟锅。夜已经很深了,窑里静悄悄的,只有倚在双扇扇门框上的婆姨嗑瓜子发出的噗噗声。嗑瓜子也可以嗑出轻蔑来。只见她一手半握着,手掌上盛满了瓜子,另外一只手呈兰花指状,在这只半握着的手里一粒一粒往出提,一粒一粒往嘴里送,瓜子皮是从她嘴里飞出来的,嗑得很潇洒,偶有碎屑她才伸出舌尖尖来发出噗噗声。男人蹲得太久了,用背顶着墙艰难地站起了身。他来到门口处,站在满地的瓜子皮上,看着倚在门口表情傲慢的婆姨,头也没回向后脚地轻轻甩出了两个字,"走呀。"

她嫁过来的一个多月里,听到男人张卫兵说得最多的两个字就是"走呀"。红色的被子、绿色的被子出现在她模糊的视线里。她没想到自己被毛驴驮着,被吹手引着,却是这么个下场。她痛恨的不是和她磕过头拜过天地的男人,她恨的是站在门口四平八稳嗑瓜子的婆姨,恨不得把她塞进灶火口,恨不得把她烧成灰。

她拿起柴火往灶火口里塞,嘴不停地絮絮叨叨谩骂着:"烧死你,大婆姨!烧死你,大婆姨!烧死你,大婆姨!"

"大婆姨"是这一带妯娌对丈夫弟兄排名中老大婆姨的一种称谓。也就说她想烧死自己家男人的亲嫂子。

男人的大哥常年不在家。在不在家好像也并没有多大区别。

"大婆姨"一把掀开双扇扇门的一扇子,然后侧身钻进香烟氤氲的土窑洞。煤油灯亮了,"大婆姨"叼着纸烟在跳动的油灯火焰上点燃。她面朝着油灯,俊美的轮廓更清晰了,五官是那种极少见的精致,神情也美,两指夹着纸烟等候在嘴边,嘴微张着,青烟从她的唇边升起。男人笑了,没了刚那阵的难为劲。

"你会怪我吗?"

男人上炕了,从背后揽着女人的腰,斩钉截铁地回答道:"我咋能怪你呢!"

女人将烟蒂扔在了脚地,然后顺从地转过身来。两个人腻歪了片刻,女人挣脱了出来,很严肃地说:"我们跑吧!只要和你在一搭,去哪里都行,天南海北,吃什么都行,讨吃要饭都行。"

男人没有回答她。没回复女人,不是说男人没有私奔的想法,他爱她,好多年来一直都爱她,直到现在自己成亲了还爱的是她。爱,是一股子强大的力量,能大到什么程度完全取决于爱得深或浅。男人清楚,爱骗不了别人,更骗不了自己,他新婚的这一个月还没有上过"新窑"的炕,这一点就足以说明他爱得不浅。爱得深才难,否则一切都好办了,何必把自己裹挟在两个女人之间犯难呢。他难,怎么能不难呢,娶回来的可不是石头疙瘩,是有血有肉的人啊!他能看得出,新媳妇是个窝囊的女人,只会坐在灶火口揩眼泪,不是个好战分子,明揣着理却像个当了贼的。他有几分怜悯她,但是他心里清楚,怜悯可不是爱。他后悔自己为什么要娶婆姨,明知道他相好的大嫂把他看得比囚犯还严苛,明知道会有一系列的难缠事,为什么还偏偏要娶。张卫兵也有苦衷啊,虽说他大哥为人憨实甚至有些窝囊,但总不能一辈子和大哥搅在一孔窑里吧,他也想传宗接代开一门子人啊。娶婆姨这件事上张卫兵没有错,是正常的不能再正常的了。事先他没有告诉"大婆姨",他知道这件正常的不能再正常的事在"大婆姨"那儿必定是大事,于是就隐瞒着。是他把问题想简单了,认为渠成水到,先斩后奏,啥都改变不了了,没想到"大婆姨"会不依不饶,白天站在个窑背上,晚上靠在个门扇上,让他连炕都上不去。他更没想到的是,软绳捆硬柴啊,娶回来这么个脾性的女人反倒使他难为,要是个野蛮粗狂的还好,麻缠的不行打一顿,往娘家一送了之。

看着一言不发的张卫兵,"大婆姨"悻悻地滑出了他的

掌控。

上院的这个女人再怎么失落也顶不住底院的女人。两床崭新的被子始终在屈银花模糊的视线里，有些刺眼，是能够灼伤人的那种。她拿起剪刀就是一通铰，雪白的棉花露了出来，一块一块散落在炕上。土窑登时没了光泽，瞬间就沉寂了，强烈的破败感被一剪刀一剪刀地裁了出来。屈银花被折磨坏了，当灼烧她的新婚被子变成零碎时她清醒了，有什么大不了，自己还是黄花闺女，就是不嫁人又有什么大不了，回到娘家她还是原来的她，蹦蹦跳跳，弯腰拾粪都会笑出声来。豁然了，该死的被子才是罪魁祸首，她躺在一炕的棉花里安然了，入睡了。

坐娘家。屈银花第一次回娘家，变了，热情不一样了，什么都不让干，闲闲地坐在炕头上。坐娘家，坐娘家，看来不是虚名，真的要坐。大在灶火拉风匣，娘在大锅灶与炕墙的豁豁口揉面。不是说姑爷是丈人门上的贵客吗，她一个人回来怎么也会有如此待遇呢？奇怪了呢！有种说不出来的满足感，像是走亲戚，明明又不是。最熟知的地方反倒陌生了起来，很魅惑，大、妈稀罕她，她更稀罕起大、妈来。不美好的遭遇在这种氛围里淡化了，微不足道。屈银花很享受当下。再长一点，再久一点，不能打破，倒出来的苦水只会把此刻的曼妙温馨给打破了。打破了有什么好？三个人一起惆怅？三个人一起咬牙切齿？三个人一起瞪大眼睛等天亮吗？不说，至少今夜要安稳，饭还都没吃呢。

屈银花在这盘炕上长大，如今又躺在这盘炕上。身份变了，之前叫"家"，而今叫"娘家"。重视程度大大好过从前。

每个人对她的态度大大好过从前。奇妙呢！她想和娘睡，钻在一个被窝里头，自从长大后她还没有这样要求过。当然，娘当然会，这个夜晚，这样的要求一点也不过分，像什么，像一拍即合的。娘撑开被角，她看见在娘内衣里的那不再丰满的胸脯，眼泪涌上来了忽地又漏掉了，全部。

大煨了另一孔窑的炕，把她们母女留在一处。

她知道娘要开始拉话话了，怎么能不说呢！她们母女钻在一个被窝里头，窑洞单薄的门窗已然把这里变成了一个秘密所在。在秘密所在里怎么能不说一点秘密话呢！娘是想说，她早就在思忖开场。与其说想说，倒不如说娘想知道，关于自己女儿婚后的一切她都想知道。她比任何人都想知道。娘什么都想说，什么都想知道，她肚子里掉出来的肉长大了，是一口口喂大的啊。屈银花想说，什么都想说，只是她要说的并不是娘想要听的。这一来，话题就绕来绕去的总也绕不到婚后去。虽然话题没有开拓到那里，却也开出了另一层景象。什么景象呢？不好说，但明确。是一种超乎母女之间的，又不是超乎母女之间的。哪一种？朋友？闺蜜？对，比朋友亲，是两个闺中姐妹。美妙了呢！未出嫁前，娘总是叫她疯女子，现在娘一口一个花花。只有在娘家才有这样的感觉，只有出嫁的人才能体会到这样的感觉。美妙了呢！她和娘的关系美妙呢！那是她们都同为人妻才美妙了的，平等了。她不知道，也预计不了具体什么时候，也就是当她有了自己孩子以后，她和娘就更闺蜜了，那时候她们就又多了一层关系——同为人母，她们相互就更密切了。

女人与女人自己、女人与女人间的关系变幻莫测，深不可测。

娘终于忍耐不住了,泼辣惯了的农村女人在女儿面前也装到了极限。她说:"花花,你们每天黑地也是这号睡觉?"

屈银花的脸在黑暗里僵住了,红了又白了,还挂着笑。

娘以为进入得有点冒失,改了口:"他对你好吧?"

"谁?"

这个回答明知故问了,可屈银花还能怎么回答,是"这号"睡觉呢!?是他对自己好呢!?都不是啊!

"有啥不好意思的,娃娃。你和妈一样都是过来人了。"

"过来人",呵呵,什么是"过来人",她自己心里清楚她还没过来。

"不好!"

"咋啦娃娃?"

"他不和我在一个炕上睡。"

"没有睡过吗?"

屈银花在黑暗中点头,而后说:"一次都没!"

沉寂了,气氛全变了,母女俩一声不吭。娘在想,可她怎么会想得到,万万也不会想到自己的女婿是被亲嫂子勾住了魂。她在想,从别的方向努力突围,以一个过来者的姿态。好了,心情豁然了,大多数人无师自通,也免不了会有一些迟钝的。娘是这样认为的。简单,简单,作为母亲,她要出力,不会就教,有什么不能说的,她和女儿都是嫁了人的女人,多了一层关系,没有啥难以启齿。

"妈给你说……花花,你不要臊,就那么回事,人都是呢,有过一次再就顺当了。嫁人了,脸皮子就不能还薄了。"

油灯早就吹灭了，黑暗里娘也看不见屈银花。想到一炕的棉花絮子，屈银花并未流泪，她听着，就按照娘说的方向听着。

"往他被子里钻。猫猫狗狗都会哩，别说个大活人了。就往进钻，听你妈的，钻进去了啥事情也就都解开了。"

"往进钻。"真是一句轻巧话。你怎么钻，能钻的话新婚夜里她就钻了。成亲那晚众人在，她怎么钻，众人走了，对面台子的窑背上还站一个人照着呢，哪有那么轻易就钻。后半夜静了，对面窑背站着的"大婆姨"就捅破了窗户纸，明确得很："别看你们成亲了，这个男人不是你的，这个男人是我的。"自此以后她想钻，可往哪儿钻，偶尔男人还会回来吃个饭，每次都带着"大婆姨"，即便待到半晚上，也必定会跟着"大婆姨"走，她听见男人说过最多的话就是"走呀。"

"我钻，我钻。"

尽管这句回答是违心的，更不切合实际，她的脸还是在暗黑里红了，耳根忽就变得滚烫。很快脸又白了，温热却还散不去。

她不能全部说完，第一次有了颜面意识，这种意识告诉她，在父母亲跟前也不能说。在回娘家的路上她是想说的，抖亏欠，崖畔畔上的两眼土窑洞住着她的家人，有什么不可以倾诉的，他们会替自己做主的。然而，当她上了硷畔，当土狗摇着尾巴扑到她的身边，当父母亲把她像客人一样迎上炕头时，她第一次有了颜面感。不是说她出嫁了他们就不再是亲人了。是该死的世俗，该死的"嫁出去的女子，泼出去的水"。她回来，又觉得还在路上。

第二天，第三天，第四天……他们仍然不需要她干任何事。坐娘家真的就得坐着吗？父母和第一天一样，两个人精神头很足，一个烧火，一个做饭。其乐融融最具迷惑性，她似乎忘记了她的男人不属于她。她想一直这样待下去，却待不下去，她的哥哥嫂子并没有让她感觉到其乐融融。他们时刻在提醒她，她是个外人了。

她羡慕嫂子，每一个黑夜哥哥都会爬上她的炕头，他就属于她，不管哥哥在门外再怎么"蹦跳"，终究还是要爬上她的炕头，钻在她的被窝里。以前，在这个硷畔上她特别有理，这就是自己的家，想干吗干吗。现在，嫁人了，这里变成了娘家，又遇上这么个窝囊事，她感觉自己比嫂子低了一头，有一种寄人篱下的味道，是寄在嫂子篱下的那种。

农村，尤其是偏远的独庄子农村，生活不丰裕，人就不免爱窝里横。嫂子就是。想想嫂子刚嫁过门时，殷勤的样子，跑前跑后，动辄倚在她的身后，抓起她三股子头发，给她扎一根粗粗的麻花辫子。真好，嫂子疼她。后来，嫂子生了孩子，一个接一个，底气足了，不再跑前跑后，而是坐在炕头上发号施令，她也在被领导的对象里头。再后来，哥哥犯错了，是那种在农村可以被轻易原谅，但终身低人一等的错误，是话柄，是把柄，可以有恃无恐地敲打上两句而不敢对答的错误。是的，哥哥不安稳了，把羊拦在深山里，一路的羊粪蛋子出卖了他，在更独的庄子里，在一个寡妇的炕头上，嫂子破门而入，两个赤裸的人就明晃晃地摆在炕头上，交织在一起，纠缠得不清不楚。哥哥此后就低了嫂子一头。

女主人不欢迎，好日子长不了，她得走，毕竟嫁了人，再待下去于情于理都不对了，无白白还会有闲话，闲话会灌满沟道，不断上升，最终淹没这个半山崖处的窑院的。屈银花试图在哥哥的脸上捕捉到点啥，可什么都没有，光堂堂的，平个沿沿介，漠然，稍微好过两旁世人吧。他们可是兄妹啊，从小就在一起，溜过同一个土坡，蹚过同一条小溪，大手牵着小手，有说有笑，一大一小。婚姻是个可怕的东西，过往被弄得不复存在了。怎么能说忘就忘了呢。

屈银花的哥哥确实漠然，自从她回来坐娘家就没有过好脸，冷冰冰的，就像她要把这个家吃光舀尽似的。这个男人是被婆姨拿捏住了，一呼一吸都要看婆姨眼色，嫂子让他死，他急忙死不下，就是装睡也会躺下装一阵子的。啥子男人嘛，窝囊货。她也要忘记了，怒了，兄妹俩一起经历过的她也要忘得干干净净。

这趟娘家没白坐，她在娘那里学来了招数，脸皮要厚，要往张卫兵被子里头钻呢。双腿像拽了铅，她还是离开了娘家。

钻什么钻呢，张卫兵和"大婆姨"早就私奔了，新人窑里的棉絮还在，铺天盖地。窑里值钱的东西都不见了。她的掉线线眼泪嘀嗒在棉絮上，棉絮由凌乱聚拢了起来，又成了她生活下去的唯一指望。

她一个人生活，她要习惯一个人生活。庄里的人都不理她，甚至总在背后黑她。爱嚼舌头的妇女们说她是石女。她怎么就成石女了呢，她真想把她们领到河湾，在清澈见底的河水里，站在石板平滑的地方，让她们看。你们看我，我不是，你们有的我也有，你们没有的我现在都还有。

红都县不远,一样的黄土坡,一样的蓝个盈盈的天,可毕竟是外地,到处的生面孔,两个私奔的人方便了,更加明目张胆了。"大婆姨"挽着张卫兵的胳膊,两个人倒像是刚成亲的小夫妻,他们在红都不大不小的县城逛游。他们很踏实,腰包鼓胀,有现金,有从屈银花新窑里拿出来的银元。富足啊,富足了人底气就足,哪个门门不敢进,哪件东西不敢看,岂有此理。"大婆姨"立在石台阶下,眼睛里闪着光,是那种带有瞻仰和带有欲望的光,照亮了石台阶,很闪耀,阳光似乎都在退缩。张卫兵掀开厚厚的门帘,嚯,好家伙,这里几乎就是人对这个世界所有的要求了,夫复何求啊。几个大火炉顺长摆在厅里,炉火把炉膛烤得通红。悠闲的店员嗑着瓜子,坐在高高的柜台后面,分工明确,各管一隅。想看,都想看;想要,都想要。她放开了张卫兵的胳膊,在这里谁也不能羁绊住她,她是自由的。在香烟柜台,她要了两条牡丹牌香烟。张卫兵跟在后头付账,像旧社会大小姐家的跟班、管家。又不同,张卫兵也有消费欲望,他花起钱来更如流水,直接拿了十条上海牌香烟。羊腿把子烟锅子已经让他厌恶,他也要抽带着过滤嘴的烟,他也要品味精细烟丝燃烧过后冒出的青烟。上海牌好,虽然没去过大上海,但大上海好,首先就纸醉金迷的,把"大上海"夹在两指间,缥缈啊,在它没有燃烧完之前吞云吐雾到达巅峰。值了,值这个价。张卫兵拎着十几条香烟继续跟在"大婆姨"身后。多好的料子啊!当看到一卷一卷的好布料摆在货架上时,他们才发觉自己身上的衣服太寒酸了。这哪里是大上海的模样,这分明就是大上海的"小次郎"嘛,不管在不在大上海,他们都离开了小村庄,至少得和县城人士一样,人靠衣装马靠鞍呢，新衣服上身了谁能知道他们是哪个山洼圪崂出来的呢。扯！一人先做上两身新衣服。买买买，一个上午他们就泡在百货门市里。

总住在县城的招待所里也不是长远之计。好是好，有人打扫房间，有二十四小时的热水供给，有漂着雪花的黑白电视机。就是贵，时时刻刻都是钱。张卫兵找了一处窑洞，不同于老家的窑洞，红都县城大多的窑洞是在红石头崖壁上凿出来的。日怪，相距并不算太远，面貌差异还大，这里的山基是红石，可以磨成砂的红石。靠山吃山靠水吃水，智慧的红都人在红石头上凿出一排排的窑洞来，智慧的红都人用红石磨砂，卖给建筑工地。他们住在红石窑洞里，简单的几件家具摆放在红石窑洞中，和他们靓丽的服饰相比较，一切都似乎过于草率了。

两个相爱的人共处一室，本来是件完美得不能再完美的事情了，可他们的光景却有种到头了的感觉，没有先前那么美好了。

他们窘迫了，谁窘迫了还有心思腻腻歪歪呢，嘴都快要挂在红色的岩石墙上了，还哪里来的浪漫可言。这大半年来他们除了逛吃还是逛吃，有出没进，把带来的钱财几乎花光了。人也懒了，太阳红杠杠的，张卫兵连门都不想出，更别说上工或者干个其他营生了。"大婆姨"就更潇洒了，她嘴里叼着牡丹牌香烟，居然学会了打麻将，一打就是通宵达旦，常常红石窑洞中只留下张卫兵孤零零的一个人。

还是城里人好啊，农村人做梦也想象不到城里人的生活，这才仅仅是县城，山外还有山哩，还有他们无法想象的市，再

往大了还有省会城市,还有更多发达的地方。两极分化了,说的就是农村和城市,在这个大的范畴里其实只有两级,县城和其他被称为城市的地方好歹还有千丝万缕的相像处,到了农村就飞流直下三千尺了,纯粹的两个世界。瞭不见高楼大厦,瞭不见柏油马路,瞭不见车水马龙……能瞭见的只有在绿油油的田地里承受稼穑艰辛的农户人。对于农村人来说,对于他们来说,红都县已经是天花板了。居住在红砂石窑洞里面,冬天架个炉子,炉火呼呼的,火炉上坐一壶水,蒸气顺着壶嘴和壶盖升腾,真安逸。夏天更不必说,毒辣的红坨坨太阳照不过厚厚的黄土,更穿不透红砂石,两个人相拥在一起躺在凉窑窑里的炕上,真安逸。"大婆姨"阴白了,越俊了,白皙水嫩的。她是不愿意再回去,她听说在外面更容易发财,跟做梦一样,遍地都是钱。遍地都是钱!诱惑了呢。她想去,她想带着张卫兵再带着钱去。是的,她说的不是不对。农村人进城,大致分为几类。一类是背着蛇皮袋子务工来的。他们只是改变了劳作方式,不是背着日头东山西山的了,但仍然踏踏实实的。劳动者最美,他们洒遍城市的犄角旮旯,趁着国家大发展,他们为四化、为建设、为繁荣作着贡献。一类是逛来了,探听来的信息让他们盲目了,认为只要闯出去就一定会衣锦还乡的,于是风风火火、三三两两就出发了。这一类人往往在老家的光景一塌糊涂,就是陕北人常说的"烂赶人"。当然,社会浪潮不得了,这类人有混出名堂的,而且大有人在,他们胆子大脸皮子厚。

在"大婆姨"的撺掇下张卫兵回村了,回去筹钱去了。他能问谁筹,无非是闲事不管一件的大哥和过门还未洞房的妻子了。他是谁，经过在城里社会大学的进修，他多的就是手段，志在必得。

他住进了业已没有了红色绿色被子的新窑，坐在炕头上抽着大上海牌香烟，比羊腿把子旱烟优雅几分，整个人的精神都提起来了，俨然的成功人士，是干了大事情衣锦还乡的人。屈银花摆着张脸，是给他看的，然而明眼人张卫兵看透了，蒙蔽不了他，新媳妇脸上的那层幽怨浅浅的，支不到天黑就会晴空万里。她的忙活从未停止。女人总会把爱表达在灶火，只见她一俯一仰往灶火口添柴火，冒花子开水在锅里翻滚，蒸气顺着窑顶肆意流淌，整个窑都氤氲着欢庆。她的内心不见得全是欢欣，有阴霾，当然，毕竟她的男人不声不响就出走了大半年，留下她一个刚刚过门的新媳妇。她恨他，她发誓不轻易原谅他。发誓有用吗？她的誓在她男人回来前是可笑的，只是泄愤罢了，那个时候她自己也确定不了她的男人还会不会回来，还会不会给她不理他的机会。回来了，对于独守空房的新媳妇，严格地说算惊起了波澜。回来的也是不声不响，竟然还是他一个人回来的。她的行动不懒散，热情，热气腾腾的样子已经摆在了那里。她不会摆谱，高兴还来不及。她嫁给了他，就是他的女人，女人不都是一个样子的吗，你有啥权利重新选择，你只能在夹缝里喘息，那是你的命，天定下的。

看着在脚地忙活的女人，张卫兵十拿九稳，准备了一大堆的台词根本不用说，这是个天底下最好哄的女人了，还是别给她惯起来。也不能一颗甜枣也不给她吃，分寸他懂。只要他们一对视，张卫兵就笑，耍死皮的样子，淡淡流露出几分讨好。只是淡淡的。他拿捏得稳，连笑的恰当都拿捏得住，很随意，

— 79 —

几分是全然的，几分是淡淡的，都由他把控。

她想起来娘说的"钻被窝"，脸一阵阵发烫，好像这个事是要由她来挑明一样。有了压力，手中的劲就大了，把面团压扁了又翻起来，翻起来又压扁了，整个人一俯一仰。她没发现自己表现出来的是殷勤，是一个劲的贴上去的，显得不值钱，光彩也随之失去了几分。如果这份爱赠予的是一个欣赏她，当事她的人，那么这份殷勤就升值了，难忘的，美好的。张卫兵的两只眼睛贼啊，洞察到了，接下来的每一步都无需布局了，顺其自然，十来八天他一定会如愿地揣上钱去到红都县，然后领着"大婆姨"再去到遍地是钱的大地方去。

少了一双眼睛，独庄子显得更幽静，只有新婚的他们，一切都朝着一个不言而喻的方向去了。黑魆魆的窑洞里有波涛，很汹涌澎湃，能把人掀起来又放下去的那种。屈银花满脑子只有一个字——"钻"。愚笨的女人啊，水到渠成自然发生的事情还需要你煞费苦心吗？张卫兵在黑暗里悠闲地擦着洋火，一支大上海在暗黑里灯火辉煌了。他沉得住气，他不可能不为所动的，他是一个浑全的男人，七情六欲既然能战胜他的理智，让他带着大嫂私奔，更别说这是他明媒正娶回来的新媳妇呢。正好，看着他照着他的女人不在眼前，而且看着他照着他的女人似乎有意让他回来走这么一回。他不冷静了，半支烟还没完就掐掉了，他在自己的被窝里不安稳起来。正当他思考怎么挺身而起时，新媳妇光溜溜的身子就钻进了他的被窝。

她是什么时候把自己剥光的呢？带着疑问，他第一次履行起了丈夫的职责。

二

张卫兵走了以后,"大婆姨"瘦了,脸都小了一圈,一双大眼睛使得这种消瘦显得凝重而又突出。在她心里张卫兵是她的男人,再不会是任何谁的了。这不是占有欲,是爱情所特有的特点,忠贞,是爱情所特有的特点:唯一性。一个月的漫长等待,让她看透了许多。她甚至能够总结出富有哲理的话来。——昨天和明天都是哄人的。她的话说得太高级了,可不是吗?昨天爱得死去活来,蜜语甜言,海誓山盟,手挽着手就私奔了。今天呢!今天就只留下她自己在红砂石窑洞里抹眼泪。她确信张卫兵会回来,只是自己在心里设下了一道坎。这道坎多深呢?好深,是曾经相爱筑起来的高峰倒置了,变成了壑,就那么深。不!不止,有两倍那么深。明天还会好吗?后天就更不存在了。

她突然想起了烟,吸一根烟就会让思绪缥缈一会。她现在改抽"大上海"了。——深层次意思很明确,她想他。她吸烟古怪了,不是侧躺着,仰面朝天那种。她仰面朝天太美了,摆在那里,瘦弱让她多出了几分妖娆来,有理有据,一条腿跷在另一条腿上,像一把发光的手术剪刀。朝天就朝天吧,倒也没事,不至于被烟呛住吧。她从烟盒里拽出一根来,纸烟在她几根纤细的指尖上翻滚,身不由己。她把它噙在嘴里,用唇轻轻地夹着。她似乎忘记了自己要干吗,把玩了又噙住了,噙住了又不点火。她心伤了,只会专注地去想一件事。在模糊的视线里,她认出了那是一支烟。眼泪就汪在那双大眼睛里,倒映出火光来。她很深、很狠地吞了一大口，然后闭上唇，让它们穿过自己的五脏六腑。许久，双唇又开启了，烟徐徐地出来了，带着内心丝丝缕缕的悲伤。"大婆姨"吸烟就是为了吐露悲伤的，是一声没有气息的喟叹。仰面朝天，那一缕愁苦就那么升腾起来，排放出去，她的体内这才得以安宁片刻，风平浪静。烟灰一点点形成，在"大婆姨"的双唇上纹丝不动。

  人对现状不满了就会念旧，会搜翻出一件件小得不值一提的往事。"大婆姨"娘家的硷畔上有一棵土梨树，白花花开罢以后就会挂上俊样的梨蛋子。她记得那一树的梨有多俊，个个都好看，匀称，光滑。俊梨没有不好吃的，皮薄，多汁。小时候，他们一群娃娃摇动粗壮的树干，一树俊梨无动于衷，只要她看上一眼张卫兵，张卫兵就会像猴子一样爬上去，用衣襟盛满梨蛋子，又和猴子一样从树上下来。她讨厌和她一起吃梨的女娃娃们，是她们沾了自己的光。再后来他们长大了，十四五岁，她指着一树的梨说："你长大后会和这个树上的梨一样俊。"多年前的一句话，他们能记一辈子，放在心里，不时拿出来重温一下。他们明白，只是不知道这句话蕴含着暧昧，充斥着一个少女对仰慕者最美好的寄语。她还想起他们一群半大孩子去钻窨子洞。谁知道洞里有什么，大人们说有毛野人、有虎豹豺狼、有牛鬼蛇神，来到洞口就能感觉到有凉风，很瘆人。那种恐惧至今她还记着，像趴在半山绝壁上一样，进退两难，头皮发麻，两腿打颤。这个时候的关爱就显得尤为重要，张卫兵会把她保护在自己身后，让她拉住自己的衣襟。

  后来，他们长大了，张卫兵长成了俊梨的样子，人高马大的，额头宽广，五官俊朗。她也出落成了俊蛋蛋的美人，扎两条麻花辫。他们却没有再一起出现在梨树下,也没有再一起钻过窨子洞。他们各自只能偷偷地站在对方家的山畔畔上,向镶嵌在山洼洼上的窑洞凝视。一个洋溢着十足女性气息的俊女子在凝视,就是小时候那种暧昧的延伸和拓展,有依据,不明显,不知所以然。相同,一个浑身散发着柔情的汉子在凝视,是因为他记住了无数句她说过的话,不可否认都是些不值一提的话,不可否认那些话发酵了,变成了心尖尖上的事。爱恋,有了爱恋的感受,内脏就不能算内脏了,心叫灵魂,只有灵魂才能颤动,只有灵魂才能担得起心尖尖上的事。

后来的事不由人,她变成了他的嫂子,很悲怆。再后来的事也不由人,就这么理所当然。

屈银花在成亲的大半年后才算圆了洞房。天明了,又是一天,崭新的。经历了反反复复、千篇一律的一夜,屈银花稀里糊涂的,心却明白了。一个没有言语的夜晚也能庄严,这是怎么一回事呢?过后,她确定自己没有被抛弃。她望着疲惫得还在熟睡的张卫兵,然后窸窸窣窣地给自己裹上衣服,蹑手蹑脚地下了炕。

屈银花抱着柴火,鼻孔里发出节奏明快的哼哼声,走路的样子也很俏皮,两条大腿随着膝盖朝外迈开了八字步。日能了。就是日能了。不对!鼻孔里哼哼,确实是自己有意而为的,走路的样子真的不是她情绪外溢的表现呀。一阵晕眩,心跳加速了,脸也红了,一些记忆稀里糊涂地在她的脑海里过了一遍。脸是红着,表情却从容了,不急不慢,她把柴火放在脚下,努力把膝盖往里收了收,走了两步,日怪,大腿面还是那样朝外分开着，留下一道明显的缝。风从她的身体穿过。

原来蜕化成一个真正的女人是能够被看出来的呀，她真想就这样迈着八字步，离开这个独庄子，到一个一个独庄子的硷畔去。你们看看吧，我不是石女，我男人来过。她一直迫切地想有这么一天，想有这么庄严的无需要言语的一天。嫁给张卫兵是她的命，她哪里敢和命去搏去斗啊，熬吧，这一天来得还不算太晚。究竟还是"受伤"了，可她没有其他女人那么矫情，她不需要"回门"。人可真会体谅人，尤其是体谅女人。"回门"有意思，洞房花烛夜以后，每一个新媳妇都会蜕变成真女人，貌似一个令人恐惧的过程，又貌似是一个非常曼妙的过程……总而言之，这一夜过后新娘子和新女婿就必须得返回到新娘子的娘家去，必须要待够三天，而且不能睡在一起。这是为了让新娘子新媳妇歇缓的。这就是"回门"，这就是讲究，农村人说的"哈数"。很科学，很人道，更有几分细水长流的劝阻意思。屈银花自然没有"回门"的待遇。她才不需要"回门"了呢！好不容易抓在手里的东西，怎么能就此撒手了呢！她重新拾起柴火，很珍贵，怀抱着，两腿就迈开八字步了，还故意朝大了迈了，日能的。到门跟前，她就背过身去，抬起臀，用它们轻轻弹开了双扇扇门的一扇子。

她要把米汤熬得糊糊介的，她要把洋芋条子切成头发丝一般，她要把鸡蛋合着韭菜炒得丁是丁卯是卯，她要把馍馍蒸得个个都咧开嘴笑……她要把炕头上酣睡着的他的掌柜的伺候成庄里最最享福的男人，她要他十指不挨地，她要他干净体面，她要他健壮……

男人的心只要野了，只要是有所属了，单凭几口热乎饭菜，和一个能给予他片刻温存的女人，是留不住的，况且那还不是他爱着的女人。张卫兵的心根本不在这里，每吃一口热乎乎饭，他就会想起还在红都县，还在红砂石窑洞中的"大婆姨"。屈银花哪里知道自己所做的一切都是徒劳的，可怜的女人沉浸在独自营造出来的安稳里傻傻地开心。她觉得，上了炕，圆了房，她就是张卫兵的女人了，生在一个炕头，死就在一块茔地。

待了一个月了，张卫兵动上了走的念头。计划要加快实施了，他宽广的额头拧起了个疙瘩，他在思索。这个傻乎乎的女人倒是不难哄，只是她手里那点家底，仨瓜俩枣，招架不住外面的大世界啊。张卫兵的主意根本不在这儿打。可别小瞧一个只有仨瓜俩枣的女人，她们有娘家，虽然嫁出去了，水是泼出去的，血可浓着哩，何况他张卫兵还有一张嘴呢。

屈银花早就想出门了，更别说是自己男人主动提出要和自己回娘家了，就是能踏出自家硷畔到其他庄户的硷畔浪一圈都行。她太需要证明了，一个女人最基本能得到的，在她这里都成了炫耀的资本。人往往就可怜在这些地方，你费尽心机想要人尽皆知的东西，常常是别人信手拈来的，一文不值。那又怎样嘛！屈银花自己并不觉得自己可怜呀，日能的。

他们结婚时没有"回门"，时隔这么久了，新女婿都快成老女婿了，张卫兵才第一次踏进丈人的家门。他们彼此陌生，没有过走动。他们需要借此机会相互了解。谁能先把谁了解透彻了，谁就占了优势。势必会有这个阵仗，如果非要比作两军对垒，那么所谓的优势就是占领的高地，俯冲会赢，死守也会赢，进退自如。会有这个阵仗的，不夸张，都在张卫兵妻哥挡狗的话语里,听话听音哩,好音啊声都脆着哩,不好的音啊声都乖张着哩。这几句话,顿挫的音调里暗含了埋怨。把粗狂埋在文雅当中,老小伙子一时还很享受,把自己沉浸在了得意中。"狗东西!自个儿家人你都认不得!狗东西!"一上硷畔就是这么一出,含沙射影的。

屈银花知道哥哥不是向着自己说话,更不会为她打抱不平,哥哥只是碍于情面,觉得没被妹夫尊重过罢了,觉得妹夫怠慢了他们这些妻家人而已。张卫兵也不是吃素的,人高马大,足足高出了妻哥一个头,他甩了甩头发,宽广的眉头又拧在了一起。他毫不示弱地站在丈人的硷畔、妻哥的面前回了一句:"好狗不挡路!"

还没到剑拔弩张,空气就凝结开了,好在张卫兵手上提着的几个鼓鼓囊囊的配着塑料手环的三角布包解围了。伸手不打笑脸人嘛,毕竟没有几个女婿会如此大方的。妻哥愣是让开了一条道让妹夫过去了。院子当中是丈人丈母娘。有种重重障碍,有种步步维艰,有种过关斩将的意思吧。"大婆姨"给他置办的行头派上用场了,他的丈人丈母娘哪里见过钉着掌子的皮鞋啊。它们掷地有声,即便踏在虚土上,也会在地上留下一个个让人瞅上半天的小方格子来。这也算一次较量,显然狭隘在大世面跟前沦陷了。张卫兵这个窑进得容易啊,从容不迫,似乎已经占上了高地。

女人要是过得幸福了,回娘家都会神采奕奕的;女人要是过得恓惶了,回娘家都展拓不了。两种截然不同的坐娘家,屈银花都深切地体会过。她永远也不会问"凭什么?"她迈不出圈,她就是一个需要依附在他处的女人,和几乎所有的女性一样。——她们的命运是被一条缰绳牵引着的,朝哪儿去完全看执绳的人把你往哪儿拽。有种听天由命的意思。屈银花思虑不到这一层,只是顺从,她也只会顺从。她的身子、骨头里就没有反驳、反抗的意识,在男人不在的日子里她多恓惶,一个人操持着所谓的家,甚至连她自己也不知道男人还会不会回来,男人还要不要她。所以当男人推开家门站在脚地的时候,一河水就那么消融了。此刻,屈银花是世界上最幸福的女人,在娘家人面前头扬起来了。一炕的礼品,有给娘的的确良外衣,有给大的大上海牌纸烟,有给哥的火车头帽子,有给嫂子的花衬衣,有给孩子们的糖果。他们哪里见到过这些稀奇物品啊。秋天没了秋天的样子,妻哥戴个火车头帽子满脚地显摆。一炕的人吵吵嚷嚷,大有腊月临近过年的意思。

娘放心了,冲着屈银花一个劲笑。

酒席得备,女婿第一次上门,没"回门"已经坏了礼数,那是女婿没做在人前,如今来到了丈人门上,怠慢了就是有理的又失礼了。屈银花家人决定摆一桌子。娘、嫂子还有屈银花她自己,几个婆姨女子撸起袖子在灶火锅台忙活着。老丈人靠在当炕的被褥摞子上,妻哥和张卫兵分别坐在两边。老丈人小心翼翼地拆开整条大上海纸烟,拿出一盒,又从盒子里掏出三支来,让罢女婿后给自己嘴里塞了一根,最后将剩下的一根扔到了儿子的面前。张卫兵划着火柴,用一根火柴分别为丈人、妻哥、自己点燃了纸烟。不得不说,此时的"大上海"化解了尴尬,三个男人除了使劲地吮吸还能说什么,总不能扯展了一直寒暄下去吧。他们的嘴里鼻孔里冒着浓烟,说他们使劲咂烟,一点不为过,抽惯了辣舌头的旱烟锅子,指缝夹一根柔软的纸烟是何体会。意义重大了，老丈人觉得自己高级了，虽然没有像张卫兵那样地去感受"大上海"，却也钻出了窄沟，他想夹着它去一趟川道，再逛一逛公社的街道。夹着纸烟，妻哥也有体会，他的体会简单明了。他想起了后沟的寡妇。她命苦啊，一个婆姨女子拉扯两个半大娃娃，几架山的地都得她种，各种各样的活都得她干。她可真好啊，每次去了她都会从鸡窝里掏出几颗粘着鸡屎的新鲜鸡蛋，然后给大铁勺子续一截子长长的把子，再往勺子里浇上黄芥油，伸进灶火口，用筷子扒拉铁勺里的鸡蛋……她可真俊啊！俊个蛋蛋的，尤其是她俯下身子去掏鸡蛋，花衫衫随着胳膊朝鸡窝去了，露出细长婀娜的腰身。那时候，他能想起的就是马蜂，那是马蜂腰啊。漂亮的马蜂，在花丛中扇动翅膀，在一米阳光里通体发光。正对着他的是两瓣一模一样的臀，它们因劳苦而健壮有力，挺在半空，悬着，翘着，它们与外界就隔着沾满土的一层薄布，光辉却没有被尘土掩盖，反而更完美了，是某种气息，乡土？淳朴？这绝对是上天赋予劳动女性独有的魅力，不容玷污，不容亵渎。当然，张卫兵那鲁莽的妻哥还意识不到这一层，还很"单纯"，单纯得只剩下一种臆想。夹着纸烟，张卫兵吸得不紧不慢，他在思考，他的花花肠子可多了去了。"大上海"的富丽堂皇他早就仰仗香烟领略够了，他要到遍地是钱的南方、东方去。在他的意识里，北方是去不成的，北方就是他们这里，尽是山沟沟。他要带上爱的人，必须是他们两个人，手挽着手，让她的头枕着自己的肩，一起在绿皮火车的舒适车厢里驰骋。他要带上足够的本钱，他要让这一家人为他的目的倾囊。托盘而出吧，外面的世界遍地是钱，你们会沾光的。他并没有欺骗的意思,他发达了不会不懂感恩、不懂偿还的,这点他可以保证。他不需要忏悔,心却还是咯噔了好几下,当他看见屈银花灿烂的笑容时。

人都有欲望,像一扇门,有的人自己拿钥匙,有的人则需要别人帮他去开启。一旦打开了,另一个世界就会在眼前,明晃晃的,耀眼但不迷离,样子真实。当张卫兵把听到的,把他打开的那扇门里的陈设全部叙述出来以后,极具诱惑,熏黑的窑壁透出了光亮,什么都变得清楚了,有序了,鳞次栉比,气氛高涨。"大上海"缭绕的烟雾有些激进,氤氲在一双双扑朔却不迷离的眼睛里。

"……一节子又一节子的火车皮,铁房子,连在一大,它们爬在铁轨上头,把外面遍地的钱朝回来拉。那里的工厂啥都能造,东西'贱'得吓死人,拿回来了又贵得吓死人。几块钱的衬衣回来就变成好几十块了。录音机、手表、手电……要甚有甚,要多'贱'有多'贱'。现在开放了,说白了就是放开了,就让你赚钱。开放了就要往出跑。往出跑的门路我都寻得上。"

妻哥听到这,一双求知欲很强的眼睛露出了几分疑虑:"带回来给谁卖,谁要?"

"心操得太多了!咱们也有城市,也有想往前赶的人,兜兜里头揣着钱呢,急躁的还没处去买。这个我早就打探好了,去之前就把他们想要的东西记哈,稍微收点钱。当然,空口白牙的,人也不一定给你多少。不管咋个说,东西拿回来都会放抢的。这长久买卖,常年跑下来你们想。一半年光景还不给大买上个自行车,给哥买上个自行车。嫂子想要啥?那时候你花衣服、各种料子的衣服穿都穿不完……"

妻哥好像已经骑上了自行车，在川道上，和邮电局的绿色自行车并排排跑，一群娃娃在后头追着。大冬天，嫂子也不再裹着宽松的大襟袄了，红个当当的毛衣外头套了一件呢子大衣……大夏天，她穿着柔软光滑的花衬衣配一根抖料裤子，在公社的集会上逛游……他们想让张卫兵即刻就出发，迟一分钟就耽搁了六十秒。

越是着急得逞的人越显示自己不急。什么是城府，张卫兵哪里知道什么是城府，却把这两个字用语言和行动诠释得不再深奥。他不急，急什么，有人急就对了，他反而表现出一种懒得去，还不带你们玩的感觉。

张卫兵来到硷畔，尿了一道，然后圪蹴在狗窝边。土狗一个劲摇尾巴。"这就认得了？狗东西。"他提起土狗的耳朵，故意把满嘴的酒气呼在土狗的脸上，有几分挑衅的意思，"一回生，二回熟，咱俩多待一阵，罢了请你吃骨头……"

他才不愿意和狗待在一起，他知道这个时候他又会变成外人，他知道在他离开以后窑里会议论什么，那就多给窑里预留点时间吧。

大说话了："卫兵还是个活泛人，能成事。三出门、九出门的，也是个老出门人了。"

哥也说话了："开放几年了，就要这么干，朝出跑的本事我没有，能看清的本事我还有呢。你看人那穿戴。吃穿亮家当。还是能弄哈。"

嫂子早就憋不住了："不是说先富带后富嘛！他油头粉面，满嘴油腥气。银花，你就不能给说说叫把咱们都拉帮上。"

娘也开口了："是啊！有这么个能行人，渠渠道道都通着。一阵回来你就给他说道。"

七嘴八舌了好一阵子。张卫兵进了门，把脚上那双皮鞋整整齐齐地摆在脚地，然后坐在了先前的位置上。好几双眼睛都在那双黑魆魆的皮鞋上。

三

潮信没有了，屈银花知道自己这是怀孕了。她学起临生靠月女人的样子来，两只手插在腰间，走路挺起肚子。才两三个月，她的肚子当然还是瘪平的，就只有她自己知道端倪而已。她盼自己的肚子大了，肚子大了才最有说服力，比大腿岔开了走路更有说服力。这些基本的、女人都会历经的事情，在屈银花这里统统值得炫耀。

美没有标准，很难评判出两个风格迥异的女人谁俊谁次，萝卜茄子的。屈银花就不同于"大婆姨"，不能一锤定音——谁俊，谁次。一个地地道道，本本分分，如同大多数农家妇女一样，第一个爬起来，点着灶火，柴米油盐酱醋茶。一个更缥缈一点，若隐若现，不食人间烟火，不够真实，有时候像诗人一样，浪漫的只有远方。长相上她们是一致的，都俊，不差上下，有吸引力的，谁看了都会忍不住再看一眼，再看一眼，趁着她们不注意就盯着一直看。"一顾倾人城，再顾倾人国。"美的东西就是那般美好，让人忘乎所以，欣喜、狂热、感慨，催人奋进。挪不开眼睛的长相，要什么有什么的身段子。张卫兵可是羡煞了庄里旁人啊!

"苍蝇不叮无缝的蛋。"屈银花这样貌美,男人又音讯全无,庄里自古就不缺闲人,闲人还不只一个,他们装神弄鬼,半夜里站在屈银花的窑背上,弄出些稀奇古怪的声响,鬼哭狼嚎。她知道是群好事者,目的明确的甚至不用去猜想。当这一系列操作实施过后,闲人们又得寸进尺,他们前仆后继,一波接一波,趴在屈银花的双扇扇门上,贴在麻纸窗户上。屈银花蜷缩着身子,一言不发,大气不喘。劲不上,那就不作声。女人的默不作声,就是一道鸿沟,别看是比一墙之隔还要近的距离,就是躺在一盘炕上,他们也不敢轻易靠近。默不作声却劲不上有人胡说,嘴不在她脸上,由不得她。爱吹嘘的男人,谝着谝着就忘乎所以了,把那点心心念念的臆想说成了真的。捕风捉影的人更劲不上,他们把听来的只言片语组成一大段一大段的情节。都是要人命的情节,说的好像他们本人就站在炕墙边上一样,好像他们本人就是在屈银花行龌龊事情时垫在她屁股下的褥子似的,一五一十,有声有响。

她要再养一条狗,养一条对她好的狗,而不是甩一根骨头就摇尾乞怜的狗。硷畔耷拉眼睛的土狗不称职,像某人,心里没她,它生的意义就是把自己的肚子混饱,其余的都无所谓,本能的那点职责只剩下朝窑的方向报个信了,至于踏进院子的闲人是否会钻进窑里,是否会对它的女主人构成威胁,完全与它无关。真是一个脾性。她恨开了狗,就也恨开了张卫兵。

庄里有几条凶狗,如果把它们拴在硷畔或是拴在窑门口,哪个敢靠近。不是没办法得到,只怕是喂不熟了,她得寻一条半大的狗,一条不日就会长成凶猛样子的狗。她挺着肚子终于在支书家的院子寻见了。两条，两条半大身材的狼狗，威武、雄壮，它们扯着狗链子往来的人身上扑，龇牙咧嘴，顽强不屈。

"卫兵婆姨！"支书肩披一件陈旧但没有一处补丁的中山装迎了出来。看见是屈银花他很吃惊。一贯神色不外露的男人感觉自己有点失态，便收起了眼神，比先前那一声"卫兵婆姨"降了好几个调调，缓缓地说："稀罕人。进来，进来。"他觉得自己是乱了方寸了，怎么能把心里想的全都说出来呢。稀罕人就稀罕人吧。他走在前头引路，到了门口处就揭起门帘示意屈银花先进去。

是来索要东西的，这个嘴难张啊。屈银花有些忸怩，让她坐她也不坐，站在当脚地不知所措。更美了。狗还在拼命嘶咬，两只一齐，互不相让。

支书卷着纸烟，眼睛却并不在手上。他盯着她看，两只手全神贯注卷着烟。今天和往日没啥两样，今天却别样了，格外舒坦。屈银花低垂着头，眼睛瞅着自己的鞋，原本的矜持在支书的眼睛里变成了意味深长的举动。他不是没想过，只是身为村里的能行人，他不能也像那些个闲人一样站在窑背上、趴在窗户上，成何体统。今天，如此的近，就在眼前，只有他和她，在一孔窑洞中，她的秀色就这么让他饱餐饕餮。

人的贪婪是能够被察觉的，屈银花短暂的"婚姻"生活已然让她成为过来人，再被动地低下头，事态将会发展到难堪的局面去。她要适时地阻止接下来。支书还在打量，屈银花抬起头，眼睛正好与支书的相遇，好在那一支卷烟到了最后一道程序。支书低下头伸出舌头舔舐着手里的纸烟。毫不夸张，在博弈。一个带着来意，一个心存不轨，一个犹入虎口，一个昭然若见。

屈银花转过身去，朝着门外还在拼命吼叫的狼狗："支书，我想要你家的一条狗。"

原来是有求于他的。支书身子一松，长出了一口气："那有甚，拉走，拉走。只要是你想要的，驴圈的驴你都可以拉走。"

他站在她身后，举止肆意了。其实也就是两只眼睛不再被禁锢了，从屈银花那根长长的麻花辫开始，途经脖颈，一直来到腰间。他想到水蛇，一条浑身扭动的水蛇，每一个弯弯绕都叫人怦然。他的两只手不安分了，想随着水蛇一起扭动。只是想。那双灼人的眼又来到屈银花的臀部。匀称，一模一样的，就在那层薄薄的布里。它们骄傲地翘起来四平八稳地钉在当脚地，让他挪不开眼。浓烈的旱烟缭绕在半空，刺进他的眼球里，他的双眼开始流泪，人迷乱了。

这时，屈银花刚刚转过身来，被身后流着眼泪、端立在脚地的支书吓了一跳。这情形她懂，要吃亏的，于是迈开腿就跑。支书弓着腰往前捞了一把，什么也没抓住。

"怂婆姨，跑什么？站住！吃你呀！"

屈银花站住了，脸涨得通红。她安全了，立在光天化日下。

支书又变成支书了，一本正经的样子。他来到狗窝前，解开一根拴着公狗的链子。牵着它说道："这条公的，厉害着呢。我给你拉到硷畔。它还不认得你，你喂上一向就熟了。"

狗拴好了，警觉地端站在硷畔，前蹄并拢在一起，一副立正的样子，随时准备进攻。原来的老土狗耷拉着眼睛，对于陌生的村支书和他拉来的半大狼狗很漠然，持重的同样让人无法忽略它的存在。

支书大屈银花十岁，很关怀，双手抱在胸前，问长问短，也是一副持重的样子，只是多了做作的成分。他那是故意端着的，在村上作为领头人、主事人，他不仅要在行事中树立起威严，形式上更要拿捏得住，走路手要背搭着，站着手要交叉抱在胸前。四下无人，他端着却也累，于是背搭起手来径直朝窑里去了。又回到了迷乱的氛围，他的眼睛舍不得离开，每一眼都会点着一团心火，现在他感觉自己狼烟四起，告急了，所有的防御全都被瓦解了，濒临沦陷。瓦解吧！沦陷吧！他从前脚地走到后脚地，又从后脚地走到前脚地。几个朝向，几种心思。朝后，是压制，盖住一团团心火。朝前，是赏析，扫射门框上挡住光的倩影。转身，是纷乱，瞥一眼炕头。屈银花分身了，在支书的几种朝向里都有，化身为几个不同的样子，有真实、有幻象，由着他变戏法。狗不叫了，没有任何干扰他思绪的声响。狗毕竟是支书喂大的，它会冲所有闲人撕咬，唯独默许支书的到来。莫大的鼓励，他又卷了一根纸烟，浓烈的旱烟飘进眼睛里，又流泪了，迷乱了。

屈银花不会踏进窑里，就站在门框处，面向门内，礼貌有了，也很安全，随时可转身走进光天化日里。感谢的话她早就说完了，不只一遍，每一遍都带着结束语，可满脚地逛游的男人还没有走的意思。她开始讨厌。"讨厌"——这种情绪会波及，会散开来，会把自己心里不满的所有人和事都牵扯进来。她想起靠在门框上催促男人离开的"大婆姨"。现在，她就站在门框上，也在催促脚地的男人离开。她泛起糊涂，她为什么不如她，一样是女人，她立在那里为什么竟毫无意义。是她手里没有握着一把瓜子？肯定不是。那就是她没有斜着身子靠在门框上？对呀！挡在那里别人怎么走。屈银花侧身倒在了门框的一边，把另一边完完全全地空开了。

另一边空开了，有了间隙，是要容纳的样子。被堵住的一边更像是瘫软了的，倒在那里的，没有骨头，女人的一团肉，有些妖，有些指靠别人的魅惑在。明确了。支书转了几个来回，浓烈的旱烟让他深情，眼眶红红的。就在他抬腿要穿过去的瞬间，手脚却不知在干吗，没有下意识的操作，转身，扯拽，很连贯，大脑不需要释放出指示，行为更一气呵成。屈银花显得单薄，不经扯，不经拽，一个趔趄就扑倒在了炕头。一个熟悉的画面出现了，支书前后脚地幻想了无数回的样子。好了，就俯身在炕畔上。潜能，弱小在面对强大的时候会显示出来，压不住，这头降服了，那头又冒了出来，七股八杈的，劲不上。支书有些沮丧，气喘吁吁，人困马乏的样子。望着还在挣扎的屈银花他又有些不想罢休的感觉，可劲不上还就是劲不上，霸王硬上弓不适用，看来得放弃，另辟蹊径吧。

没得逞，气氛就尴尬，不知说什么好。支书起身，拽了拽凌乱的中山装，捋了两把头发，走了，丢下一句话："怂婆姨！等着！"两条狗摇着尾巴，像是欢送，又像是欢迎。

"等着！"——两个字，意味深长，不罢休，是起誓，挣扎后内心经过了简单明了的梳理后蹦出来的话。还有着十拿九稳的把握在。哪里逃，你在的一方天地广阔吗？看看清楚吧！多的就是办法，对于一个当权者来说十拿九稳。"等着！"支书满脑子就两个字,附带着克扣,附带着"穿小鞋",附带着找麻烦。支书有点气急败坏。张卫兵啊!张卫兵。你的女人们咋就一窍不开呢!这方天地里,哪个女人会拒绝一个英武的村支书啊!要甚有甚嘛!人高马大、身强力壮,他可是十里八里"家有千口"主事的一人啊!怂婆姨不屈不挠、誓死不从的样子,反过来心平气和地想,有意思,有意思了,激起浪花千朵,只是白白耗费了一身力气,比下苦还要磨人,只几个回合就把他几天来积攒的力气一股脑耗尽了。日怪了,日怪了。张卫兵是人是鬼?他的两个女人中邪了?一个个忠心耿耿的。他想起了张卫兵的嫂子,一个令他想起来就摩拳擦掌的女人。那个吃软不吃硬的女人,不费力气,可费人啊!

支书卷了一支旱烟,靠在一棵榆树下回想起当年来。

回忆有趣,总有开端。关于"大婆姨"的回忆每一次都是从一瞥和一笑开始,撩拨得很,内心的独白也跟着回忆来了,来了,"骚!真骚!"那感觉至今都清晰可见,确实勾住了他,东挪不得西转不得,膜拜,瓦解,崩塌,进而臣服。他可以求爷爷告奶奶说上一大堆不着边际的话,没羞没臊,没脸没皮。尊严?要它做甚嘛!管毬它呢!只要能上一回,他宁愿把"支书"让出去。疯魔了,病恹恹的,一心一意想。"大婆姨"还在村上的时候,他的腿就不由自己,一前一后,一后一前,反应过来已经踏进"大婆姨"的窑院了。那曾经最最向往的地方,如今路过还忍不住想上去瞅瞅。她不烈,温吞子水,情意绵绵,把自己分割成两瓣,一瓣妖娆,一瓣矫健。给他带去的直接感受就是,想抓一把,一把却抓在了空中。她不恼,回头一瞥,还一笑。气氛不尴尬,弄得他恨不得跪地求

饶。"大婆姨"懂，懂得"情调"两个字，她能给予当权者的最大馈赠也就是情调衍生出来的那一点心存不轨吧！她不会吃亏，会点到为止，会戛然而止。所以，她不会被暗算。

可怜的屈银花就没有"大婆姨"那样的本领，她分明，不含糊。支书哪能就此罢休，一次次踏进院子，必然一次次扫兴，久久就积怨了。两条狗再怎么摇尾乞怜也挽回不了他下狠手的决心。他在等机会，等一个磨平女人孤傲内心的机会。

鬼魅的时间，张卫兵回村的一段时间她期盼分秒却又被分秒煎熬，"大婆姨"独自在红都等他回来，饱满的热情消耗殆尽了，就在差一点陷入万劫不复的时候，张卫兵回来了。门没插，一束光"呼啦"一声照进了后脚地，洒在"大婆姨"的脸上。她躺在炕上，没有别的，憔悴、虚弱，俨然大病中的样子。眼睑红红的，肿胀消退后楚楚的样子。她不用睁眼也知道是谁掀开的门，人瞬间就没了筋骨，跷在一条腿上的另一条腿掉了下来。一股子毫无由来的热血窜出来，很强劲，顶住她的胸腔，不罢休，还在奋力往上推，拉扯着喉结。她身子微微颤抖，眼眶一热泪就从眼角滑落了，哽咽但不出声。张卫兵俯身擦拭着"大婆姨"眼角不断涌出的泪，可总也擦不完，愈来愈多，从无声变成啜泣。他抱住她，只是紧紧地抱着。她在他怀里抽搐。张卫兵没有说安慰的话。他能说什么？说什么都是苍白的。他只能用拥抱和体温证明——他在呢！他回来了！他再不走了！再也不会离开她了！

是他的错吗？钻在他温暖的怀抱里，贴在他炙热的心口口上，"大婆姨"理得清，有分寸。——屈银花是用毛驴驮着，吹手引着，和张卫兵跪在高堂下拜过天地的，是张卫兵真正意义上的婆姨。她再自私也该成全她爱的男人。"大婆姨"哭诉道："我们生可以厮守。死了呢？死了总不能让你变成孤魂野鬼吧！连个后人也没有，女儿骨都没人替你张罗，孤坟一座。我怎么能看着你那么恓惶。"他娶亲没错，她嫁人没错，他们都没有错。既然全都没错，那她还难过什么呢？悲痛什么呢？"大婆姨"仿佛又理不清了。她不再说话。在一个矛盾体里头，其他的都没错，那么究竟是谁的错？是他们共同所有的这段爱情错了吗？才不是！想到这儿，"大婆姨"理直气壮。广义，张卫兵真没错，确实这样。可相爱的两个人谁又会理智地判断出广义与狭义来呢！所以，真理：爱情的无数前缀里"狭义"很突出。狭义会让人变得狭隘。狭隘在他们的境遇中所表现出来的就只能是撕心裂肺。那就是他张卫兵错了，很符合。爱情有要素，对的时间、对的地点和不一定对的人物。可他们的爱情偏偏是错的时间、错的地点和对了的人物。她爱了，也恨了，交织在一起，变成了张卫兵手腕上一个深深的、带血的齿印。张卫兵宽广的眉头皱成了千沟万壑，那一口用尽浑身力气的咬合甚至让他感到快慰。

几天后，麻将摊子又支棱起来了，"大婆姨""痊愈"了，气色好多了，红润的嘴唇噙着牡丹牌香烟，一双修长白皙的手在麻将桌子上叱咤风云。就一个简单的打麻将，"大婆姨"的魅力都可以肆意彰显，超然不群，这个"群"相比较的并不是桌子边上其余的三个人，只要是她上场，身后总会挤满围观者。她果断，不犹豫，三个手指抓起牌一搓，该打的打得干脆利落，该留的留得掷地有声。输，面不改色，嫣然一笑；赢，千秋大业一壶茶般，等等，这只是能够看得到的。看不到的才有内涵。她最喜欢洗牌，靠着她那双足具女性魅力的白皙手指来回搓洗。当她把胡牌推倒后揉进麻将堆里，那刻她才是全神贯注的，感觉她搓的不是麻将，是在铺排下一阶段的命运。

"大婆姨"连着赢了几天，心情却不好，尤其是散场后钻进他们租住的红砂石窑洞，眼前昏暗的烛光让本就失色的狭小空间变得更加黯然。她没有像张卫兵那样一回去就四脚朝天安然地躺在土炕上，而是来回踱步，若有所思。她悟出了道理，真正的命运需要两只脚来铺排，她要翻过山，翻过山外的所有山，直到一望无际的所在去。她知道，只要她想去，张卫兵都会追随她去，海角天涯，风雨无阻。

"别了红都。"

她上过学，但文字很有限，在作别的时候有限的文字往往情意绵绵，好过长篇大论。她依偎在张卫兵的肩头，望着班车窗外一闪一闪消失却又出现的山峦。

"四海为家！"

她攥住他的手，紧紧的。有限的文字分量不轻，使两颗漂泊的心以彼此为岸停靠住了。

一路辗转，他们来到黄河岸边。她知道，老家沟沟里淌出的溪水会汇进乱石头川的河道，流进县城后就会是北洛河，而北洛河也终将由渭河带入黄河里。渭河在哪儿，她不知道。她能看到的，涌动的黄河在这一段很平缓，不知唱了多少遍"黄河在咆哮"，他们相信就凭这气势，它无需咆哮，前方的重重险阻都会礼让。他们沉默了，又像是在对话，无声的。——这回是真远了，奋不顾身才会抵达的地方。他们感觉在自己的身后似乎有比黄河还更为猛烈的推手。无形的、猛烈的推手还在推，没有一点"不到黄河心不死"的感觉。他们还要继续，继续远离苟且，继续穿过山西的叠嶂山峦，继续四海为家。私奔的人也可怜，除了家以外的地方，越远越好，"四海"才是他们真正的家。他们不需要谁来怜悯，不需要。

　　他们坐上渡船，汹涌的黄河水就在咫尺。她想哭，好像过了这条河迎来的将会是新生活。她被她自己、被眼前的男人、被新生活感动了。

四

　　真是缸沿上走马啊！不亚于，不亚于，对于屈银花完全是。孩子终于落地了，倚在她的怀里，张着小嘴，不用睁眼一口就能逮住她的乳头。有意思。为了她，屈银花除了承受正常女人十月怀胎所遭遇的不易外，不知操了多少心，受了多大罪。庄里的闲人看她是个有人娶没人管的女人，个个精神抖擞，从起初的趴门演变成后来的翻窗。这点还要说支书好，是支书一声令下才制止住了，否则真怕要惹下大乱子来。其他人不敢觊觎了，方便了，支书方便了。卷上一根纸烟，抽半截子的工夫就到了屈银花的窗户下。两条狗闻见老远就飘来的熟悉的卷烟味，眼皮都怕睁。支书再不用前后脚地转悠了，窗户纸已然捅破，一进门就没羞没臊地径直往炕上扑。这里已经不再神秘，和自己家里一样。这个女人也不再被尊重，是他欲罢不能的猎物。屈银花依旧不屈不挠，使尽浑身解数掰扯推搡，长长的故意留下的指甲朝着上方一顿狂抓，两腿乱蹬，绝不让重量压迫在自己身上，歇斯底里，拼尽全力。他不可能得逞。原来没有些许的迁就，或者说配合，这种事绝对不是凭借一个人的意愿就能够得偿的。有时候指甲陷进皮肉里，火辣辣的，为了顾全颜面，支书得护住自己的脸，手背和胳膊可吃了不少苦头。冲动之余，他也沮丧，到底为了个啥，又不是没有顺从的人，不管多晚，他一个暗号的事，只要发出不同的牲口叫声，就会有不同的女人裹上襟袄到场上的麦草垛子来。只要是有需求，即便是亮杠子晌午，他只需到地畔上与目标人物打个照面，女人就能领会他的意图，乖乖钻进"崖娃娃"上闲置的烂土窑里等他。这方天地由他性子着呢，多的就是骈头。不就是松松裤带的事情嘛，谁也少不了什么，谁也多不下什么。屈银花到底有什么好？比王母娘娘还金贵？支书对这种事情的理解，一贯就是"推倒胡"，所以他想不明白屈银花。他也想不明白自己，一股子劲为啥偏偏要白白挥洒在得不到的女人身上。每次都精疲力竭，撤退时卷纸烟的双手都在颤，可身上蕴藏的力量却被激发了出来，变成了一股子难以按捺的劲张，来回游走，一触即发。他需要肆意地发泄一次，势不可挡，再疲惫也不得不往下一段熟悉且便利的路上去，然后根据他此时的喜好，学几声相对应的牲口叫。也不是每次都能斡旋这么一趟子，大多数时候他会吃到"闭门羹"。屈银花平日防范森严，尤其是显怀以后更加当心了，早早就拉上门闩，再用二股叉火棍死死顶住双扇扇门。支书就是支书，他不至于翻窗破门，只要是没进入封闭的空间，涵养还是有的。他积累的经验告诉他，嘴才是进攻的利器，在别人那里他没有这么死缠烂打过，都是上嘴唇碰下嘴唇三言两语就把人说服了。有的时候甚至是女人主动勾引他,她们会自行解开,会仰面朝天,好像是在祈求他。那可不能拒绝,他有求必应。在村里,他是体面的,说一不二的。头衔赋予了他魅力,不同于别人,他很少穿带着补丁的衣服,更不会出山劳动,养家糊口也是上嘴唇碰下嘴唇的事。屈银花改变了他,他不再图数量,转而图起了质量。长得俊的,矜持的,才是他的猎物。起初,他很自信,毕竟屡试不爽。然而,站在屈银花的窗前,一贯顺口就来的话语,七七八八、八八九九,不知说了多少,唾沫能说干,窑里却毫无动静,根本没有一点聆听的意思和感动的样子。后来,懒得说了,对牛弹琴。一推,双扇扇门结结实实的,倒有种如释重负的轻松感。他肩一抖,那件中山服向上一跃,人转身就撤了。

　　恨到底是什么?是自己和别人一点点共同协作出来的。一个孤身女人,面临危险不免心惊胆战,只有那床曾被自己剪得稀碎的棉花絮子给她些许的安全感,它们重组后把她整个身子包裹进去,只露出一双眼睛,时刻警惕。别人带来的巨大的恐惧一天天嬗变成她对张卫兵无限的恨意,无限到可以吞噬弱小,她再不会胆怯,感觉双拳能敌四手,虎豹豺狼放马过来。每一次危险解除,每一次归于平静,她的恨都不会即刻消散,而是转几个弯冲上眼眶抵住泪腺,她再不会流泪了。不哭,不能说明什么,不能说明她坚决了、不"贱"了。可悲!只有她自己知道,她的恨不纯粹,掺杂了对一个男人坚守的忠贞,骨子里自然而然卑微了。她算是搞清楚了——恨就是还爱,爱才会有恨。不争的事实,她还爱他。她钻进张卫兵被窝的那刻就把自己奉献了,彻彻底底的。她欣喜,欣喜被占有,被温柔地占有。不时回味男人五指穿过她发间……他是那么懂得心疼

女人。算了，都不用想了，没有用的，她只能对着暗黑询问，一遍又一遍。——你在哪？你在哪里？挨千刀的你在哪？……

她为张卫兵生了孩子，虽然男人音讯全无，但有了结晶有了牵挂，她就会把失去的召唤回来。她最大的优势就是能生养，"大婆姨"再怎么能行她不会生养。这是致命的，有终归，显而易见，张卫兵他九十三天也会回来，九十三天也会和她葬在一起。爱啊！真伟大，伟大得可以兼并苦楚，伟大得可以包容不忠。

硷畔上的两条狗欢实得很，受了影响，那条萎蔫的土狗也振作了，精力充沛，脑袋支棱在前蹄上方左右巡视。狼狗凶狠地朝着来人狂吠，狗链子都快要被拖拽开了。振作后的土狗却又摇尾乞怜了起来。原来是张卫兵回来了。人愈发精神了，比走的时候还要周正。他挎着一个大旅行包，很重的样子，汗水浸透了洁白的衬衣。临近门口，婴儿的哭声让他不知所措，停住了。停住了，短暂的，一晃，伴有欣喜，人一个激灵快步迈进窑里。屈银花头裹围巾，端坐在炕中央，怀里抱一个闭眼哭叫的小娃娃。一个月大小？两三个月大小？张卫兵迅速推算了一番，应该是一个月大小。哪里能想到。他没有想到这次回来他会成为父亲。屈银花也没想到她的男人会在孩子满月的时候姗姗来迟。后脚地灶火口拉风匣的丈母娘也没能想到，她依旧拉着风匣拉杆，若无其事，只是用默然来以示对女婿的惩戒。

"大婆姨"听了不少的闲话。闲话多了，人就确信。她相信了，在无数个张卫兵不在的日日夜夜，村支书担起了屈银花丈夫的职责。想想，就连屈银花硷畔上站岗放哨的狼狗都是支书亲自拉去的，昭然若见。她爱张卫兵，爱的前缀里不光有狭义,还有博大。博大到一个几近开怀的样子,这个开怀的程度不是她躺在红都县红砂石窑洞中选择默默说服自己那样的豁然,更多的是蒙羞,感同身受,义愤填膺。博大吗?相当博大。事态发展成这样,一般女人所表现出来的一定是得志小人的样子,有了这么一档子事必然就会把自己心爱的男人牢牢拴在身边,遭遇如此的男人还有哪一个会愿意去原谅婆姨去隐忍呢!一定没有。她点上一支烟,站在窑背上,望着进进出出的张卫兵。她不能眼看心尖尖上的男人活在不明不白里,不愿他蒙在鼓里满心欢喜地去亲昵一个不是自己亲生的娃娃。不能,为了他,她什么都能做得出。

一个没有做过母亲的适龄女人怀抱一个婴孩,若是表现出母爱来,母性气息十足,其乐融融,心肝肝宝蛋蛋的。"大婆姨"的举动出乎意料,她对屈银花的小女儿视如己出。独特的宠爱似乎化解了一切积怨,她们已然冰释前嫌,把对彼此的满腔仇恨都集中体现在了对婴儿的关爱上。

一个做了母亲的女人更能懂得一个永远做不上母亲的女人。农村女人啊!愚昧得让人怜惜。屈银花看着眼前的女人,恨意好像浮云一样一点点散开了,晴空万里。她们有说有笑,彼此之间好像什么都没有发生过,多么要好的两个亲妯娌,就连说话的语气都变了,始终贯穿逗孩子的那种疼惜,你一言她一语,眼神最终都会落在一处,都会落在炕头婴儿的身上。

出月了,她不再负重,对于一个女人,解放一般。屈银花扯下裹在头上的围巾,打一盆热水,将浓密的头发浸在温水中。简单的举动,像重生,太阳晒干她的长发,蓬松得有些蓬勃。屈银花感觉自己一下子就通透了,就是这样,煎熬过后一定会有暖暖的阳光抚慰着她。此刻,谁也无法理解她的淡定从容,悬在半空的心落定,一切都值得。母亲满心欢喜地回去了,大包小包的。屈银花对母亲没有不舍,这个三口之家足以让她舍弃一切。

这天张卫兵出门去了,"大婆姨"自然就是屈银花最好的做伴人。有她做伴再好不过,她们忘记了那些仇恨,恶语相加的日子仿佛没有存在过。那个夜晚开始的其乐融融。屈银花梦魇了,孩子整晚都没有哭闹,她做了个悠长的梦。梦里,都是来辞行的。张卫兵头也没回,手背冲着她在空中挥了挥。"大婆姨"也要走,没有和张卫兵一起,而是朝着与张卫兵相反的方向,不时回过身,那双好看的手一齐在空中摆动。好像作别的是他们俩,她却站在中间。又好像是他们都在同她道别。别离总叫人感伤,这个梦从头到尾都透出孤寂来,巨大的,让她无法承受。到了承受的极限,她就能隐约判断出梦境与现实,想回来,到现实里。想回来,再简单不过了,睁开眼睛就会实现。然而,睁开眼却难了,眼皮坠了铅一般,她苦苦挣扎。挣扎很苦,也有极限,到了极限,反而又想回到梦境里去。她在梦里盼,盼那个晒干她头发的太阳升起来。无论多么煎熬,她知道光明会如约而至。天亮了,她终于醒过来了。

窗棂上铺满暖阳,很祥和。屈银花静静地躺着,是在偷懒,孩子还没醒。梦魇让她身心疲惫,算不上一个囫囵觉,恍恍惚惚,倒像是刻意在等待天明。孩子一夜没有吃她的奶,也没有哭闹。她倒希望孩子能在半夜哇哇地哭上几声,好让她能从梦魇中醒过来,真不善解人意。她解开衣襟,把乳头递给睡在炕中间不解人意的婴儿。孩子没有像以前那样不睁眼就能用嘴准确地逮住她的乳头。婴孩一动不动,眼睛闭着,嘴也闭着。屈银花用手指温柔地拨弄着婴孩,一遍又一遍,她的眼睛和嘴巴依旧紧闭着。屈银花恸哭一声,一把抱起孩子使劲摇晃。孩子殁了。好端端的孩子殁了。窑里只有屈银花和"大婆姨"两个人的哀嚎声。大放悲声传出来,人们都晓得是谁又离开人世了。

屈银花上气不接下气,几近昏死。几个婆姨从她手中将咽了气的孩子放在脚地。满窑都沉浸在绝望里,"人死不能复生"这句话此刻被窑里每一个人深深地理解了,除了哀嚎,说什么话都苍白。太阳彻底出来了,洒在屈银花的脸上,不再和煦,映出了毫无血色的苍白。

浑浑噩噩的屈银花瞬间立了起来,来不及大家反应过来就一把揪住了"大婆姨"的头发。怒火让一个正在承受丧子之痛的女人有了力气,她用自己的头愤然撞向眼前柔弱的女人。几个人费了好大劲才将她扯开来。有人劝"大婆姨"先回去。也有人低声细语,商量着要不要报警。出了这么大的事情,肯定得"家有千口主事一人"的村支书先出面。

支书将"大婆姨"叫到院子里。"大婆姨"神情不对,望支书的眼睛充满魅惑,嗲嗲地说,人这么多,你要干啥也别在今天呀。支书抵挡不住了,严肃不起来,只能说他要从当事人口中了解情况。他们并肩走向远处,靠得很近,几乎贴在一起,至于问些什么,回答些什么,谁也不得而知。一番问询后支书的脸色凝重了。支书让"大婆姨"先回去。而后,他一边安抚屈银花,一边询问她昨晚到底发生了什么。屈银花一口气赶不上一口气,哪里能说得清楚。她只说就是"大婆姨"

▼▼ 上访的女人

— 107 —

害死了孩子，只说她自己好愣，愣到能原谅一个毒妇，愣到能相信一个毒妇。

支书又在前后脚地转悠着，这次他没有龌龊的想法了，脚地摆着的孩子时刻在提醒他——警不能报。是啊！一旦报警，他调戏屈银花的事情一定会被"大婆姨"说出来，这婆姨有手段，哪里是他能够消受得了的。不能报警，孩子再小也是一桩人命案，一旦坐实，他这顶乌纱帽和名望都得扫地。"大婆姨"的丈夫，也就是张卫兵的大哥不立事，支书很快就把他从主要说事人的行列里排除了，转而一思量，这个三棍子打不出一个响屁的男人，关键的时候完全会成为一颗将一军的重要棋子。首先找的只能是张卫兵了。你们互生的情愫才是导致这场悲剧的源头，与其他人何干，事到如今你们一定比任何人还希望大事化小，小事化了。于是，支书指派了两个能言善辩的帮手去找张卫兵。临走前他给他们交代了，希望他们能够在半道上就将张卫兵的工作做通。有些时候他自己再能说再会说也要借助别人的口。这次他得闪远一点，最好不要逞能，毕竟他摸着黑三更半夜不止一次来到这，觊觎人家婆姨不是一两天了。

最后将一军的棋子用上了。大哥求张卫兵，求他孩子无论怎么走的都不要追究了。大哥不善言谈，字字句句却有分量，毕竟大哥的妻子名义上是大哥的，说白了是他张卫兵从大哥手上夺走的，自然理亏，能怎么办！不管屈银花的怀疑是不是真的，伤痛都不能再加重了，已经失去了一个亲人。况且屈银花说的这种情况张卫兵根本不会相信，那么爱自己的女人，怎么会痛下狠手，虽然她爱得自私、狭义，但她盼不得他能有个孩子留个后。不会,绝对不会。都是他的命啊!注定的。他能够深切地感受到屈银花所感受到的悲痛。孩子殁了还能要,生活还要继续。

这件事就这么过去了。张卫兵一直待在家里陪着悲伤到了极点的屈银花。

屈银花解开包裹在头上的围巾,打一盆热水,将浓密的头发浸在温水中。比起上一次出月子,显得平淡多了。屈银花双眼里再不见灼人的光了,痴痴地望着张卫兵,有些呆板。忧伤的双眼尽管没了光,张卫兵还是觉得自己被灼伤了,他尽力躲避开只敢用余光来回应。头一个孩子的夭折,让屈银花伤痛,事情的不了了之又让她失望,对她的丈夫彻底地失望。张卫兵收敛了,他不敢再像从前一样肆无忌惮,他的心也是肉长的,一个濒临崩溃的女人如果再失望下去,另一条生命将又会垂危。

一年多了,"大婆姨"也煎熬,没地方倾诉,只能默许张卫兵到屈银花的身边去,去尽一个丈夫的责任。但她和张卫兵之间的情感没有变,他们彼此一直都深爱着对方。屈银花肚子一天天大,一点点补平"大婆姨"心中欠下的,这个孩子倒像是她还给屈银花的了。两不相欠了。她侧着身,上半身倚在硷畔的榆树上,头靠粗壮的树干,一串串葡萄一样的榆钱散发着浓郁的香味,一片一片悠扬地落下,经过她,铺在地面,透过几片飘扬的花瓣,她又期盼上了远方。张卫兵的大哥张卫国,圪蹴在门框中,看着自己婆姨婀娜的样子,像是瞅一只羽毛漂亮的百灵鸟。是的,一只落在他家榆树上的百灵鸟。他不

— 109 —

敢作声，生怕惊动了它，生怕它扑棱翅膀飞走了。可恶的晚风，吹动嫩绿的枝叶，弄出不小动静。

他们走了，前后脚离开乱石头川，沿着他们私奔的老路一路向东。

屈银花绑紧包袱，裹起她的儿子，一脸轻松地对着孩子说，妈妈也带你走，再也不过愣婆姨等汉的日子了。怀里的婴儿能说什么，妈妈的腿就是他的腿，妈妈说到哪里，他就到哪里。母子两相依偎朝着乱石头川道走去。

他们走不远，头一次出门，又是典型的孤儿寡母。屈银花对门外的世界一无所知，只知道张卫兵在红都县待过，于是就怀抱着孩子几经辗转来到红都县。其实她还是抱有一丝希冀才来的红都县。母子俩住进了红都县的红砂石窑洞。好巧不巧，他们租住的窑洞居然就是张卫兵和"大婆姨"曾私奔时住过的那孔。窑洞里什么家具都没有，只有一盘炕和一地的废弃物品，灶火上连口锅都没有。孩子饿了，躺在炕上放声大哭。屈银花没有心烦，她喜欢孩子哭闹，动静越大她就越心安。她害怕孩子不哭不闹，有时候周围环境突然沉寂下来，她就会抓狂，甚至会把孩子从睡梦中弄醒，好让他哭喊两声。哭吧，哭吧。运气真好，屈银花在硷畔外的垃圾堆里翻出了一口烂锅，又拾了点柴火，到邻居家搓了一碗面，然后把窗户的缺口用报纸给糊上。彻底清扫了一遍屋里院外后，屈银花累了，瘫软地倒在了炕头。她心情不错，难得的好。孩子已经睡着了，却还在抽泣。她转向儿子说，我们有家了，以后我们可以安安稳稳地过日子了，妈妈不用等着谁，更不用防着谁，没人给咱们娘儿俩添乱。

第二天屈银花就背着个孩子上工了。她要的报酬不多，所以很快就找了一家烧砖厂，当起了小工。她要继续生活下去，不仅要继续生活下去，还要生活出个人模人样来，一刻也不敢懈怠。操持了几年家，这点苦于她并不重。她一脸欣喜，对着身后的娃娃逗能，这点活，妈妈夹一泡尿也做了。孤儿寡母的，工友们都挺照顾，尤其是好心的工头，在她上工的第二天就预付了她三个月的工钱。这可解了燃眉之急啊，她的炕头上终于有了被褥，灶火里终于有了灶具调料粮食。

孩子在她的背上喊了第一声妈妈，屈银花没能忍得住，哭了。热泪冲刷以后她的眸子里有了光，不再黯淡。

有一天，出租房的房东找她，想把她住的那孔红砂石窑洞及另外的两孔窑洞连同院子一并卖给她，要价也不高。屈银花当然愿意，她不想再回去了，买下这个院落，就算在红都正式安家了。哪哪儿都比窄沟沟里的土窑洞强，她心动了。虽说要价不高，对于初来乍到的屈银花却不菲。她得不吃不喝干够两年才能攒下那么多钱。娘家指望不上了，欠下的还还不上呢，怎么可能再借给她。更让她绝望的是，当她万劫不复，第一个孩子夭折的时候，她的娘家没能成为她的避风港，而是怕她拖累，父亲和哥哥拽着她的双腿把她颠倒着从拐沟拖到乱石头川，让她嫁鸡随鸡嫁狗随狗，自生自灭。至今她背上还有被塘土路上石头戳烂磨破的伤疤。她要试一试，她的命运转变就在这孔安稳的窑洞中，她不能离开这里。

屈银花找到好心的工头哭诉，说她是个可怜人，从来没有被谁重视过，刚成亲丈夫就抛弃了她，和情人跑了。再后来，她倾尽所有为丈夫筹集了资本，却被骗了，就连她的第一个孩

子也是被丈夫和情人害死的。娘家也不要她，父亲和哥哥拖着她的双腿把她丢在沟口。现在她终于逃离了苦难，想在红都安下家，母子平稳地过日子……她需要买下这院子地方。

工头显然很为难，预付两年的工钱不是小事，其他不说，要是她中途有个什么变故，付出去的钱找谁收。犯难了，工头掏出一支烟点上，思索着。屈银花的儿子很会察言观色，他知道妈妈一个人的力量微薄，于是奶声奶气地说，叔叔，我也能干，我和妈妈一起干，两年是不是就变成了一年，一年你总该放心了吧，我们哪里也不去，哪里也去不了。一双小眼睛在望着他，工头心软了，微微点了几下头。

生活有奔头，人就有心劲。屈银花白天黑夜的，打着几份工，只一年时间她就还上了工头预付的工钱。这个干瘦的女人啊！这个干瘦女人的孩子啊！砖厂的所有人从怜悯他们变成了敬重他们。

几年后，屈银花和儿子在红都县落了户。后来她想起到红都来，想起到红都来落户的事情就后悔。她哪里知道她的生活道路就因为到红都和到红都落户而彻底被堵死了。更没想到会为此上访闹事半辈子。

"大婆姨"走进院子，在一个正在院子玩耍，十岁上下小男孩的脸上看到了熟悉的神情。奇了怪了，世上还真无奇不有。她回头喊了几声张卫兵，让他走快一点。张卫兵拄着棍子一瘸一拐赶了进来。两张一模一样的脸都僵住了，那双疑惑的小眼睛眯起来，不就是小时候的自己吗。张卫兵倚着棍弯下腰，轻声地问孩子，娃娃你是谁。县城长大的孩子，拄着棍的讨吃子见多了，小男孩迅速收起满脸的疑惑，径直往窑里跑去,一边跑一边喊,妈妈来讨吃子了。

十年了,要不是儿子的长相酷似张卫兵,屈银花真的就会忘记世上还有这么一个负心汉。几个人都傻眼了,他们不知道第一句话该说什么。看着他们落魄的样子,屈银花首先想起的不是仇恨,五味杂陈,恍如隔世,她有无数的疑问溢到嘴边又被咽下,他的腿怎么了?他为什么衣衫褴褛?这十年他都在哪?至于"大婆姨",她懒得问,只是打量了一番。如今都变了,她可是有着县城户口和属于自己房产的城里人,本想居高临下,无奈还是被惊艳到了,没想到一个没落的女人还可以如此端庄,岁月薄凉得很呢,厚此薄彼。她没有礼让,而是转身回到了窑里,拉着对上辈人恩恩怨怨完全不解的儿子一同。

张卫兵拄着棍往前迈了几步,显得过于激动,儿子已经长成半大小子了,他要捧着他的脸,让他叫自己一声"爸爸"。毕竟腿有了问题,他刚挪动了几步就被猛烈的闭门声给镇住了。掼吧,把所有通向家的门都掼住吧,没有把十年来的积怨都掼在他的脸上已经够仁慈了。张卫兵低头看着自己邋里邋遢的样子,想起儿子叫他"讨吃子"。混背了,混背了,他在心里默默地说,爸爸也是曾走南闯北,一直走在人前的人。衣锦还乡不成,居然在他又要重返老地方红都时遇见了最不想遇见的人,造化弄人。自打见了儿子,张卫兵就不想漂泊了,他要租住在附近,他要天天和这孩子见面。

"岁月无情啊!"

"大婆姨"总会在思绪波澜的时候冒出一半句文绉绉的感慨。她退出了屈银花的窑院,回想起十年前的屈银花,喟叹她老了。不难看出这十年她都经历了什么,人松松垮垮的,大女子般的身段荡然无存，腰身粗壮了，裹了一圈肉。不难看出屈银花在烈日下辛勤劳作的痕迹，脸黑黢黢的，鱼尾纹、法令线，浮雕一般，头上也增了不少银丝。唯独没有变化的大概就是屈银花匀称精致的五官了吧，长在这样的脸盘上，细端详却也再无色彩。单看背影，她是绝对认不出屈银花来的。面对张卫兵和屈银花的儿子，她没有醋意。她的爱是博大的，只希望张卫兵后继有人，希望他老了以后不要恓惶得连个归咎处也没有。至于她自己，才不用考虑，她浪荡惯了，不会像平常妇女那样。她在小圆镜里照见了自己，她也老了，又喟叹了一句，岁月无情。她的变化相较屈银花来，显得得体，是那种不经意间流露出的端庄，风霜貌似胭脂，在她脸上只是从容地刻画了年纪。在镜子里她还看见了洒脱，由内而外散发出来的。她不会干涉张卫兵认儿子。

在红都县，他的儿子不会认他，她的婆姨不会正眼瞧他。他拖着病体拄着棍，在院子外徘徊，俨然一副讨吃子模样。要回到乱石头川去，钻进那道窄沟里，只有在老家逼仄的地方，他才会看起来和别人没有两样。张卫兵决定以丈夫的身份卖掉屈银花没日没夜干了两年挣下的这院地方。这个权力他有，他们没有离婚，乡政府办过证的。

屈银花毫不知情，她的地方就被卖掉了，卖了小一万，堪称巨资。发疯，哭喊，闹事，这些统统不管用，白纸黑字，她跑到哪里都没有用。买主看见她可怜，又多余给了她五百，仁至义尽。能怎么样，只能卷铺盖走人。圆满瞬间就破了，碎了一地。

像一场梦，她又回到了拐沟，赤条条的。十年了，门窗早就不见了，一院荒草，窑也塌得零零散散。户口不在，1996年农改，原本的土地不再属于她，村里还哪有什么多余土地分给她。她什么也没有了。

在支书的硷畔上，光天化日里，她想魅，她想骚，可没有表现出魅和骚来，屈银花哪里会魅会骚，她的笑变成了奇怪的殷勤。支书双手背搭，好一阵子才认出眼前的女人。这个笑容古怪的女人让他觉得恶心，感觉自己十年前被狠狠地欺骗过。那条老狼狗面对陌生的女人，眼皮耷拉，一动不动。

站 年 汉

前 言

钻营好架构，提笔时叙述者犯了难，难的不是徐徐淌出的笔墨无法将支离的往事还原，难的也不是鲜活的人物在变成精美的铅字后撑不起读者的兴趣。难的是心携着的，对生活在如此苦焦村庄人群的，那一颗虔诚之心不能跃然纸上，还有那一阵胜似一阵的震颤不能呼之欲出。

五六年前，叙述者曾在一个金灿灿的初冬，踏进了这户背地里被村支书称为"站年汉"之家的小院。金灿灿的除了半院的玉米笼，还有齐刷刷摆放在三孔接口子窑洞窗台上的南瓜蛋子。站年汉老常得意地说，土窑洞的石头接口出自他手。对于石匠，我并不陌生（我的爷爷曾也是洛河川道上下颇有名气的石匠），只是这"站年汉"的称谓，让我不知所以，似乎还有避讳的意思，我又不能直问。直到我翻开他家的贫困户纪实簿才恍然大悟，家庭成员那一页子女都随了母亲姓。原来入赘的男人在边墙岭上叫"站年汉"。我常常跃上边墙，坐在这户人家的院子里，听他们叙述那些个经年往事。

故事从三十年前，老常的妻子胡兰写起。胡兰赶着羊群出场时，正值"产量到户，责任到户"的第五年，也就是单干后的第五个年头。庄里几十户百来口人散居在这个当时黄蜡蜡的山脊上，人畜共饮着二百多毫米的年降雨，或饮着牲口从沟底驮来的泉水。当然，那个时候的农户已然攒下了余粮，牲畜圈舍已不再闲置，苦焦的同时已穰穰满家。

"万里长城今犹在"，秦长城的基土虽已被千年来的风雨冲刷成了千万条或大或小的沟壑，但依然巨龙般蜿蜒在岭岘上。故事发生的这一段长城，被这群附着在它脚下的"戍边者"贯之以"边墙"。边墙的一边是陕西，另一边是甘肃，又是三县接壤处，便有"鸡鸣一声听两省，狗吠一声闻三县"的说法。

故事要叙述的主人公，他们的祖先从不知何时起就在这里开垦了土地，就这样"骑在"犹如马背的边墙上，拽着它褐黄色的鬃毛，挖些个土窑洞子，在石板炕上延续香火，世世代代。生活的苦焦，稼穑的艰辛，在老先人用镢头掘开，并隆起道道土梁划定耕作界限的土地上，在头顶扎着白羊肚手巾，把疙瘩绑在额前的陕北汉子眼中，这苦焦与艰辛只不过是一顿家常便饭罢了。

几年前在那里包村，我常常坐在岭岘破旧不堪的土烽火台子上冥想：或许世界在他们眼中就这么小？只要谙熟农事就足以去应对一切，人人都会那般从容，在困苦面前从不造作、从不呻吟；又或许他们早就领略过世界之绚烂，参透了世间的困惑，而择了这一处安宁？总之，他们的脸上总有笑颜，在红坨坨烈日下愈加灿烂。如今，有些老同事调侃说，我们把青春丢在了边墙上。我不得不重申：不是我们把什么例如叫作青春的

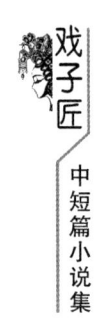

东西丢在了那里，事实是我们从那里带走了许多东西，例如有一样叫作"情怀"的东西。

一

身着大红襟袄的女子，把冬日颜色寥寥的边墙岭撩拨得直喘粗气，冻土路上的土面子被驰扬进了峁岘的豁口子里，她自己也被迎面来的硬风肆意摩挲，襟袄和棉裤宽裕的那部分也被驰扬在了身后。大红襟袄裹着她那细长柔软的腰身，显露无遗，让人敬畏。那里，那里将孕育出延续香火的又一代人啊！等他们长大后也将缠上白羊肚手巾，成为一群掀闹势事的好后生啊！大红襟袄裹着她那宽阔的胸脯，显露无遗，使得笔者不由得双手颤抖。在这样苦焦的大地上，它们将温暖一双裂开口子的庄稼人的大手，它们将在滚烫的炕板石上安抚一个顶天立地的陕北汉子，好让他卸下一天的疲累，在片刻温存欢愉后安然地睡去，好在翌日再次焕发出创家立业后生该有的热烈劲。

绕着边墙的主路上，一大群山羊踩踏着冬日硬实的冻土，像一团萦绕岭岘的云朵，悠悠地飘向那金灿灿的搭满玉米笼的窑院。跟在羊群后的是胡永生唯一的女儿胡兰，也就是身着红襟袄此时正令笔者心生敬畏的女子。

胡永生倚在驴槽边上，听着驴群忙完秋收彻底赋闲后的噗噗声。他知道它们不是在邀功请赏，它们自知生来就是耕地、驮粮、碾场、推磨、拉车的。它们花个盈盈的大眼睛里没有一丝怨艾，而是满怀感恩地盯着这个腰身佝偻的男人，凝视着男人额头上那一道道似被它们拖着耕犁拉开的纹路。在那张四十多岁男人的脸上，它们必定不会看出什么的，也许只会在男人浑浊的眸子里找到相似命运所共有的那一丝疲惫。人畜就是借此在这个对生充满渴望的土地上相依。

胡永生想起了几年前赶着自己仅有的一条母驴去配种的情形。他搓几升黑豆提溜在那只没有牵住缰绳的手上，另一只手拉着驴，赔着笑去一家有叫驴的人家里。他恭敬地将豆子交给那家的女主人，把手里的缰绳拴在人家硷畔的老槐树上，然后看着人家的公驴耀武扬威地举着阳具，将前蹄腾空，落在他那条龇牙咧嘴的母驴身上。那短暂而美妙的一刹那，在他却觉得受尽了凌辱，好像那硕大的家具插在了他的胯间。农村人常说"心闲了"，胡永生就是这样，别人还没说啥，他自己就感觉无法向先人交代。只生了一个女子，这是他半辈子打不开的心结。胡永生心想：还能彰显几天雄风？你家的驴欺负美了，退堂了，我还干球打得胯骨响呢。自己没生下个带把的，那就好好在别人的硷畔上、窑院里空乍舞一番吧……

胡永生吼着秦腔，打着摆子，拉着驴悻悻地离开了。

现在他拥有了这么一圈牲口，心却还是空洞洞的，始终还有种重蹈覆辙的忧虑在。他卷起一根一头粗一头细的纸烟，把细的一头噙在嘴里，点着粗的那头，拖着佝偻的腰身悻悻地向院子走去。

此时，胡永生的老婆正吊着两条腿坐在磨盘上，身侧放着一筐子黄灿灿的玉米棒子，她那两只干瘪的关节颇大的手各捏一根不停地搓着，金黄的玉米豆子就顺着她大襟袄的分衩处落下，洒落在绕着她的棉布鞋觅食的鸡群里。天边那红坨坨太阳只剩下了半切，鸡脖子上的羽毛锦缎般，也是金灿灿的。它们精神抖擞，有力地啄着掉在地上的玉米豆子。胡永生老婆撅起嘴，不截断地发出咕咕咕的唤鸡声。深深的法令纹，此刻倒不那么明显了。

胡兰用拦羊铲的小铲子头把冻土疙瘩接二连三甩出去，很快羊群就归拢了起来，然后一齐被赶进了一个崾岘豁口。一条狭窄曲折的塘土路顿时烟雾缭绕。而后，她和羊群转过了几个"几"字形大弯就到了满目金黄的窨院。

硷畔上的柳树叶子还没有落完，稀稀拉拉地在初冬的北风中摇曳，红坨坨太阳洒下光来，倒也像是半树黄灿灿的收成。当院，胡永生婆姨那两只干瘪的大骨节手还未消停，玉米豆子淌得稀里哗啦。一只白猫凑到她身侧，贴着她卧了下来，像一只白虎，却只会用喉咙叫嚣。和白猫收起四条腿相比，两只猫眼有神了，未曾松懈，警觉地、鹰隼般地注视着磨盘下那群俯仰有序的啄食者。

一群刚还沟里下、梁里上欢实的跑山羊，此刻已被反锁在了后院的两孔烂窑里，隔窗望去白光光的一片，其间掺杂着一星半点的黑。显然，它们不乐意被囚禁，咩咩声此起彼伏，无数双黑眼睛在暗黑里审视着破败的窗棂，有些瘆人。边墙岭上的人们认为，人的灵魂是可以附着在山羊身上的。是的，哪个人死了不得不附在山羊身上，让满院家门自己、亲戚友人围定问长问短，直到被逝者附体后的山羊"开毛大灵"那么一哆嗦，才会被寓意为了却了尘事，才会在哭声中被壮汉抓住羊角拉下去草草谢幕。这就是陕北这一带葬礼中的"灵羊"环节。很诡异，扑朔迷离，往往在逝者生前最为不放心的问题得以回答后，山羊就浑身筛糠一般打一个冷颤。当然，只摆头是不算的……扯远了。

胡兰进院子后,高喊了一声妈,见胡永生老婆没有理会自己,便嬉闹着像从天而降的巨大老鹰,一扑棱冲进鸡群,公鸡母鸡亡命般张开翅膀四散飞去。那只虎视眈眈的白猫如猛虎下山了,趁乱扑进鸡群。瞬间,本就乱作一团的院子更为喧闹,就连耷拉眼睛卧在硷畔的土狗也警戒起来,一机灵朝着白猫窜去。白猫一看螳螂捕蝉黄雀在后,于是四蹄一蹬就蹿上了磨盘,乖溜溜地卧在胡永生老婆怀中。胡永生老婆脸一沉,将右手的玉米朝土狗扑来的方向扔去,又将左手的玉米朝正在看热闹的女子胡兰扔去,而后不很严厉地吼了一嗓子"怂女子"。哪里是吼啊,声音微弱得淹没在了传往两省三县的鸡鸣狗吠里。

俗话说:"宁生个踢子,不生个囊子。"胡永生常常把他的女子看成男娃,不过这胡兰倒也有几分野劲,撒泼耍赖起来也够这赫村人吃上一壶。

赫村,分散居住着胡姓、刘姓和为数甚少的赫姓人。在陕北素有"天下匈奴遍地刘"之称,这刘姓和赫姓无疑是一家子,统统属于五胡十六国中大夏国赫连勃勃一族之后人。至于这一支庞大的胡姓是怎么落户于此的,没人能说得清楚。

胡永生跃上炕头,再跃上自己那粗腰肥臀老婆的身上……把赋闲以来积攒的能量尽数挥洒后瘫倒在滚烫的炕板石上。以前每一次的折腾都伴随有无限的希望,时间一长,他总是耕,地却总不见长,自胡兰后再无一儿半女。如今他已认命,只当是履行每一个陕北汉子吹灯上炕后的职责。平静下来,一弯月亮和东南方的猎户座被黑魆魆的大山托起,格外耀眼,射进麻

纸糊出的窗棂。

"猎户南，要过年！"

胡永生有些诧异，平日只会在土地里刨挖、锅台上挖抓的老婆子，今儿还懂了天相。"日能的！"他本想逗逗老婆的，可一听见要过年，心就摆了起来，慌乱开了。

再过不了多久一年就又要结束了。夫妻俩没再说话，他们的思绪似乎停驻在了同一件难缠的事情上。老话说"不进一家门，不是一家人"，他们都知道女大留不住。迟早的事，那梦魇一般的唢呐声曾不只一次回响在他们共同的梦里，一阵激烈的吹奏后硷畔上只留下两个孤寂的背影。土地无论丰饶抑或贫瘠都是他胡永生的家底，牲畜无论欢实抑或孱弱也都是他胡永生的家私。逐年发旺的庄稼塞满他的粮仓，在先人的基础上他创下了基业。只是，一眼看尽顶在额头上的姓氏，在他这一门就要守不住了。女儿盖上红盖头，跨上拉马娃娃牵引的毛驴背，生活的意义也将随着"铜头子、木杆子"的唢呐扬出去呀，最后必定在沟道岭岘的喜乐中消散。

可怜的陕北女人，总是把罪过揽在自己身上。胡永生老婆觉得是她的"地"不争气，是她把老汉一辈子本可以浑全的生活搅扰成了这么个样子。她觉得她欠他的太多了，要做牛做马回报的，于是，她翻身给她的男人卷起纸烟来。多少年了，她知道这个时候抽一锅子烟对她的老汉意味着什么，和"饭后一根烟，赛过活神仙"一样。那事虽不再掺有一丝使命，在他们这个年纪却也美好，抽上一根烟同样赛神仙。胡永生老婆擦着火柴，微弱的亮光里两张阴郁的脸凑在一起，一股浓烟顺着胡永生的嘴角升腾。

"她大……年一过就留不住了,寻个好人家嫁了起。我这个年纪她都三四岁了。"

胡永生深深地吸了一口烟,答非所问地说:"后晌我给驴上料,想起前几年去配驴的事……"

胡永生老婆一池子平静的水被这句话搅了起来,顺口就骂:"还有那眉眼扯这些事!"

胡永生老婆一提配驴的事就火冒三丈。一件经年往事啊,被翻腾了出来。她虽未明说,已经气哄哄的了。怎么能忘掉,再亏欠得多,过日子的两个人也有自己誓死要守住的底线。

细心的读者一定已经从开头那句农村俗语里清楚了一切,清楚了老槐树下匆匆配种后,在那窨院还发生了另外一件关于人的事情。

窑里静得只剩下胡永生吧嗒吧嗒的咂烟声,还有他老婆自言自语的谩骂声。

"不要脸!"

"和牲口一样干些牲口事!"

类似种种。

时下看,庄稼人没有多少活式可干,读者不妨随着叙述者去往别处瞅瞅。崾岘口平整的麦场上,荞麦秸秆摞起几个和山影一样黑黢黢的垛子,像蒙古包。耕作的过程自不必多说,单说庄稼成熟后,哪一根纤细的秸秆不是庄稼人顶着日头用手里的镰刀割下的,聚拢后扎成捆,或人背或驴驮才来到这场院。熬过一年的日晒风吹才能开始这场上的细活。散开成捆的秸秆,铺在烈日下晾晒,套起驴,拉上碌碡来来回回碾轧,这时候带谷穗或麦穗的枝干才会和主干完全分开来。拿上杈把没用的枝干撸起,再拿起连枷开始打场,打完场,再扬场……最后获得的颗粒才被磨道上转圈圈的蒙眼驴加工成细粮。

  这里只叙述了胡永生近期才完成的一项农事,其余的并不比这个省事。庄稼人躺在炕头上,即便是吵嘴,浑身也自在,无比舒坦。多年了,这件事早就在他的耳道里磨出了茧子。

  在那些个习以为常的、繁重的、枯燥的农事面前,这片土地是包容的,那些个没毛蛋"串门子"事件,于那些个裹着白羊肚手巾的庄稼汉来说,只能算作忙里偷闲吧,没什么大不了。在故事徐徐开场时,叙述者和读者都应该明确这点。所以炕头上胡永生那粗腰肥臀的妻子想起丈夫早年的背叛时,也只是谩骂几句,总不能把胡永生压在炕头骟了去。

  天快明了,那轮弯月已到当空,四星绕着三星的猎户座还在那方曲折的山脊间,像几盏微弱的煤油灯。胡永生老婆忘记了临睡时令自己悻悻的往事,此时她正专心致志地在煤油灯下做一件事情:她裹着被子,在贴身穿着的一件内衣里找虱子。无疑,饱满的虱子被她挤碎,并染红两个大拇指甲盖,使她愉悦。她重新温柔起来,轻言轻语地通过虱子向掌柜的讲述着如今生活的富足。她说前些年,在衣角、在针线的轨道上寻找到的虱子,干干巴巴的,三五个也挤不出如今一只的血量……

  胡永生饶有兴致地听着妻子的描述,也把贴身穿的内衣脱下来交到妻子手里。他还想接续临睡时的话题,又不知从何说起。他想要表达的意思其实是这样的:自己从前只有一头母驴,配了种,现在有一圈公驴、母驴、驴驹子。

  罢了,索性把内心的真实想法说给妻子吧。"她妈,女子不嫁也成,除了嫁出去,我们还有别的法子。"

胡永生老婆刚刚挤碎一只虱子，正瞅着指甲盖上的血迹，这一句莫名其妙的话语着实令她不解，她一动不动等着丈夫的后话。白色的土猫也不打呼噜了，钻在胡永生老婆的被筒里睡眼惺忪地等着后话。

胡永生小心翼翼地说："我昨天上料……"他没提驴，更没敢提配驴，他知道只说"上料"妻子就会领会，"原来咱们只一个，后来这一圈。办法不是没有。我倒也能想转，不就是随谁姓嘛，谁说女人生的娃娃就该随种姓。"

初明时分，人心无旁骛，头脑清晰，好多问题思虑思虑就会有答案。胡永生老婆正好将两件衣服上的虱子统统挤死了，虮子也统统扒拉在了地上。她不紧不慢地用门牙把自己和男人的内衣缝隙咬合了一遍，确保不给虱子留活路，这才开口。

"咱的光景、日月在村上不比谁差。你苦水好，是我把你耽误了，再也没给你养哈。"

胡永生明白，这只是老婆的开场话，他听得耳朵都起茧子了。

她还是一副赎罪相，继续道："眼下，只能这样，没有办法的办法。之前，我不是没想过，只是我亏理，我不能提，免得再落埋怨。掌柜的，你说了，你定，哪一种办法都行，咋个选人，选谁都听你的。"

哪一种呢？其实胡永生老汉也是后晌在驴圈才有的这一层思虑，还没来得及细盘算，就被那一件往事搅得心不在焉了。心不在焉也可以说是乱了方寸。一方面，他甚至还想溜摸着再光顾一回，日怪，婆姨女子咋就别人家的好呢，这一说难活了，刚刚做罢炕上的事情，又像夏夜里的玉米秆一样开始拔节了，想着那惹人不安的种种，方寸乱了，正事忘了。另一方面，老婆子虽整不出大风大浪却也麻烦，一件事能叨叨很多年，没完没了，年轻时捶过一半次，更麻烦，捶得轻了连哭带叫，捶得重了扭头回娘家，细细合计一番，还是暂且别提了吧。这会儿，他哪来什么办法。

边墙有先例。无论你遇见什么事情，边墙的老先人早就以身试验了。对于没儿无后的事，老先人大致有如下三种做法，如今也叫常理：一、择一个户内男丁"开门"。对于胡永生来说就是，选择一个愿意给自己"开门"的侄儿辈，也就是选个户里的侄儿过继为儿。二、择一个外甥"开门"。同样于胡永生而言，就是让他的外甥为自己"开门"立户，改了姓给他为儿。以上的两个办法，他们夫妻都觉得不妥，想来想去，觉得自己辛辛苦苦赚下的家业，还是给了"外人"。那就只剩下第三种了，也就是招女婿。在边墙一带招来的上门女婿被叫作"站年汉"。招站年汉，夫妻俩似乎达成了某种共识。无须多合计，站年汉好，真的好，女儿还在这个家里，还能在他们膝下侍候，生下孩子来也姓胡，叫他们"爷爷奶奶"而不是"外爷外奶"。夫妻俩觉得心里满满实实的，没失去什么，似乎还捞着了什么。

睡在隔壁窑的胡兰，四蹄伸展，正享受着年轻人临亮时的美觉，殊不知自己一生的婚姻命运就这样在隔壁窑里商量妥了。

"酒香不怕巷子深"。隐秘在边墙嵝岘豁口下的窑院不时有人来，来的都是农村那种能个颠颠的婆姨女子，她们走路能扇起风来，她们说话能把眼睛飞出去。自不用多说，她们就是来替相中胡家闺女的那些个男方一探虚实的，典型的陕北媒婆婆。胡永生家可是令边墙一带男人垂涎欲滴的，娶个貌美的新媳妇不说，还能得不少家财。让人没想到，自那晚以后胡永生夫妻俩态度坚决，一心就谋划站年汉的事。但他们也不横眉冷对任何一个前来说合的媒人。费尽口舌去牵线搭桥的婚事被搁浅，媒婆们多少有点沮丧，怕世人说，面子挂不住。不过，吃闭门羹的媒婆越来越多，大家心理平衡了，再思量也不损失什么，无非就是在那边墙上磨两趟鞋底子而已，还能在男女双方家里各蹭一顿美餐。对她们而言真不丢人，大量的媒人跃跃欲试后都认输了，说明大家水平本事都半斤八两，我说不走这家的姑娘，料想十里八村能行的媒婆子，你们都说不走，你的嘴再能行，甚至把你倒贴给胡永生，还是一样没门。用她们的内心独白来说，这叫"墙洼上挂门帘"没门的事，愿你哪一个自称"窑掌吹喇叭，名声在外"的能人，也休想让胡永生改变主意。

大家都啃不动的骨头才香，够不着的红枣才甜。赫村的小伙子竞相撵着胡兰，在他们眼中她就是"崖娃娃"上最艳丽的一株山丹丹花。

胡永生的窑背上每天早早就围坐着一群光棍小子。无论什么一旦成了气候，胆就正了，大家伙也不觉得害臊了，反而肆无忌惮开始起哄。他一句酸曲，你一句酸曲，合着调调时不时还夹杂一些个难以入耳的荤词。胡永生头大了，想拿起拦羊铲翻上窑背把这群不知天高地厚的光棍小子们捶一顿，转而又清醒过来，他佝偻着哪里是他们的对手啊，不要说一群了，就是一个他也劲不上的。

唯一的办法就是加快速度，赶紧把他和老婆合计好了的事情落实。谈何容易，难选啊，不仅要合他们二老的心仪，还要合了胡兰的心仪。胡永生不想在门跟前寻找，出门了。几经周折，胡永生将目标锁定在距离边墙赫村大几十里外的一户"东路"人家。其他都行，只是那家只有一个独苗儿子，且单丁独户。外来户纠葛是少，问题是只有一个小子，人家愿意上门吗？"东路"两父子倒是一身本事，有精湛的雕石、箍窑技艺，俨然两个大手石匠，然而活路却不多，赋闲在家。贫瘠的土地上，满打满算能有几户人箍石窑、绑石硷畔，给土窑接个石口子的人家也寥寥无几。对于土地本就不多的石匠家庭而言自然有今没明，日子过得恓惶烂包。

贫穷最会消磨人，再坚强的意志也会把你击垮，让你不得不低下高昂的头颅；贫穷同样也最会鼓舞人，把你泄了的气给你鼓胀得满满的，支撑着你开疆扩土或东山再起。时势也关键，它不管你意志坚定与消沉，时运来了乘风破浪，时运不来就在谷底待着吧。显然，石匠父子被贫穷围攻，时运更远得不着边际。所以，由不得他。胡永生敏锐地发现这点，抱着希望。他自信，他就是石匠父子的时运。

胡永生精于算计，冒冒失失成不了事，他在赫村一步步经营到如今早就有一套自己的思维模式。这件事更大，不是谁都值得托付，关乎的都是大事，辛苦半辈辈挣下的交给谁，最疼的唯一的女儿交给谁，顶在头顶上隐了形的姓氏交给谁……是要给自己和老先人一个交代。所以他并不打算直接让人告知那个"东路"小石匠原委，只是说有几孔土窑要接口子，只缺一个匠人，让他来。

小石匠一得消息就骑上他那辆自行车，出发了。

那是一辆远看还能称其为自行车的自行车，实则，那只是一辆勉强能够奔驰的破烂而已。脚踏板只剩两根把状的明晃晃的光杆；两条轮胎上哪还有什么护泥板，土面子扬起，落了小石匠一脊背土灰，当头顶都是；链条的护板早就不翼而飞，小石匠的裤腿边子被铰得丝丝线线；车把上的闸也只是摆设，挖蹦子跑起后，小伙子那双千层底布鞋才是真正的闸……

就是这样一辆自行车，此时正在挖蹦子往边墙方向狂跑，驮着的小伙子只一门心思——混几顿饱饭，赚几个小钱好回家过个年。

小伙子那双清澈的未经世事的眼眸，在没有闸的自行车上茫然四顾。它们将在边墙岭岘上一睹人情冷暖，也将在边墙岭岘上变得如同胡永生的一般浑浊……那是后话。

二

再往回扒拉十年。

那时，那个此时正骑破烂自行车往边墙赶来的小伙子，还是个半大小子，这个年纪正是农村人说的"猪狗见不得"。他操着一口"东路"话，饱受着饥苦，那双被冻出烂疮的双脚，还未跨过红柳河，还未顺着颗颗川的窄沟旮旯而来呢。那时，那个拦羊女子胡兰还没有出脱成现在这样的丰腴胚子，那群跑山羊还只是母羊奶头底下吊着的一只羊羔羔，她斜挎着筐子看着母羊滑动下颚，咀嚼着鲜美的苜蓿草。多好的草啊！它深深的根基扎在黄土地的山山峁峁上，淋一淋春雨便率先生出绿芽来，铺在荒草丛里，养肥了多少"臊圪羝"和"母则"，使得它们得以繁衍，得以成为漫山遍野攀坡蹓沟的跑山羊。

谁会想得到，十年后，这两个完全没有交集的娃娃，就要睡在一个炕头上，成为一家人。多少陕北婆姨会为此发出她们特有的妖娆的咏叹来："啧啧……天大大哟！"

"东路"人。绕着洛河水居住的，绕着边墙居住的，往大了说，绕着茫茫白于山居住的，有多少是"东路"而来的。半大小子常平记得，他的故乡，庄子挨庄子，家户挨家户，人稠地稀，能瞭得见的坡地都被掏得红朗朗介，所有人的口粮就来自那红朗朗的土地。父亲和母亲常常为那多一镬头、少一铁锨的地界，争得青筋暴起，唾沫飞溅。后来，常平从书匠的口中隐约知道，在这片土地生活过的闯王李自成，为什么领导农民揭竿而起，同样也明白了为什么一批批的"东路"人，跨过红柳河，或从颗颗川，或从宁赛川，或从洛河川迤逦而来。

当然，故土难离，迫使他们大规模离乡的还有另外一个原因，那就是，谁也劲不上的"年馑"。谁能劲得上，不是你有苦不怕累就能抵挡住的。

常平依然记得。头一年临秋收时，阴雨连绵，山洪暴发，颗粒无收。第二年又久旱无雨，能够耕作的沃土变成了黄土面子，无法下种。囤下的粮食只得省着吃，锁粮食窑门的钥匙一直拴在他大衩裤子的布绺子上，和他大形影不离，就连脱光睡觉时都被枕在枕头下，连同那破布绺子一起。留得青山在，不怕没柴烧，他大是个乐天派，他坚信眼前只是暂时，守着这窑粮食，受一受饥饿，熬过这一两年，一定会翻身的。

事实证明他的确过于乐观了。

家里苦焦就出门，凭借石匠的手艺，他跋涉千山万水确实找下了活计，隔三岔五倒还能吃得上粮食丰盈的雇主家的几顿白面片子。可怜的常平就只能和母亲在家溜米汤，一顿接一顿。这个猪狗见不得的半大小子，从不适闲，那点清水水流进肚里，没多大工夫就变成一泡尿撒了出去，肚子瘪得快贴着后背了。现在回想起故乡，倒想不起是怎样的一种饥饿，只是有一种熟悉的晕眩感，非常真实，其实那就是饿过了头的真切体会。

时间久了，那把绑在父亲布绺子裤带上的钥匙，也没有先前那么宝贵了，它随着父亲的两条裤管，被随意掷在炕角。粮囤眼看就要见底，周边的石活也干完了，乐天派的父亲仍旧觉得车到山前必有路，他的鼾声夜夜惊扰着忧心忡忡的母亲。后来乐天派的父亲带着常平扒光了坡洼上一棵棵榆树的皮，这户镶嵌在黄土崖畔上的人家，周围白光光一片。他回想起年少时候故土的样子，内心泛起的总是这苍凉的白色，那是一片耀眼的白。还有更为苍凉的记忆，就是吃罢榆树皮磨出的糊糊饭后，那难以启齿费尽全力的排便滋味。后来村里有人从遥远的洛河川道揽工回来，他们说，在那遥远的地方，不同于这里那么多的石崖石畔，那里有种不完的地。那一夜父亲的鼾声消失了，同样惊扰到了忧心忡忡的母亲，她知道自己炕头上的这个男人正在做出一个关乎家族命运的决定。

就这样他们成了当地人口中的"东路"人。

那个猪狗见不得的半大小伙子，一路走来，落户在一个没有家门自己，没有亲戚朋友的陌生土地上，成为一个不折不扣的"出门人"，或者叫外来户。

他很快就认识到了什么叫作"出门人",抑或叫单丁独户。

"出门人"就是当你再被别人耻笑发音怪异时,你绝不能"山羊捌脖子"与别人叫嚣,换来的无非是被群殴。"出门人"就是处处都得迁就坐地户,在这里没有你讲道理的地方,能给你一处容身地就算高抬你了。

的确是这样,在那个饥荒苦焦的年代,在那个一切获取都需要从土地中来的年代,在那个人人都埋头挖抓着填饱肚子的年代,"出门人"能够被收容安置,就已经该合拢双手感谢上苍,感谢乡邻了。

当然,待上一两代后,后人的血缘混杂上本土坐地户的血缘,你才算和这片土地真正地融合了。如果你的母亲是当地人,嫁给了你的外来户父亲,那么你就算有了外家,以后你的坐地户外家就是你的势;或者你的外来户母亲,嫁给了你的当地人父亲,那么你就直接成了地地道道的坐地户,变成"土著"。

这个挖蹦子而来的小伙子,父亲母亲都是"出门人",要融入这一方土地,婚嫁联姻将是唯一的出路。

此刻,他还是一个没有轻重的"出门人",还无法使步履踏过的土地留下印记。

以上的种种,常石匠曾在无数个鼾声响起前的夜晚,不止一次分析过。哪里的水土不养人,常石匠认为自己的决定是对的,如今他们一家子都活着,光景烂包却不至于危及生命,况且一切都往好的方向发展,儿子跟着自己学成了大手匠人。他还是那句话:"车到山前必有路"。

那辆简陋得只有两个轱辘的自行车立在黄灿灿的院子里，仆仆风尘，陌生的面孔，陌生的土地，那种"出门人"强烈的感觉再一次震荡在他空荡荡的内心里，伴随着的还是那苍凉的白色，白光光的。

胡永生那双歇缓许久后仍旧带有一丝疲惫的眼眸里，闪过一丝欣喜，这让敏感的常平不解，清澈的目光遮掩不住受宠后的惊慌，那双终年叮叮当当敲击石头的双手无处安放，时而握在一起，时而倚在炕沿上。他垂着头，隐隐觉得，有三双眼睛正在他健硕的身子上来回打量。

知子莫若父，当胡兰勤快地从前脚地到后灶火一趟趟踱步时，当一锅冒花子开水烧滚，蒸气从弓形窑顶肆意流淌时，当胡兰手中的切刀压住案板咚咚咚切出臊子蛋蛋时……胡永生知道自己的女儿长大了，她那大大咧咧的性格在这一刻竟矜持了起来，细腻得同她的母亲一样，泛着母爱，慈祥可亲。胡兰全神贯注地切着臊子蛋蛋，使尽力气咬着牙侉子揉面……胡永生想起陪伴自己二十多年的老婆，曾也那般热情地一仰一俯，玩弄着手中的面团，恨不得把盆子里的面揉搓得更富有弹性自己跳出来，再展展地铺在案板上，最后经过滚烫的开水煮熟后，劲道地呈现在她心上人的面前。

叙述者写到这里又是一阵震颤，不禁发出陕北婆姨女子特有的、妖娆的咏叹："啧啧……哎哟！好！真好！我们陕北的婆姨女子又强又好！"

我们陕北的女人啊！她们顶着头巾，脖下缩个疙瘩，在庄稼地里，撩开双腿，干劲十足。她们怀抱着柴火，用脊背掀开门扉，窸窸窣窣奔向灶火口，看着自己的男人盘腿坐在炕头上。她们摊开襟袄，躺在黑魆魆的窑洞中，细长柔软的腰身使一切美好得以延续……

小石匠动没动心思？从表面上看不出来。叙述者认为他并不愚钝，而且非常精干，何况他也正处于荷尔蒙分泌最盛的年纪，只是他不同于任何一个土生土长的当地男人。他哪里敢和他们一样聚集在窑背上唱荤词。十年了，这片土地还未曾接纳他，并时时刻刻通过他立足的双脚，向他传达着他单丁独户的这一信号。这使他习惯性地唯诺。

其实他心动了。

他确实动心了，当猎户座伴着一轮将满的月亮出现在山尖尖时，他枕着双手露出了甜美的笑。他想起刚刚过去的后晌，金灿灿的窑院，土狗睡眼惺忪，鸡群四处啄食，白猫呼呼昏睡，水汽从锅台升起，顺着弓形窑顶四下流淌……在余光里，那个身着大红薄襟袄的女子，一手抓着盆沿，一手玩弄着面团，趿着绣花鞋的脚尖一点一点，她那婀娜的身姿也随着一仰一俯，刘海垂下的发梢里是一张泛着红晕的脸庞……胸前的小鹿没头没脑地乱撞……

他不会懂的，或许懂了也说不清道不明。两情初见时的悸动似电波，其实已经穿透了他、惊艳了他，久久褪不去。小石匠睡不着了，长这么大还没有过这样的感觉。他的内心曾有过关于对女人的种种思量，但绝不是这样的，她们的样子应该和母亲差不多，眼睑永远低垂着，只有脚下的活，她们像木偶一般无声无息地扒锅燎灶，喂猪喂鸡，就着暮色安顿好牲畜，然后滑上门闩，在煤油灯微弱的光圈里拿锥子戳弄手中的鞋底……当然，她们也有着女性丰腴的一面，但她们绝不是这样一个可以走进人心里的人；当然，她们也揉面、擀面，但她们绝不是这样一个能把面揉进人心里的人；当然，她们也令人挥之不去，但她们绝不是这样一个叫人枕着双手念念不忘的人。

陕北是个笼统的概念，是一个相对的大范围，在几近相似的风俗里存在着一些差异。这边墙赫村靠近另一个省份，是秦时为防范叱咤一时的攻杀周幽王、掳走褒姒的犬戎而修筑的一段抵御工事，它的偏远自不用说，它的底蕴自不用说，我们要说的就是它的与众不同。当我们的胡兰同样睡不着，双手枕在脑后时，一腔热血只能在心底里激荡。若在小石匠离开了十年的故土上，也就是这里人所说的"东路"，这样的夜晚，女子有了这样的思绪，她们会大胆地穿起红襟袄，一跃爬上墙畔，捧住双手就唱的，把想要抒发的，把积攒沉淀的，一唱为快，统统送入被倾诉者的耳朵里。想象一下，如此动听的陕北信天游，如此直白的表白歌词，回荡在皓月当空的夜晚，哪一个聆听者能撑得住，哪一个怀春的年轻人还能安然地进入梦境。在这个旷世的漆黑的一片中，信天游就是这个地域独有的表达方式，并赋予了这个地域独特的神秘的美意。而他们如今所在的边墙，女人是不会这样的，我们知道胡兰只是头枕双手，当心上的人儿到来时，她们便化身为黑色融进这深邃的夜空，悄然成了暮色的影子，爱意无声无息地穿行，爱意悄没声地游走，不知疲倦的劲头就来自激荡在她们心间的纯纯爱意，最后梦魇的呼声将唤走娇羞的人儿。这就是我要说的，它们的与众不同。

天公作美？日怪！七沟八岔的两个人能够遇面。

遥远的"东路"，山水重重，常家这石匠父子本应挎着烂篮球蛋子，沿着杨家沟河，沿着无定河，施展手艺谋生，他们手中捏着的锤子、錾子，本该打击与清涧石头相差不大的坚硬毛石。不料，一场年馑，不得不离开故土，撵着杨家沟河，汇入无定河，跨过红柳河，经过"周长"（周湾镇、长城镇常常被当地人简称为周长）涧地，顺着颗颗川，最后落户在了头道川。而胡兰的拦羊铲正在铲起的却是二道川川掌边墙岭岘上的土疙瘩。如今，他们遇面了！无论写出怎样的文字，也无法倾诉叙述者此时内心的悸动。

胡永生夫妇钻在一个被筒子里，载笑载言。胡永生老婆的双手却不闲着，此时正在为她的男人卷那一头粗一头细的纸烟。胡永生眼巴巴地盯着，他在等待那赛过神仙的一刻。

胡永生故作纳闷，他质问妻子，世人不是说"米脂的婆姨绥德的汉，清涧的石板瓦窑堡的炭"，那这个小石匠明明是米脂人啊。显然，小石匠称了二老的心，眉清目秀反倒遭到了胡永生夫妇的质疑，显然胡永生夫妇日能了。这在陕北就叫"日能"。日能吧，总不能叫这夫妻二人长期处在一种隐痛里吧。

在这边墙岭岘上，胡永生观人就没错过，他常坐在边墙的烽火台子上，口里噙着卷烟，你以为他在思忖自家的光景日月，其实他是在预测，像边墙刘姓和赫姓的先祖匈奴人（胡永生不一定是匈奴人）所用的萨满一样，有所不同的是匈奴人用的是穿着刺有伏羲女娲交媾图腾刺绣裹胸的女萨满，预测着未来。他需要知道的和当年赫连勃勃想要知道的大致相同——谁将从他的侧畔脱颖而出，将出其右光景超过他，谁将和他一决高下。善于思考的胡永生并不像萨满那样充满神奇，他先捋一捋竞争者的前三代，想要了解前三代并不难，边墙上前三代人的情况都会有口述相传，然后再从他要窥探的人身上找优劣，比如："苦水"（苦力）程度如不如自己、"细疏"（节约）程度顶不顶自己、"栓正"（务正）程度胜不胜自己……综合研判后他心里就有了数。

好久没算了，现在他又要开始像女萨满一样预测未来了，不仅预测自己，还要预测他的后继者。

小石匠的前三代，他无从知晓，只凭借后响的一面相处，他判定一点，小石匠敦厚朴实。平常人就局限在这里了，而胡永生不同，凭想象，或者说他就像匈奴人的女萨满一样，一双眼睛跃下边墙，走出二道川，或顺着颗颗川、或顺着宁赛川、或顺着洛河川，这无所谓，然后逆着无定河，逆着无定河支流杨家沟河，来到苦焦的与佳县接壤的小石匠的故土。在那里，他看见了埋藏在小石匠心里的贫瘠的样子，它的样子是苍凉的白色，是没有树皮的榆树渲染出来的。苦难是最好的教材，受过苦的人有一点是赢人的，"细疏"程度，也就是过光景，肯定要比别人上。胡永生那双眼睛又飘到了头道川那个窄沟旮旯里，天麻麻亮，他看见老石匠硷畔上摞得齐整的柴垛和他那正在锯柴的裂口子双手。单丁独户，他们不得不比别人更勤快。胡永生像萨满一样又确定了一点，这家人"苦水"好。有了以上两点的肯定，这"栓正"自不用说了。

当一切都得到证实以后，接下来就该谋划他和老婆子在炕头上良久的蓄意了。

一日三餐，顿顿有肉，小石匠一连闲待了两天，眼看天就要开冻了，主家老胡也不着急，每天就带他到自己家的地畔闲逛，每询问接口子的事，胡永生总说不急。

这天夜晚，胡永生夫妇喊来女子胡兰。煤油灯立在炕墙上，微弱的光晕罩着盘腿而坐的胡永生老婆，和往常一样，她的手里玩弄着一件贴身衣服，聚精会神，指甲盖上血迹斑斑。胡永生正襟危坐，迟缓的眼神流露出一丝顾虑。他和老婆子那关过了，虽说父母之命、媒妁之言，可他那犟脾气女子，只要犟起来，他和老婆子根本劲不上，所以接下来的谈话很重要，得到女儿的点头才能进行下一步。本来他预备让老婆来摊牌，又怕她出于怜爱达不到谈话效果，只能由他这个一家之主出马了。时间过了很久，胡永生总是扯东扯西，不进主题，他看得出来女儿对小石匠有意思，可总有顾虑，而且这样的话题对他来说还是首次。胡永生仍然东扯西扯的，胡兰一个哈欠接一个哈欠，急得后炕盘腿而坐的胡永生老婆直咳嗽，把怒气统统发泄在了两个指甲盖上，最终她还是憋不住先开了口。或许女人之间谈论这些本就顺碴，胡永生老婆只言片语就点透了。她先说，她像胡兰这么大时孩子已经三四岁了。不得不说一直默默奉献的农村女人其实是很有智慧的，这么一说，这场家庭会议的主题算是拉开了，同时给女儿带来一种紧迫感。然后，她又说，他们夫妻就只生了她一个，心头肉，嫁人的话怎么怎么不舍之类的。这二一层，打的是感情牌，很奏效。一阵演说似的煽动下来，胡兰不停用手背揩眼泪。胡永生又被震惊了，噙着一头粗一头细卷烟的嘴角微微上扬。时机成熟，胡永生老婆把入赘的想法先一表达，再把头往隔壁窑探了几探。胡兰全明白了。

夫妇二人此一刻的目光全部注视在女儿的脸上。胡永生老婆摊开双手，贴身的衣服铺在膝盖上，静静地等待着那个响亮的回答。胡永生不然，等了一会儿后，他移开了目光，悠然地卷起纸烟来，他要的答案显然已经写在了女儿脸上。她既不反对，也不明确，这就是含蓄的接受啊，女儿一脸的娇羞状已然明确了，说明她非但同意还很称心。

良久，胡兰开口了，热到耳根的娇羞已然褪去。她有她的忧虑，毕竟让人家的独子来做上门女婿，来做站年汉，恐怕不会被接受，况且她家只是有些家底，达不到殷实。直率的胡兰接着说，无论对方家里是什么意见，万一不行，她就嫁过去。

胡永生夫妇刚刚放下的宽心再一次被提起。

隔壁窑里，常平枕着双手，这是他来到边墙的又一个不眠之夜。

此时，门扉上的铁环被轻轻叩响……

三

小石匠的婚姻"八"字算是划出了一撇。

他觉得自己不再是个毛头小子了，而是男人，一个浑全男人，一个能搂圆膀子干势事的男人了。那双来时还有些怯生的双眼，这个时候就像是孙猴子经了太上老君的八卦炉煅烧过一样，成了火眼金睛，熠熠生辉。当然，他要比孙猴子受活得多。那晚，铁门栓在门扉上扣响以后，他就像经了一场洗礼，一场成人礼，瞬间，骨头都硬了，真正成了一个囫囵男人。

在他们没有幽会之前，懒散了好几日，主家好招好待，他十指未挨地，每天不是白面片子就是裂着口子白个森森的白面馍馍。顿顿吃着可口的饭菜,这哪里是一个匠人该有的待遇,主家不言传他不能装聋作哑,有点急切,烂篮球里的家具也磨得明光瓦亮,可他一提及接口子的事情,主家就直摇头说不急,真是越待越心慌。那天,他吃的肚圆,在边墙下这户人家的庄院闲逛,路过石头垒得齐齐整整的猪圈,遇上了胡兰。胡兰看他心事重重就问原因,他说,你大只管给好吃好喝,也不说干活的事,越待下去越心慌。胡兰就笑,还调侃他:你操心把你养肥咥胖和这两头年猪腊月一块儿杀呀?他等她喂罢猪又一起往回走,恰好被胡永生夫妇瞅见。夫妻俩看着如此般配的两人,就决定挑明一切。也就是那晚胡永生老婆子向胡兰摊牌的,也就是那晚,胡兰才壮起胆子,抓起铁门栓扣响了门扉的……

常平背对着边墙嚯啷啷地朝沟底挖蹦子而去,破烂自行车的后座上驮着一袋荞面。

胡兰站在边墙一处烽火台高地上,像被抽去了魂魄,朽败不堪的烽火台挡不住劲风,风卷起黄土面子,拂在她俊秀的脸上竟也毫无反应,眼都不眨一下,只顾盯着自行车消失的那道梁。

常平也不时回头望,直到彻底看不见烽火台下那一点红,才开始了人生的第一次真正意义的思考。他确定已经把心撂在了边墙豁口下的那户人家里了,那个站在烽火台瞭望着自己背影的女子正在等他复命。他断定,回家后一定会是这样一个场景:大蹲下炕,趿着布鞋后跟子,手里倒捏着脱过粒的糜穗笤帚,一边骂他,一边把笤帚疙瘩往他背上砸,嘴也不会适闲,"狗日的,一毬就把老先人遗留的姓代戳撂了。"大是个多么犟的人，当年世人五马劝不下，依然托儿携妻说走就走，离开了最难离的故土。当时，户内颇有威望的老辈人也来挽留了，甚至答应给些恩惠，可还是不顶用，他大执意要走，气得那些老汉骂他大犟毬扳不到尿壶，被惹怒的老辈人还放了狠话：日后过不下去再回来故土，让你连单丁独户都不如。他大的犟可窥一斑。还有没有其他可能？也许有。大这些年早就被苦焦的日月磨光了棱角，单丁独户，又没闯下什么势事，姓代嘛不就是个称谓，尤其对于一个光景烂包的出门人来说，没有什么不行的，只要填饱肚子，更别说再坐享其成得一份还算殷实的家业……说不定大倒会欣然接受的。

　　常平一路沉思，两条长腿掉在自行车的两侧，两道飞扬的尘土顺着裤管弥散。

　　下了边墙进入沟道，正当他迈开腿蹬得正欢时，一只脚突然像踩进棉花堆似的，蹬了个空，又遇拐弯，瞬间没了重心，一个趔趄，连人带车栽下了桥。这是一座石拱桥，桥不大，差不多并排能通过一对儿驴拉车，没有栏杆，没有防护。冰冷的河水并未刺激到他，他先是推开压在腿上的自行车，而后双手迅速在浑浊的水中挖抓，捏来揣去就是不见那袋荞面的踪迹。他脱下湿漉漉的旧毛衣，边往干了拧，边嘟囔着："日了怪了，日了怪了……"

　　粮食好像知道自己的来之不易，从播种到秋收，从场上到粮仓，哪一步不是被精心拾掇起来的。这么看一点不日怪。原本绑在后座上的一袋荞面竟然浑浑全全地躺在桥面上。"吃饭"的家具好像也知道自己有多重要，没有掉进两侧结冰中间流水的小河里，烂篮球和一堆锤錾散落在桥面上。

自行车链条断了，硬伤，骑是骑不成了，剩下的几十里路只能推着走，红坨坨太阳已经从西山斜了去，他一哆嗦，这才觉得湿衣服贴在身上是那么刺骨冰冷。

　　走不成了，只能在几里外的一个必经村子想办法。那是一个红扬村子，几个沟道在此交汇，七沟八岔的人也和水流一样往这儿汇聚，一些简单的生产工具、生活所需，每月十三、二十三在这里的集会上都可以买到。乡驻地距离远，乡上每月逢七的集会，很少有这几道沟的人去赶红火。这天不是集，修自行车希望不大，不过要找个地方烤干衣服，歇缓一夜问题该不会太大。他加快了脚步。

　　原先只觉自行车碍眼，现在推它的人反倒有些辱没自行车了。只见他一身泥，狼狈不堪，边走还边打颤。唯一顺眼的就是后座上的那袋荞面，大难不死，稳若泰山，被筛糠一般的他推着招摇过市。一串串小孩子跟在后头，一看他自行车上的烂篮球就知道他是石匠，齐声大喊："东路石匠，东路石匠……"他真想找个地缝钻进去。

　　七八间瓦房胡乱搭盖在老长的一截子石子路边，分门别类，有铁匠铺子、有粮油加工、有饭馆、有裁缝铺子、有门市部……门几乎都紧锁着，不遇集，主家也不用死守着，都回了街道两侧山腰上的窑院，反正平日里没什么人，站在自家的硷畔上就可以照看住店铺。

　　满街就只有一家百货门市开着，炊烟从瓦房顶升腾……他掀起门帘，探头朝里看，一股暖流扑面而来，并向他全身流淌。

　　辞了胡永生一家，在返回途中，他跌下石桥，复杂的心绪浸在冰冷的河水里，正当他冷得瑟瑟发抖时，叙述者不得不采用插叙方式，把本该徐徐出场的另一位与主人翁一生都有所交织的女人提前唤出，并一吐为快。

她抬起头，在油烟笼罩的后脚地瞅见筛糠一般的小石匠。置身在黑暗里，她可以清晰洞察光亮里的一切，而门外那双眼睛此时又变得怯生生的了，不知是进还是退。

"进来吧。"正在做饭的女人一看就知道他掉进河里了，出门人数九寒冬的，受罪了，便轻声唤他。

小石匠这才小心翼翼从写着"巧儿商店"的牌子下钻过……

悲情的女人们，当我们知道她们的苦楚，当我们切身感受了她们所经历的悲惨遭遇，我们一定不会认为她们轻浮，我们一定会原谅她们，甚至会觉得她们蕴藏着大德大爱，是人间真情的传播者，我们一定会感慨她们能够在湍急的生活浪潮里屹立不倒。当你理解了一个个被命运扼住咽喉的女人，你就会从她们低垂的眼睑里看到不卑不亢。巧儿就是这样的女人。耍戏她的男人早就忘记了她的悲苦，男人说起她一脸坏笑，女人说起她愤愤不能平。

也就是小石匠湿漉漉走进巧儿门市的这一夜，后来一直在边墙以讹传讹，抑或三人成虎吧，好像他们真的就发生了什么。巧儿一直都把闲言碎语当一股风，只会淡淡地从耳旁滑过。她听过太多关于她的传言，有真也有假，不管真真假假她都不争辩，但只有她与小石匠的那档子子虚乌有的事被人拿出来絮叨时，她才会辩护，说得很扛磕，寸步不让。她也说不清缘由，就是不想连累他，不想自己在七嘴八舌里玷污了他。她

— 143 —

会不由自主地言语过激，发誓赌咒，不再是一个冷静的女人。她并不是为了给自己开脱，是一种对常平发自内心的保护。她说：谁和石匠有，谁就和自己的大有。越是这样，人们就越喜欢当着她的面质问。

后来，胡兰为此也寻过她。毕竟流言蜚语对于娇惯长大的她而言就是挑衅、打脸，她愤愤地出门，手中还握了一把剪刀，不过走在半道就又将剪刀藏在了草丛里。她沿着他大胡永生多年前拉着驴提溜着黄豆去配种走过的路，沿着她妈胡老婆子也曾愤愤然前去一探究竟走过的路。巧儿在遇见小石匠时，已经嫁进这家好几年了，那个被胡永生老婆半辈辈恨得咬牙切齿的女人就是巧儿的婆婆妈。胡老婆子半辈辈没逮个正着，都是捕风捉影，但是心里却也明镜一般，她身上背负了半辈辈的东西，绝不会让她的后人再去背负。她告诫自己的女子，必须要刨根问底，必须要水落石出，有就是有，没就是没，人要活就活得通透些、明白些。胡老婆子是这么想的，胡兰也正是这样想的。她无数次看见妈妈捉不住个实锤，没等开口就被大几声呵斥回去了，好像母亲倒成了理短的那一个。近些年，随着大的年龄增长，脾气平和，母亲才算占了上风，不过那也就是脖子一拧，给父亲撅个屁股独自嘟囔几句而已。如今她可不会去做这号缩首畏尾的乌龟。

这天巧儿正在边墙家中，胡兰去找她，还未下边墙豁口，就瞭见那棵很多年前曾拴过她家母驴的老槐树，树体似乎更葳蕤繁茂了些，枝条招展，从边墙延伸出来，正好填补了秦长城的残缺，它巨大的树荫使得过路客不得不驻足小憩。树下人很多，露出诡异的笑，胡兰不爽了，感觉耳根子红，像是人们在议论自己。她走过去，大大咧咧的，人们闭嘴了都看着她。胡兰立在树下瞅着边墙豁口下的窑院，气呼呼地自言："媳妇踏婆踪，一对儿骚货！老槐树也不安稳，不好好往高蹿尽把树枝伸出来招揽人。"

狗咬了，一扑一扑地拖拽着缰绳在"轨道"上来回奔。所谓"轨道"，其实就是一根十来米长的铁丝，两头钉在地里，狗缰绳系在上面，可以来回移动，这十米就是狗能巡视、能够得上的范围。边墙的狗都是这个拴法。出来的不是别人，正是巧儿。她仍旧一脸笑颜，像对待来商店购物的顾客一样，至于今天来者怀揣什么意图，她心知肚明。

胡兰说："我是来寻你的，就不进去了，咱们上外边说。"

巧儿很热情，把胡兰往回让了又让。她们彼此都知道这是寒暄。最后她没有拗过冷漠的胡兰，心事重重地上了豁口。树下的人都等着看好戏，哪里还迈得开腿，没办法，好多疑问毕竟不能当着众人的面去阐述，两人只好往边墙就近的一处烽火台高地走去。

千年的边墙，古老的秦长城啊！你是否预料到这一刻，两个俊俏的陕北婆姨环绕你、依偎你、贴近你、摩挲你，此刻正迈着健步向你的制高点进发。被黄土驰扬得灰楚楚的戍边将士，当脑顶绾着发髻的勇士！你是否料想到，这样一个荒漠漠的不毛之地，竟会生出这样的尤物来。不枉各位，深山大沟终于将孕育了两千多年的灵性，通过自然分娩，呈现在了世人面前。

修的是哪般佛，悟的又是何方道。"东路"的小石匠啊！当你正冷得瑟瑟发抖时可曾料想到，你竟会让边墙上两个最俏

丽的人儿为你争风吃醋。

巧儿命苦，嫁过来第二年丈夫就卧床不起了，一副病恹恹的样子，家里门外立不起事。她像一个寡妇一样，操持着，农忙就俯身在地里，冬闲就在山下另外一个村里经营门市部。她要攒很多的钱，听说外国有治这种病的办法。哪里是外国？外国啊！对于一个农村妇女来说足够远，或许就是一种心理寄托，有了寄托她就有了力气，谁不是活在寄托里的。很多时候她也无助，抓不住任何可以依靠的东西，夜深人静她不知道抹了多少眼泪。女人有了愁苦就要倾诉，总不能说给破败的秦长城听吧。她想说给懂的人听，只有说出来，只有说出来后才会换来一种声音支撑她，她太需要来自关爱者的鼓励了，变成了一种渴望。她的渴望是要有一定牺牲才能换来的，她不吝啬，甚至心怀感激。原谅她！她可以和男人们一样在大地上辛勤耕作，可她柔弱的心不能再浸泡在苦水里了。

边墙上不知有多少粗犷的男人觊觎着她。有薄情寡义贪图一时的，也有看她难熬而可怜她的，总之，什么话她没听过，什么事情她没经历过，什么样的人她没见过。今天，她倒并没有想像对待旁人一样对待胡兰，在胡兰愤愤地兴师问罪般的态度下，她依旧和和气气。她要真诚地告诉胡兰，让她知道她守着的是一个值得的男人。

"打得一拳开，免得百拳来。"这是巧儿今天谈话的目的，她要的是让胡兰明明白白，清清楚楚。边墙的微风徐徐吹来，她向胡兰讲述那个初冬，还有那个冻得瑟瑟发抖的男人……

叙述者也搞不清楚，却深有体会，或者严寒，或者酷暑，乡间的空气中总是弥漫着一种说不清的暧昧。这样的时候出奇的静,人都钻在窑洞中、平房里,舒适安逸,浑身蓬勃,有使不完的劲,还伴有浑噩的瞌睡。绝对奇妙。

小石匠常平就是在这样的时刻,在巧儿的邀请声中踏进这间平房的。他快要冷死了,浑身打颤,裤管、袖口已经冻硬。他发紫的嘴唇颤抖的说不出一句谢谢来,只是僵硬的机械式的连连点头。他闭住门,把严寒挡在了门外,然后径直走到当脚地的火炉旁。太暖和了,他整个人变得云雾缭绕,白烟从他的周身向上升腾。他还在抖,整个身子已经凉透了。炉火太旺了,跳跃的火焰在炉内发出呼呼声来。常平还顾不得张望,一心只想把自己先"救活"。前半身暖和了,后半身还像是浸泡在冰水里,他转个身让呼呼的炉火熏烤脊背。一转身屋内的一切看得真真切切了,货架上摆着琳琅满目的货物。哦,原来他进来的是一间小卖部。他开始搜寻,目光在几米远的后脚地停住了。眼前是一个看着贤惠的、陌生的妇女,灶台上摆着散发着香气的熬菜……他显得有些拘谨,吞吞吐吐地把自己从何而来,路上发生了什么事,详叙了一遍。女人告诉他,自己的婆家就在他刚刚离开的边墙赫村。他们围绕胡永生一家聊了不少话题。聪明的巧儿隐约感觉到小伙子将要入赘赫村,心里不由生出了怜悯。

"是个好小伙。"巧儿从他清澈的眼睛里判定。那双有神而单纯的眼睛真好,一点杂念没有。她见到的都是浊目,眯成一道缝,盯着她的胸,盯着她的脖颈,盯着她的身体……他们的目的性太强,又不懂得尊重女性,上来就想讨个便宜,讨不上便宜的至少眼睛嘴巴不吃亏。对于那种贪婪的眼睛她觉得恶心，对于那种嘴巴不干净的更觉得肮脏。

眼前高大壮实的小伙子很羞涩，自打进门眼睛就不敢往巧儿身上看，他只隐约地知道这个门市部的老板是个身材高挑的女人，比自己大不了几岁。他还能感觉到女老板人很开朗，人也很健谈。他知道她问话的时候是在盯着他的，他不看也还知道她问话时嘴角露着笑。没错！他是被巧儿无缘无故地怜爱了。

这么好的小伙子，要去为别人立起门户，从此和妇女一样把姓氏就丢在一旁了。她了解胡永生，精明了半辈子，怎么可能让一个站年汉轻松地在自己家掌控一切，有罪受的哩，一身力气使尽了，也未必讨得来好。站年汉出力不讨好的事情常有，她见得太多了，甚至还有不堪重负跑回去的了。唉！小伙子的路长着哩。她觉得老天一定是蒙住眼睛的，把黑白都颠倒了，给本该活在福窝窝的人套上生活沉重的枷锁，让他们负重前行。她是，这个小石匠也是。相似的命运让这两个人在这间炉火正旺的小门市部相识，距离自然就拉近了。当然，这一切常平还尚未觉得。看着他此刻这狼狈的湿漉漉的状况，巧儿就像看见了自己少不更事的弟弟一般，心中又多了一层姊弟感情。

她为他满满舀了一碗饭，在饭上又美美盖了几勺子熬菜。

常平接过碗，还是没敢正眼瞅巧儿。他能觉得，她看着自己依然亲切地笑着。

常平吃完饭，身上还没有干，可天已经麻乎乎的了。他开始犯难，本来是个很好的落脚处，可老板是个女人，这事弄得。看来还是趁早别了，在半山腰上另寻一家留宿吧。而火炉又暖和得让他的腿像坠了铅,一步也迈不动了。

"把你的自行车推进来吧。"巧儿边洗锅边说。

有的话,就明晃晃藏在话里,不需要挑明,说得越轻巧越随意就越动人。小石匠不是木偶,站在角落欣然点头。他知道此刻没人看他,他的点头只是给自己看的。他推门出去,外面已然黯淡了,孩子们嬉笑打闹的身影也已消失,只有狗吠声在空旷的沟道响彻。看着黑魆魆的山脉,他有了一种归属感。

柜台上的煤油灯点亮了,柔弱的光晕里,巧儿为他在前脚地铺了毡,毡上放着被褥。

他要记住这个善待自己的恩人。顺着货架上的烛光,那是一张酷似戏子匠的脸。就是的,她的两道柳叶眉略微上翘,眼睑泛红,高高的颧骨使得两张弹性十足的脸蛋不得不朝内滑去、收紧,露出锥形的下巴。他听他妈说过,女人这样的面相不旺夫,会克夫。对呀,她的男人呢?她说了她是边墙赫村的媳妇儿,那她的男人怎么没有和她一起经营门市部呢?她又怎么敢招揽一个陌生男人留宿呢?当然,他不敢多问关于人家男人的事,但至少敢在夜晚留宿其他男人的有夫之妇,肯定有其原因在。什么原因呢?他不愿多想。这样善良的人,自己不该妄加评论,他只想记住这张在他冻得筛糠一般时给予他温暖的脸庞。

毕竟是农村小街市,黑魆魆的夜晚把一切都罩进去了,通过一扇小小的窗户连房间也罩进去了。夜侵吞了一切,把炉火也呼呼往外吸,唯独唤不动躺在被窝里的人。越是这样越叫人感觉安逸,世界末日又何妨。巧儿睡在后脚地的床上,在这间小小的门市部里,悬挂在床边的布帘子是唯一的屏障。他们都

能够听得见对方窸窸窣窣的脱衣声和呼呼作响的炉火声。屏障再薄也是屏障，此时此刻屏障的两边不可能没有波澜，不可能不悸动，像炉火一般热烈，也在燃烧，火苗蹿得老高，可什么都透不过去。屏障厉害了，薄薄的却把一切隔开来了。

常平暖了，身子彻底舒适了，却又有了另外的一种煎熬，似乎比冻得瑟瑟发抖还难以忍受。他翻了身，压制不住，又翻了身，翻来翻去都一样，那张戏子匠一样的脸庞挥不出脑海去。他们没有说话，炉火的呼呼声听惯了，门市部小小的空间就显得很安静，出奇的那种。在边墙赫村的那一夜他明白了真正意义上的男人，心就大了，驰骋开了，有了更加具体形象的想象体验，就更加难以忍受。

蛮不错了，小石匠够有定力。他在强压，一波波翻起来的浪花必须得在沙滩上平息下去。他找到了方法，就是想那个在边墙岭上，在夜深人静时候轻叩门扉的女人。他不能，他的胡兰还在崾岘豁口底下的窑洞里等他着呢，热切地期盼着他呢。不能！不能！阿弥陀佛，罪过，罪过。很快心中燃起来的熊熊火焰不再嚣张，飘荡晃悠，黯淡下来了，挣扎了几下终于熄灭了。

巧儿藏在布帘子后面，不知所措。对于一个"阅人无数"的女人，这道屏障本算不上什么，一把就可以拉开。她需要一个贪恋她身子的男人来抚慰关照着她，尽管事后那将会带给她无尽的懊悔，可比起孤独寂寞，那点懊悔又算得了什么。毕竟是女人，她没有一把拉开布帘子的勇气。她叹息了，叹息了就说明她有了失落，而这样的失落在暗夜里却是美妙的，有了几分崇高的意思。如果小石匠走过来一把拉开布帘子，她知道自己会毫不吝啬地接纳他，甚至会主动掀开被角，一定的。原来接纳一个人，从内心底里接纳一个人这么容易。此刻，她确信她已经接纳了。他和其他男人有天和地的差别，那样美好的单纯就刻画在他的脸上，健壮的体魄保守起来真叫人心动。她把自己紧紧裹住，双手抱在胸前，泪水在面无表情的脸上滚落，藏在布帘子后的悸动舒缓了，她享受着不被打破的宁静、祥和、崇高。

天亮了，他们都不确定沉长的夜晚是否熟睡过，精神却焕发一新，是得了某种修行后的重生一样。

他们一齐收拾好地铺，小石匠不再羞涩，他道谢作别像一个故人。

出了巧儿商店，他推着断了链条的自行车上路了，这时迎面过来个留着五五分头型的同等年岁的男人。那男人长着一张让人生厌的脸，看着他笑得诡异、奸诈。这就是后来把事情在边墙岭上鼓吹弄大的赫村多事者，也是他在边墙半生中的一个"劲敌"。

操心了一路的事情远没有他想的那么复杂，他大只是望着东北方向，立在碥畔上沉思了半刻，就点头同意了。他妈没意见，像木偶人一样，一辈子只会按部就班做那几样活式，连眼睑都没有真正抬起过，男人做出什么决定，她就只有服从，家庭遭遇什么变故，她就只能认命，她哪里有自己的想法呢。这翻山过沟的一路上，常平似乎就没有想起过她，要是想起也是大打他的话妈会怎么护架，其余的事她拿不了主意，更不会干涉，也就不会被想起。

那个时候大多数的农村妇女都就如木偶一般。常平在等待父亲做出决定时，怎么会想起一具"木偶"来呢！直到许多年后，他披麻戴孝跪在母亲脚底时，才真正感受到了她的存在，母亲仍然是无声的，更像是一具木偶了，但那一刻她却比任何时候的她都更有存在感，至少那只守魂的公鸡是专门为她擒来的，冻土的地窖是专门为她掏挖的……有了站年汉的经历，那一刻，他想起自己面临的当下和母亲无声的一生来，发现自己是真正忽略了母亲的许多感受。在自己身上他才明白，母亲也是有血有肉的人啊！

很快，他就成了边墙岭上的站年汉。

第二年天刚一暖，他就倾注所学，精心凿箍起了土窑的接口子。和以往的揽工心态完全不同，看不上的毛石绝对剔除它，纹路没凿好的坚决不往窑面子上用。他一个子不赚，尽心尽力，把箍接口子当成自己的事情一样对待。作为站年汉，这件事本身就义不容辞，更大程度来说就是自己给自己干活，可老丈人的话言话语总让他感觉不舒畅。老丈人太霸道了，时刻都好像是在提醒他，他只是个站年汉，这个家不是他的。他反感老丈人霸权的说辞，什么你给我怎么怎么样，你把我的窑箍成怎么怎么样……既然入赘在了你的门上，常平觉得这里所有的东西自己也有着一份，老丈人总是"我的""我的"，难免令他寒心。就拿这接口子来说，他干出来的活哪有什么可挑剔、拨摊的地方，可老丈人还把他当作雇佣工一样盯着，这真的大可不必啊。想什么都无用，木已成舟，他仍用心地凿着石头，他知道这里的一切迟迟早早还是属于他的，老丈人绝不可能把所有东西都装进褡裢里背进地底下吧。

还有些事也令他不爽，每次忙得大汗淋漓回窑时，坐在炕头上的胡永生夫妇就中断了正在谈论得热火朝天的话题，好像这个家里有太多他不该知道的事情一样，他算是明白了，入赘是啥，入赘就是长工，入赘就是他永远都是个外人，除非……他们从来没有把他所付出的看在眼里，自从他"过门"，家里大小活式一应由他主力，老丈人胡永生驼着的背都快平展了。

胡兰还是轻轻松松经管着那群羊。

拦羊，不算是一件多苦重的活式，一般都由留着茶壶盖盖头的小儿或者扎着马尾辫的女子去干，这大概也是为什么人们总爱称拦羊者为"拦羊娃娃"的缘故吧。拦羊娃娃只要招呼住羊群，不要让它们逃离了自己的视线而去庄稼地里侵害，就任由它们翻山过沟，广袤大地上生出的苜蓿草、地椒椒、兰花花、狗尾巴草……都可以尽情地随意地享用。拦羊娃娃有自己的事情要做，掏一窝鸟，端一窝山鸡仔，挖一口袋辣辣根，摘一把索牛牛……出山后，羊与人就互不相干了。

这就叫寄人篱下，好像这一切都曾在父亲的叹息声和母亲低垂的眼睑里出现过，似乎也在好心人巧儿的热情里出现过。这只能算作是内忧吧，还有什么样的外患在等着他呢。

四

"崖娃娃"响起了叮叮当当的敲击声，胡永生土窑洞的接口子终于开箍了。扬达石匠手锤的不是别人，正是边墙岭上的站年汉常平。只有攥住錾子挥舞手锤，在乱石飞溅中，才是他的英雄用武之地。毫无规则的毛石，就是他麾下管制的将领，想让谁成为股肱之臣、耳目心腹，就细心打磨，用在窑面子上，反之则粗略抡上几大锤，叫它暗无天日。三四百年前，他"东路"老家的李自成正是这般部署、铺排的，只不过一个是骑在马背上，一个是坐在乱石中。

胡永生自打有了这上门女婿，苦轻多了，几架山峁的庄稼没怎么操心就自己在地里生根发芽了。他也不猫腰弓背的了，夜里睡在炕头上，那叫一个舒坦，动辄翻起身来要在老婆子身上乍舞一番。事罢，再让老婆子卷上一支一头粗一头细的卷烟，那真是赛过活神仙啊，每次都有些得意忘形，然后略带几分调侃地自吹自擂上两句："咱也是有长工的地主蓝。这哈才撸圆蓝。"老婆子就急忙提醒他："快半百的人了，压稳稳的，刚把讨吃棍扔掉了就日能开了。"

人老几辈子的愿望，在胡永生的手上实现了。给他自己箍接口子不能再双手背搭在身后，事不关己地乱窜了，何况庄里来了不少帮忙代劳的，自己心焦不说，别人也会骂他是戳牛后半截子的货色。时常不干活了，卸一架子车石头就够他缓半天的。他猫着腰，靠在一块毛石上，一张窄条条纸在他的两只干裂的手中迅速变成了一头粗一头细的纸烟。奇妙的烟丝，点着吧嗒几口，累了能解乏，无聊了能解闷。还是有手艺好。他盯着女婿，看他端坐在乱石中，叮叮咣咣用一只手上的锤子敲击另一只手上的錾子，悠然自得。他哪里是在干活，他分明敲击得有节奏、有哈数，嘴里还在哼着秦腔曲。哪像自己，吭哧吭哧把石头块子抱上驴拉车，再吭哧吭哧搬在女婿脚下，他倒跟个长工，毕恭毕敬地伺候着地主。这地主也是个没心没肺的，没有一句体己话不说，连眼皮也不抬一下，只低着头剥削压榨着他。越看越气，女婿上门是给他为儿的，这一刻的自己俨然一副为儿相。他由不得高喉咙大嗓子提点几句，好让这憨憨女婿知道，这个家是谁的，谁才是这个家唯一可以发号施令的那一个。自然没好话，没有一句不夹枪带棒，句句霸道硬气，好故意彰显他的专断蛮横、唯我独尊。唉，也只能利用缓一锅子烟的工夫，美美过几句嘴瘾，杀一杀女婿初生牛犊的威，而后该怎么样还得怎么样——他拍拍满腔尘土，赶上毛驴继续搬运石头。

看着驴拉车下了坡洼，常平手中的锤抡得更欢了，像剧团司鼓一般，坐在侧台，缓缓拉开了一场大戏的幕布，登台唱戏的也是自己，一首恰逢适宜的《斩韩信》大戏顺口而来：

高皇爷征东谁为帅

万马军中谁为先

列虎大印谁执掌

帅字旗插在谁营盘

仙长开言笑满面

尊一声韩侯听心间

……

其实箍这三个接口子，他是上了心的，不敢说对胯下的每一块毛石都精雕细琢，但也绝对称得上用心打磨了，哪一块面石不是精挑细选，哪一处纹路不是像用尺子比出来的，凿出的槽又直又平滑。就这，那个碎嘴丈人还要啰里啰唆，嫌这怨那的。他全忍受了，毕竟"过门"才三天半，寄人篱下，不得不低头啊。有时候气上来了，他真想抡起拳头来。他倒也魁梧，真要打斗起来，三五个胡永生也近不了身。只是不能只顾自己畅快，世人要笑话的。小石匠已经懂了许多，也改变了许多，性情已和先前大不同了。

胡永生是全村第一个箍接口子的，无人不羡慕，无人不向往，精确地说应该是眼红，无人不眼红。当别人正赶上时代的步伐开始积攒家当时，胡永生已经有了颇为雄厚的底子了，如今正致力于改善生活，专注享受了。一批眼红的人，对于胡永生箍接口子的事，表现出的是不屑，人前人后总要调侃几句："箍来盖去还不是在土窑里住着，还不是在石板炕上打滚。""人算不如天算，天算不如胡永生会算。箍接口子就招个大手匠人女婿，揭地时还不招头牛入赘。""顶毬了！没养下儿，箍来盖去还不是要交给一个外人。"嘴上沾光只是一时快意，在他们心底里也都开始盘算上了。他们扛上锄头，仔细锄净和庄稼争吃抢喝的野草，盼着年底多打些粮食；他们挎上筐子，叼空闲割些猪草，盼着年末能多杀几斤猪肉……他们也想早早享受窗明几净的接口子门窗。部分人其实已经达到了改头换面的能力，只是没有胡永生那么顺当，瞌睡了就有人支枕头。胡永生命好，万事俱备，招个站年汉还是个大手匠人。达到箍接口子条件的这批人就显得尤为殷勤，他们知道，并谙熟一个道理——工是变下的，要想早日住在"面面光、里里亮"的接口子窑里，就得明白"众人拾柴火焰高"的道理，就得比其他赶来帮忙的人要尽心尽力不说，还得更持久，其他人帮三天，他们就得翻倍地帮，六天八天，甚至一直在。那小算盘打得噼里啪啦，账算得细致着呢，他们这是在用小工子的工变匠人的工哩，尤其是有着胡永生女婿这样娴熟、高超技艺的匠人哪里去寻，现在石匠的工价悬得令人咋舌，与其背上猪头寻不见庙门，倒不如多出几身水，变些工，换些工，要是不够的话再付些酬劳。他碎石匠依附着胡永生，他就不得不变成交换的物件代替胡永生礼尚往来。

单纯的常平，以为老丈人在村里威望高，活人宽，殊不知好多人是奔着他来的。在一张张陌生的似有几分觊觎之意的面孔中，唯独一个留着五五分头型的，和自己年龄相仿的男人，让他觉得面熟，尤其在冲着他笑时，嘴角露出的诡异和奸诈让他生厌，确确实实有似曾相识的感觉。

这人叫刘兵，他们确确实实有过一面之缘，只是他当时被人好心收留，满心的感恩，分不出神在意其他，而他那憨态却印在了有心者的心里。

就是那个初冬的早晨，常平推着自行车，从"巧儿商店"的招牌下钻过，正好落入刘兵那双小而犀利的眼睛里，并与巧儿一同进入刘兵龌龊的遐想。羡慕、憎恨、不甘心，交织在一起，怨愤难平，这于一个倾慕者而言，是要发疯发狂的，而这样巨大的反应又得具备必要的"化学条件"，换句话说，就是他还没有资格去插手，或者说去干涉思慕对象的私生活，自己不是巧儿的入幕之宾，那么巧儿私妍什么人与他更没有半点关系，所以本该爆发的现象，就这么不了了之。除了一脸的诡异和奸诈，他还能呈现出什么来。

早在常平婚宴的酒席上，刘兵就认出了那张带着几分叫人怜悯的痴憨相，大喜的当天没有空隙"相认"，更不合时宜。现在，他来变工帮忙，大家都是男人，权当耍笑，就多次有意识地提及那个早晨，不料常平所表现出的淡定，似乎那就是一件没有发生过的事情，竟然让他泛起迷糊，一度怀疑自己梦魇了。他不会记错。透过他那光滑如锦缎般的遮眼长发，那双小而犀利的眼睛，已然判定：坐在乱石中的这个男人是个道貌岸然的家伙。当然也是个有福分的人。那是一个多么销魂的夜晚，只是想想就让人无眠，而这个看似只会敲打石头，和石头一样瓷呆的憨憨，居然如此幸运，能同时得到边墙上两个最俊秀女人的垂青，羡煞旁人啊！他往两侧甩了甩头发，光滑如锦缎般的长发就顺势朝两边倒去。那个夜晚啊……那个憨憨多么近距离地欣赏了一番巧儿那如同戏子匠里花旦一般被提起的柳叶眉，他的嘴唇定然无数次从巧儿绯红的眼睑掠过……

论俊样，他觉着自己一点不输那个举着石匠锤锤的憨货；论个头，他人高马大，浑身有使不完的力气；论学习，他还混了个初中毕业，在村上也算文化人；论家底，他估计下一个箍接口子的就是他家。那憨货有什么，有"东路"逃荒的艰难史？有一穷二白的当了站年汉的身份？有掀闹势事的闯劲、干劲？真是要啥没啥，连姓氏都丢了。可人家有一样自己没有的——桃花运。他觊觎的两个女人都好，无不对这个憨货嘘寒问暖、投怀送抱。

他那光滑如锦缎般的遮眼长发掉了下来，遮住了此刻正一点点变得冷峻的小而犀利的眼睛。他没有顾得上甩头，而是陷入沉思。

这桩能独占胡永生家当的婚事，本该属于自己。在这个祖辈生活的边墙上，他家的光景一直在前，直到近些年才仅次于胡永生。他要是和胡兰成了，将是强强联手，将傲视边墙上的一切威胁，是他多少人拼命耕作、劳苦也无法企及的。他也曾试图说服他大，被他大骂了个狗血喷头，骂了个没眼看。说他没骨气，羞先人，吃软饭下软蛋。其实，他倒觉得当个站年汉也没有什么，他弟兄三个了，他生下的不姓自己了，还有两个呢，还不够给他大"开门"的。他知道他大"病"害在哪里，就是那一文不值的死都要的面子，为了顾及他大活受罪的就只有自己。胡永生和他大斗了半辈子，什么都要比。种玉米，他们要比一亩地谁家打的玉米多，甚至要比谁的秸秆喂出来的牲口壮实；种荞麦，他们要比一亩地谁家打的荞面多，甚至要比谁家荞麦皮子做的枕头更瓷实；就连硷畔上长出一棵杏树，他们都要比谁家打的杏核多……只在一件事情上，他大和胡永生会保持高度一致，那就是他和胡兰的婚事。胡永生决然不会同意自己辛苦半辈子积攒的家当一脑子交到竞争者后人的手里。他大更刚直，绝不会要胡永生一个子，更不会把自己生下的儿送给旁人为儿，即就是自己光景烂包了也不会，更何况他还在人前头晃悠着。罢了，不能妄想的东西，不要也罢。

  对于人人都可以腥摸的巧儿，他倒想乍舞乍舞，那些个不如自己的男人，成天往山下那个"巧儿商店"钻，沾上"腥荤"的不在少数，只是苦了他这样不开口的。那天夜晚，他像被猫挠了心，一夜热血澎湃，睡不着。被那如戏子匠提起的柳叶眉，还有一对儿桃红色的眼睑，还有高颧骨下俊美的锥子脸……折磨一夜难眠，眼睛瞪得像铜铃一样。天边刚泛起鱼肚白时，他就顶着边墙强劲的硬风，骑上自行车霍朗朗下山了。

  在边墙的塘土路上，他自信得不可一世，好像巧儿已经接到传唤，这时正梳洗打扮，面露羞涩地等待着他的临幸。五五分的遮眼长发在迎面而来的风中飘逸，伟岸的身姿下那辆大梁被红绒布包裹得严严实实的自行车，嗖嗖地朝他向往的地方飞驰。一切都志在必得。他一个正值意气风发，实打实的小伙子，有着和大姑娘一样珍贵的贞操，只要他甘心情愿，对方必定求之不得。她巧儿不管怎么俏丽，怎么样身姿绝美，毕竟已经成婚，还生过小孩，况且在边墙上的名声也大，总是带着是非和争议。他能理解巧儿的不得已，并坚信自己就是唯一能拯救她于水火的男人，是她命中注定的终结者。他敬佩她，哪个女人遇上这样一个病恹恹连炕也下不去的男人，会没有绯闻、没有是非、没有争议。即便拍拍屁股走人，也不会招来太多非议，但巧儿没有，非但没有，还在得知丈夫后半辈子将要卧床不起时，毅然决然地为他生了孩子，留了后人。这是个重情重义的女人啊！这样的女人是宝啊！别的男人更多的是打她身子的主意，而他图的不只是外在，他是带着让人另眼相看的敬重、钦佩、欣赏来的，并非不道德的"串门子"，他是愿意为这个苦命女人承担和分忧的。他不同于别的男人，他即将要做的也不是龌龊的事情，甚至可以用善举来形容。她一定会狂热地把自己奉献出来，然后在大汗淋漓后依偎在他的臂弯，向他诉说辛酸的。一定会。

他兴冲冲地守候在门口，等待着门闩滑动。

门终于开了，他却傻了眼。出来的分明是个刚刚过罢夜的男人。一切美好的愿景都在那双扇扇门吱吱开启时，被无情地摧毁了，先是一丝愤怒闪现，转而那双小而犀利的眼中突然又流露出几分虎狼的贪婪来，嘴角不经意就呈现出了常平所看到的诡异和奸诈。

那份敬重一旦消失，他的举动就不免有些肤浅和轻薄。巧儿最见不得的就是这种猴急的男人，没有城府，不够虔诚，一副罪大恶极的样子。常平让她不设防,那双眼睛里没有一丝邪念,规规矩矩,本本分分,这样的男人才是极品,值得托付终身,值得绝对信赖。那晚她多么羡慕胡兰。她的确需要一个可以依靠的肩膀,需要一个可以倾诉的男人,但绝不是常平走后又来的这个反差如此大的男人。刘兵她再熟悉不过,处处显示优越感的做法,让她恶心,尤其在她跟前,那种感觉就是要告诉你,你就是一双破旧得不能再穿的鞋子,他的不可一世需要站在负重前行者的肩头才能施展、撸圆。她当然没好脸,在那样一副一进门就不怀好意的奸诈脸上,她做不到强颜欢笑,几次准备下达逐客令,都碍于是一个村的,就只好改为有一句没一句的对答了。其实那是一种比被直接撵走还让人挂不住面子的做法。

可怜的刘兵,高兴而来,扫兴而归。返回时一路爬坡,五五分的秀发没有来时那般飘逸帅气了,车架被绒布包裹得严严实实的自行车,再也生不出嗖嗖的威风来了。他把牙咬得吱吱响,把所有罪过都算在了那个推着断了链条的破烂不堪的自行车的男人身上了。

想不到,想不到,冤家路窄啊!就是他,让自己从天上掉在了地下。自己一腔热忱,赶着太阳冒花花就从边墙飞驰到了"巧儿商店",出现在巧儿惺忪的睡眼里,带着热诚。要不是他,自己完全可以成为巧儿的入幕之宾,而且更有信心脱颖而出,成为终结者,从此这个可怜的女人就不要再漂泊了,有了他的臂弯可以依靠,任何难肠事都不用再独自承担了。然而,双扇扇门被掀开的那一刻,现实终究是战胜了臆想。活该这个可怜的女人遭罪,她太随意了,她没有资格来承载自己那份沉甸甸的爱，她水性杨花，她朝三暮四，她就是玩物。他即刻就明白了——他也只是个嫖客。那一刻，他诡异的奸诈的笑里更有一份自嘲，边墙的夜把人毒害了，边墙的风把人吹愣了，怎么还想着当救世主，把娼妇变成良民，自己没有那么伟大，欲望的洪流早就漫了本就安置在低洼处的高尚，仆仆风尘赶来就是为了沾沾"腥荤"的。他和边墙上的其他男人一样，都会在苦焦的生活里找寻乐趣，谁也不会笑话谁，谁也不必笑话谁，并且以此"战绩"为傲。与其他男人相比，他最大可以算作刚刚披上铠甲准备出征的"兵蛋子"。边墙上不乏厉害人，一网子打下去，能捞起一窝来，祸害完别人，还不知足，就又在人家的姐妹身上"做文章"，处处落墨后留下浓墨重彩的几笔就挪窝了。事后，逢人就说，他们这是走着嫖哩，打一枪换一个地方。没想到，边墙上最艳丽的两个女人所垂青的男人，就是他初次征讨的劲敌，弄得他一败涂地，旌旗只在征途上招展了片刻，就拦腰折断了，留下了一地铠甲。

　　轻一些的石头都搬在了匠工的脚下，几块沉一些的在等待着刘兵，数他的力气大，这时候众人都在注视着他。刘兵甩了甩头，锦缎般的秀发就平均倒在了头顶上，以一条白色缝隙为中界线的两边，那双小而犀利的双眼露出一股子戾气来。他撸起袖子，回到了现实。

　　他为了变工来帮忙，如同小工伺候匠人一样，一切都在为匠人服务。这就是现实。

　　他越想越气，就在运石头的闲谝中，把关于那晚自己遐想下的事情统统抖搂了出来。这种事情，自古就是热议话题，一犬吠形，百犬吠声，一群男人嘻嘻哈哈过后，又在原本就荒谬的事件的基础上加了些更为荒谬的说辞，说给自己那些眼睛睁得圆溜溜的长舌婆姨听。当这群婆姨得空聚在一起窃窃私语时，小石匠就身败名裂了。

常平的"桃色事件"在刚刚成为边墙上胡永生家站年汉不久，就传得沸沸扬扬。

有人说：一只蝴蝶在巴西轻拍翅膀，可以导致一个月后得克萨斯州的一场龙卷风。

这场风迟早会顺着边墙豁口的塘土路，刮进这敞亮、气派的接口子窑洞里。

五

闲话在边墙岭上转了一圈，被乡间的婆姨女子润色和修饰得妙趣横生，再回到始作俑者耳朵时，似乎连他自己都鉴别不了真伪了。无限放大吧。刘兵盼不得这件事持续发酵，最好能够酿出醉人、迷糊人的烈酒来。这就是他的初衷。在他模糊而又寥寥的知识库里，隐约闪过一则他曾读过的小故事《渔夫和魔鬼的故事》。他就是渔夫，那个无奈的渔夫，那个打开了所罗门王的瓶子，释放了铅封在瓶中的魔鬼，然后摊开双手，眼睁睁看着它游荡，等着它闯祸的渔夫。

他释放出的闲话已经肆无忌惮不可管束地横行边墙了，将和好多花边趣闻一样祸害几辈辈人。

没想到生活在这片苦焦大地上的人们，想象力竟然如此丰富。透过格子窗棂的月光，究竟赋予了那些传舌者多少灵感，他们哪个不是腹有文韬的小说家，大处落墨，见缝插针，路转峰回，情节刻画得耐人寻味，故事描述得跌宕起伏。

故事的确精彩。

传舌者本着还原真相的态度，他们居然扒拉出了巧儿的祖籍。巧了，他的父亲母亲也是那次年馑的妥协者，榆树皮磨成碎屑后的糊糊饭，同样也让他们有了难以启齿的记忆。这倒是事实。她清晰地记得父亲面露难堪的狰狞状，母亲歪着脑袋在父亲高高撅起的屁股后掏挖……在逃亡，抑或叫作逃荒，传舌者称其为"讨吃"的路上，她和常平初遇。那时候，他们只是两个半大的孩子，黑色的垢痂附着在他们青涩的脸颊上。用传舌者的话说，两个脏兮兮的娃娃，低头看着彼此冻出烂疮的双脚，谁也瞧不上谁。两位石匠父亲携妻托子经历了一路的艰辛，跨过红柳河，或从颗颗川，或从宁塞川，或从洛河川迤逦而来，患难与共，拜了把子，拈了香，然后许下了口头承诺，订了门娃娃亲。按说两个孩子长大后要遵循承诺，遵循父母之言，遵循媒妁之约，得成亲。时也运也，谁知两家人各自落户后，一个蒸蒸日上，一个世风日下。光景过到人前的一方背信弃义，思谋来思谋去，托人传来一个悔婚的理由。传舌者说得有板有眼，他们说：女方合计了下，男的1965年生，属蛇，女的1962年生，属虎，女方说他们属相不合，说什么"虎蛇相交多忧愁，克父克母泪水流。"这个时候，两个孩子已经出脱成了俊男靓女，脸颊上的垢痂没有了，只一眼便互生情愫，不料却得不到祝福，只能被硬生生掰开，一个前脚嫁上了边墙，一个不甘心，蓄意良久，宁愿成为边墙的站年汉，也要守护在身旁，于是后脚也上了边墙。

故事倒有了几分被传为佳话的意思。也许是传舌者为了能说服自己，又也许是传舌者为了能让人信服，就得把为人忠厚、一脸憨实的常平美化，又因巧儿在边墙的名誉，便有意诋毁她一家，把他们说成背信弃义、背槽抛粪的反派。故事的后半段才归回刘兵的"见闻"，龌龊被美化为再续前缘。

  墩儿顶徐徐而来的清风，扫开胡兰的齐眉刘海，露出了深锁的愁容，碎花衬衣的胸襟处已被泪水打湿。这位边墙岭上最后的知情者，正在独自垂泪，正在借助高耸的墩儿和蜿蜒的秦长城，来淡化和吞噬她耳听的，不知虚实但已黯然撕心的闲话。

  每一次遇上愁肠事，她都会赶上羊群，来到这最高一处的墩梁，让耳边呼呼的风来宽慰自己，让眼前广袤的山川沟渠来安抚自己。她需要冷静下来，好做出清楚的正确的判断。别看她一贯咋咋呼呼，一进院子就惹得鸡飞狗跳，若是真遇上事情，她既有陕北男人的果断和粗犷的个性，又有陕北女人的深沉和驭夫的办法。女人里罕见这样的。大概是家里儿儿女女就只有她一个吧，父母会用两种观念来教育她，她也就突破了天性，拥有男孩女孩的双重性格。她在思索，是泄洪一般质问"背叛者"呢，还是像母亲一样隐忍呢？

  胡兰的选择我们知道，先前说过，不提。

  刘兵家的土窑洞终于接上了石口子，石头面出的不亚于胡永生家的。不短不长的工期可把他操心坏了，好在憨憨常平一点察觉也没有，始终不知道他就是那个亲手打开所罗门王瓶子，释放恶魔的渔夫。咋能不操心，要是让憨憨知道在边墙传得沸沸扬扬的关于自己的花边新闻，是他第一个播开的，那还了得，合龙口时必定会故意划破手指，将血迹偷偷抹在今后将禁锢不动的石头上，把凶险的诅咒悄悄地撂进乱石中，让它和闲话一样去祸害他几辈辈人。那段时间，他得不时甩起遮蔽在眼前的柔顺的头发，好露出那双小而犀利的眼睛来监视，监视抡锤、敲錾、击石的大手匠人。

刷上绿漆，他的窑洞终于在几辈人的努力下落成了。正当他和他大沾沾自喜成为边墙第二个箍接口子人家的时候，一件谁也没有意料到的惊动了四邻的事情发生了，更令边墙并肩同富的胡永生和刘兵他大眼睛瞪得像铜铃。

小石匠背上烂皮球做的工具包，抖着一条裸露着脚踝的的确良裤子，一脚深一脚浅地走在边墙的塘土路上，柔软的滚烫的黄土面子擒住他，滋养着他，他像扯着丝蔓的植物，无论延展向哪里，根都已经扎在了边墙。他的胡兰怀孕了，他的根更扎深、扎稳了。这也正是他能够解开"枷锁"出来为边墙最大豁口处人家揽工的"钥匙"。这户不是别人，正是被村民口口相传的他的娃娃亲贺巧。巧儿婆家的豁口地皮上将站立起边墙第一个也是目下唯一一个连排的浑全的石窑。

这于苦焦的边墙来说无疑是爆炸性的新闻。

大多数陕北人，人老几辈子，从窗棂泛白就窸窸窣窣穿起一层又一层的布衣，当腰绑一根布绺子，别上烟袋烟锅，当头顶裹上白羊肚手巾，把疙瘩甩在前头，就阔步向黑魆魆的大山走去；直到扛着农具，打着摆子，就着暮色才掀起双扇扇门，走进蒸汽四溢的土窑洞，抖落一炕黄土，都没有聚下箍石窑的劲张。五十多年前，川道和富裕拐沟的地主才住的囫囵石头箍下的连排石窑，就要出现在这幽僻的边墙上了。

这个满是争议的女人又一次成为边墙热议的焦点。

来帮忙的人不少，几乎所有的青壮年劳力都汇聚在那棵填补在豁口处的槐树下。曾经拴过胡永生家母驴的槐树，如今套着好几缕缰绳，几辆驴拉车跃跃欲试。十大几个青壮年把外套扔在一旁，露出黝黑健硕的肱二头肌，他们争相表现，恨不得三两下就让这边墙雄伟的建筑告成。

巧儿出来了，她斜着身子提溜着一铝壶散装白酒，另一只手拿着一口老瓷碗。所有男人的目光登时汇聚在一个大致的点上，有的在她绯红的眼睑上，有的在那波涛汹涌处，有的在她搭着辫子的小蛮腰上。只有几个上了年纪的长辈，只盯着她手中的散装白酒。大家簇拥着她，貌似簇拥着世上最美的下酒佳肴，都在等待着她将手中那口老瓷碗递向自己。

有捣蛋的人，他们不仅用一双觊觎的眼睛干尽了坏事，还不忘过过嘴瘾，喟叹几句，自嘲几句。

巧儿用袖口擦拭了一遍碗沿，然后倒上酒，将那口盛满酒的老碗端给了坐在硷畔上打磨工具的，这场建筑盛宴的主角——常平。他站起来接过酒，欲言又止，压制着心中那明显在广众之下无法表达的歉意。巧儿明白，她轻轻闭上了那双绯红的眼睑，轻轻地摆了摆头，又缓缓睁开。在她身后的一众人根本察觉不到，只有此刻正一口口呷着烈酒的常平，才能明白——她的表达：她紧闭双眼，喻义她并不在意碎语闲言，她轻摆头颅，是叫他别放在心上，其中还有一丝歉意在里面。

那个只能意会此刻又不可言传的表达啊！有些折磨人。巧儿回想起最初，当常平冻得瑟瑟发抖掀开她的门扉时，她只不过是单纯地怜悯他，大冬天，天寒地冻的。当他们开始交流，当她得知眼前单纯的少年就要去做站年汉时，那层怜悯加深了,像关爱自己的弟弟一样。当夜色黯淡后,当常平即将离开时,她挽留了,这一挽留心绪就变了,不是因为孤男寡女在漆黑的夜里交汇碰撞的那种情愫,是一种油然生出的敬意进而产生的情愫。不得不说单纯而又矜持的男人令人爱慕,而花言巧语的男人往往自以为是地认为自己才是捕获女人芳心的猎手。

站年汉本就是夹着尾巴的活式,儿多儿少鲜有人愿意。儿多倒是勉强说得通,可他是独生子,自"东路"而来后父母又生了几个妹妹,照说他无论如何不会去做站年汉的,连他自己也没料到,他居然那般毅然、决然。他如此毅然、决然,是率真质朴的胡兰,是她一闪一闪、一仰一俯揉搓出的细长饸饹面缠住了他的心。他如此毅然、决然,是率真质朴的胡兰,是她像"幽灵"一样侵扰了他无数个夜晚,他却乐呵地枕着双手等待她来入梦。他如此毅然、决然,是率真质朴的胡兰,是她轻轻叩响双扇扇门,在不说"爱"的边墙上,把一生重重地托付给了他。在不说"爱"的边墙上,那个心火烧起狂燎的夜晚,他有理由毅然、决然。

小石匠常平有心,他永远记得那个夜晚,躺在热浪滚滚的炕上,挺着肚子,打着饱嗝,没有如往日一般饥肠辘辘,顺滑劲道的饸饹,油水丰厚的羊肉臊子蛋蛋,使他想起了难咽难出的榆树皮糊糊饭。高高的添满了荞麦皮皮的枕头似乎都有些低,他又将双手互叉交织垫在脑后。他想起小时候,他们正经历年馑的时候,老人曾讲过一个饱死鬼的故事,那个饱死鬼却是让人羡慕的,能够将包了肉馅的饺子一直吃到再也吞不下去,到了咽喉处为止。那时候他们一家睡在一张冰板哇凉的石板炕上,炕上只有一片烂毡,几床棉絮裸露的铺盖。肚子咕咕叫，盖过了说话声。唯一的粮食就是这些故事，一个个饱死鬼的故事，每晚就要靠这些个精神食粮填充。自打上了边墙，来到隐秘在边墙豁口崾岘底的庄院，才真正体会到了饱餐是个什么滋味。扎着长长马尾辫的主家女子，比菩萨还善解人意，每顿饭都甚是倾心，他几次看见她总在母亲备置好了食材后，又偷偷加了量。她做饭的样子挥之不去，即便在他撑肠拄腹时，她令他踏实。他所熟知了解的女子，即就是脑海里臆想过的所有女子，都没有给他带来过这般感觉。边墙的月色透过窗棂，一个黑影立在窗外。他一机灵，交叉着的双手不由撑起了身子，麻纸上婀娜的身姿，举足不定，抬起的手肘微微在动，额头上不停缠绕刘海的手指也在动。说像皮影戏，又没有伺鼓开场锣鼓蓄意的烘托，也没有人物角色的缤纷出场，只有黑黑的一幕，一个踟蹰的人影，观众却被撩拨得屏住了呼吸，热血直击了脑门，心火冉冉升起……没有戏词，幕外人心知肚明，不能自持。一闪，唯一的皮影登时消失不见，窗棂又满是边墙的月色。

久久不能平静的人，仍旧双手撑在炕沿上，直勾勾的眼睛似乎被边墙盈盈的月光刺伤了，美美眨巴了几下，确认好戏已退台后，又抱头躺在荞麦皮皮充得实实的枕头上，默默叹息。越精明了，小石匠彻底没了睡意。只一张纸相隔，只怪自己胆头不够大，若是能出个消息，哪怕轻轻干咳两声，证明自己没睡也行。唉，生性，抑或是遭罪的过往，一个吃不饱、穿不暖的揽工娃娃，哪有他畅快直抒心肠的资格。

双扇扇门有响动，一下又一下……小石匠，揽工娃娃又一机灵，一骨碌坐了起来，瓷光光地盯着黑魆魆的双扇扇门。原来从窗棂闪过的人影只是躲在双扇扇门后头了，犹豫的皮影戏主角把矜持和夷犹化作了半天没有的响动。再不能悄没声了，再装痴卖傻真会被主家女子认为他上下都愣着哩。

门闩呼啦一声。尽可能轻的开门动作，木活页还是不免发出了吱扭一声，双扇扇门开了。

较之"东路"女子双手呈喇叭状的热烈的酸曲演唱，边墙这般遁藏在心的爆发似乎更激荡人心。不提。有人建议叙述者，过多的描述和透骨的写法不可取，那就戛然停当在这里吧！

言归正传。

本以为替别人传承香火的站年汉是座上宾，不料，多天真。哪里是那么一回事，圪蹴下低了，站起来高了，横着宽了，竖着呢又窄了。还好胡兰向着自己。

巧儿只能意会而不可言传的表达，说明在她心里是有常平的，是一个女人产生爱恋的表现。正是因为太爱他，她的表达才不够强烈，她知道一个站年汉的处境。是啊！处境很不好，全凭老婆胡兰对他死心塌地。自此谣言一出，唯一心疼他的胡兰，心里不免也起了嫌隙，生了隔阂。沸沸扬扬的闲话终究还是在胡兰心里打了个难解的结。一时半会儿，常平解不开，巧儿也解不开。胡兰变得盛气凌人，总挂在脸上的笑颜不见了，再也没有人为他暖被窝了。

叙述者并不觉得胡兰不对，恰恰是因为胡兰爱着常平，才不会漠然视之，才会握着剪刀气势汹汹地去往边墙豁口子处。

那只在巴西轻拍翅膀的蝴蝶，终于给得克萨斯州引来了一场龙卷风。

一架子车一架子车的毛石从岭下运上山，堆放在老槐树下。男人们干劲十足，个个喜笑颜开，像大会战，只是不见偷奸耍滑的。赶着毛驴车在塘土路上相遇，下山的羡慕上山的，上山的羡慕留守的，留守的一直有美妇"服侍"左右，又发烟又端水，过足了眼瘾不说，更能逗乐嬉耍，说些荤话。看着一硷畔的人为自己家添砖加瓦，巧儿婆媳自不能缺了礼数。她们忙罢灶台的事情，急忙忙朝院子跑，招呼一硷畔的代劳人和揽工人，只有她们出去了，他们才有干劲。

　　巧儿婆婆稍微上了点年纪，倒也算徐娘半老，加之性格开朗，口无遮拦，常常把男人们都得三思而后看能不能说的荤话挂在嘴边，动辄说要脱鞋上别人家的炕。自然，和巧儿婆婆开玩笑的都是年龄相仿的那一波人。和巧儿玩笑嬉逗的当然也是一群同等年岁的。再后来，岭岘上的婆姨女子都来了，一则盯着点自己家那些不省油的灯，再一则，谁不爱赶红火，更何况在这苦焦的山岭上。边墙的笑声，边墙的信天游声，边墙的吼秦腔声响彻了两省三县。

　　成了，不觉间边墙上的首院石窑箍成了。一排五孔，刷上绿漆，羡煞旁人啊！只是落成、晾干、入住不久，就发生了一件冷事，着实让这家刚刚住进崭新石窑洞的边墙人家，陷入了冰火两重天。

　　巧儿薄命的男人走了，只享受了两天窗明几净的新石窑，就撒手人寰了。刚刚红火过后冷却下来的庄院，又一次人声鼎沸，在无数白色丧布营造出的悲伤世界里，伴着唢呐的哀鸣，伴着已故者亲人的哀嚎。

　　刘兵甩开遮眼长发，在那似沟又似渠的五五缝分界线下面，一双小而犀利的双眼往外渗透着寒气。他决心借此良机彻彻底底扳倒这个可恶的边墙站年汉。

他又将打开所罗门王的瓶子，释放铅封在瓶中的魔鬼，然后摊开双手，眼睁睁看着它游荡，等着它闯祸。

所罗门王的瓶子里又会释放出什么铅封已久的恶魔呢？

六

常平的母亲去世了，一个普通得不能再普通的陕北女人去世了，一个连叙述者都吝惜笔墨的女人去世了。叙述者曾形容她们是木偶，只会认命、服从，连眼睑都没有真正抬起过。那一辈我们的陕北女人啊！她们顶着头巾，脖下缩个疙瘩，在庄稼地里，撩开双腿，干劲十足。她们忙忙撇净身上的灰尘，怀抱着柴火，用脊背掀开门扉，窸窸窣窣奔向灶火口，看着自己的男人盘腿坐在炕头上。她们摊开襟袄，躺在黑魆魆的窑洞中，细长柔软的腰身使一切美好得以延续……

远在边墙豁口，大槐树下，唢呐的哀鸣和已故者亲人的哀嚎，在两省三县响起时，逃荒抑或叫讨吃而来的"东路"石匠家，亦沉浸在白色丧布营造出的悲伤世界里。

常平跪在母亲脚底下，守魂公鸡挺直了脖子冲着泛起鱼肚白的门窗打起鸣，一声接一声。母亲仍然无声，她一生都"无声"。山峁上一锨锨的黄土正在往坑沿堆积，一个下葬的大坑快要落成，为此刻无声躺在地上的母亲。当诵经的法师敲打着诉说母亲的一生时，她才仿佛短暂地存在过。临了，才让跪在她脚底下的儿子真切地感受到，原来母亲也是有血有肉的人啊!

连珠的泪水从常平的脸上簌簌地滑落。胡兰清楚他的悲恸里有从边墙赫村带来的些许。

常平母亲的坟头注定孤寂,若干年后她的身侧只会多出同样的一座坟,那也只是孤零零的两座,他们的脚下不会再有第三座了,他们唯一的儿子百年后只会"挂脚"在丈人的茔地里。常平乐天派的父亲已经看到了,这块风水绝佳的茔地上只会堆起两堆土,若干年后荒草丛生,再若干年后夷为平地。这是命,逃不脱。同样一抔黄土,哪里的黄土不埋人。当年携妻拖子,为一线生机,跨过红柳河,或从颗颗川,或从宁赛川,或从洛河川迤逦而来,在此落户。如今,随着妻子炝过一勺子黄芥油后,根就扎下了。这根啊!没有扯出藤蔓,没有结出茎叶来,草草栖息了。他展开裂着口子的大手揩去顺着褶皱漫流的泪水。昏暗的双眼不停地渗出泪,他就不停地揩。唉!两眼一闭倒好,天人两隔,哪里顾得上盘算还在世上的人,管你是死是活,管你饿了饱了,管你冷了暖了。当下确实难开了,老婆子"上山"了,炕板石都凉了,滚滚四溢的蒸气再也不会顺着弓形窑顶肆意流淌了,意味着揽盘里将再无可口的饭菜端上炕来了。当年,遭遇年馑时,他都没有这般凄凉、心慌过,那时"烂架子车"直是个往前推,他相信山前有路。现在,毙了,山前没路了,深沟烂洼,怕是要折在这道坎坎上呀!

父亲的绝望集结成一团密布的乌云,笼罩在常平的心里,黑压压的,越积越多越厚,内心的电闪雷鸣会一直持续,内心的狂风暴雨会一直持续,没办法,他没办法改渠、挖沟、筑堤,承接狂风暴雨。他是站年汉,是别人的儿。可他是自己的父亲！是事实。父亲的糙手揩去眼泪的瞬间，也似乎抹在了他柔软、红嫩的心头上，摩挲得他有些疼。边墙成了梦魇，他已经不能再回来了，边墙赫村是一把困住他的枷锁，这里有世俗的眼光，这里有他要尽到的责任。

他还不知道边墙更大的梦魇，正在被刘兵像搬巨石一样，堆放在了他的胸口。够他用尖锐的錾来敲打上半辈子的了。

边墙赫村争先恐后地开始给土窑箍起了接口子。不敢想啊，人老几辈子都住在烂土窑洞里，不料想在自己手里竟箍起来了接口子。时代真好，社会真好。人们大发感慨，纷纷在簸箕里端上烧纸和酒瓶，给老先人们絮叨，不管是社会好了，还是后人能了，反来正去石接口子已经箍好了。这几年人们都有了点家私，有把光景过起来的还在院子里加盖了瓦房呢。

奇了怪了。每当知道有人要箍接口子前，常平就会将他的石匠工具打磨好，然而不等亮相，它们就匆匆被装回了烂皮球里，再次雪藏、尘封。没人请他了，它们自然就派不上用场。

是他石匠的技艺还不够精湛吗？显然不是。看看巧儿那排纯石窑，箍得多漂亮、多气派，石头泛白，窑面子出得无可挑剔，半圆的窑顶拱得似张劲弓，无懈可击。这桩活干下来，他并未觉得名声大振，怎么反倒像他把人家窑箍塌了一样。慢慢他也懒得去想了，任那些个锤錾在烂皮球蛋子里生锈吧。家门口的活都没人用他，背上铺盖卷子出门揽工的事就更别想了。何况现在情况变了，自打有了儿子后，他也懒得出去。现在，腰杆硬了，太阳升到半空才翻身起床，谁也不用顾及，他不种地有人种，他不操心有人操。

胡永生有了孙子，胡家这一支眼看就要绝迹的门头终于出现了后继人。胡永生心情无比畅快，走步哼着从书匠那学来的荤段子，喜笑颜开。饭量也大了，一顿比女婿吃的都多，力气也大了，常常太阳一露头就出山下地干起了农活。女婿迟来、早来无所谓，年轻人嘛，觉多，可以理解。至于没人雇用，那就专心务农，有得有失。他内心里看不上匠人，自己也不是靠手艺吃饭的人，他认为靠土地吃喝过光景，才是最务实、最务正的农家人，其他都是偷奸耍滑哩。匠人把土地撂荒的大有人在，村里就有鲜活的例子，比如金牛和他大，带着一家子去乡上打铁，家里的窑都快塌了，更别说农民赖以为生的土地了。不敲石匠锤好啊，迟早得到地里去刨挖，反正自己的三孔土窑都接起了石口子，还是村里第一个。只要当第一就行了，你们爱怎么箍就怎么箍，他一生追求的就是不甘人后。后继有人了，比什么都强，哪怕他再把腰累弯，也甘心情愿。多攒几个给孙子，将来他考哪里就把他供哪里。前些年和老婆子动辄唉声叹气，心上还是不痛快，挣再多钱都觉得瞎活着哩。就这么个老观念了，现在计划生育天天宣传，连他家羊圈旁边都赫然写着红色大字："生男生女都一样。"一样吗？你说一样就一样吧，反正带把的已经在他家炕上，满炕爬了。回想起早年去配驴，看见人家叫驴腾起前蹄，举起硕大的阳具来，内心里的那股"毯腥气"简直能把人冲翻。现在好了，一切都过去了，受尽耻辱的日子一去不返。日月换了新天，说不准将来自己的小孙子还能有番作为，看他的精样，差不了，会是个有出息的，一看就是当大官的，要不就是赚大钱的，错不了，是个光耀门楣的料子。

说不准啊，什么也有可能，就连他这个"无花"的人都

— 175 —

逢遇了"结果"的事。胡永生的日子有了希望,是招女婿改变的,所以他也就纵容常平了,懒点勤点都能行。

常平想养活自己的父亲,靠着从父亲那里学来的石匠本领。他的手艺无疑能够养家糊口,自食其力。谁能料想,边墙岭上三姓上百户人就像事先召开了大会,一致排外,谁都不用他了。赫姓和刘姓算是同宗同族,不用他可以理解,胡姓人为什么也不用自己,着实想不明白,他无论怎么说也是入赘到了胡家的,又为胡家添了子嗣,续上了香火,不算浑全也算半个胡姓人吧。谁知道,天知道。从小就和锤錾打交道,劈猛挖抓不上了,心里多少像被霜打了的茄子一样,蔫啦吧唧。他本不想在丈人的土地里耕作,那样养活父亲理就不长,没办法,没人雇佣,揽不成工算了,偷偷攒两个,隔三岔五去接济接济父亲吧。自己呢,吃有吃,喝有喝,躺下总比站着强,站着总比干着强,就这么磨洋工吧,索性睡他个自然醒。学学丈人,卷上根一头粗一头细的纸烟,把力气省下在庄前屋后逛荡不美吗?夜里精神饱满,一跃翻在胡兰身上乍舞一番,自己享乐,妻子也受活,第二天还有犒劳他的烧的糊糊的米汤。

再后来,下地干活他也懒得去了。有了孩子自己越像个外人了,家里门外都像。多舌的村里女人见了就要挖苦他:"会'生',一肚子'养'了三颗儿""新媳妇熬成婆了"种种。好事的村里男人,也欺负他是个外人,一个不留意就将他的新镢头换成了旧镢头,将他的新锄把换成了旧锄把。

又过了多年。丈人去世了,村里人更得寸进尺统统骑在了他的头上。原本明明白白清清楚楚的土地界限,现在也出现了争议,甚至惊动乡政府干部来处理纠纷,各说各有理,干部就得询问知情人。知情人是谁,都是村里人,没人向着他这个站年汉,七嘴八舌就赖去了土地。哪有公理,哪有王法。土地和婆姨是农村人的两大命门,如今一扇已经被打开,任人践踏,再这么下去恐怕婆姨娃娃也得被村里老光棍赖了去了。他想逃,躲得远远的,最好能回到埋着他二老的所谓的家乡故土去。又细想来,回得去吗?!单丁独户的,到那里还不是一样的外人,甚至不如在边墙岭。

他们的又一个孩子出生了,终于生了个女子。孩子紧闭双眼,泪眼婆娑地掀着胡兰的襟袄。胡兰解开布扣,露出一只干瘪的奶头来,出于本能,那孩子一口便逮住了乳头,先前满窑的啼哭声停当了,她拼尽全力吮吸着……

常平佝偻着腰身,一边卷那一头粗一头细的纸烟,一边瞧着被自己小女儿捧住吮吸着的干瘪的奶头。她吸食的仿佛不是乳汁,而是她妈胡兰的岁月。岁月的开头裹在大红襟袄里波涛汹涌,显露无遗,在苦焦的边墙上,曾无数次温暖过他那裂开口子的庄稼人的大手。

胡兰渐老,什么也不顾了。她齐腰的麻花辫早就散开了,如今蒿蓬一般、疯了一般坐在地畔上撒泼。谁占去她的土地,谁就吐出来,不吐出来,休想安生,她有的是办法,黏在你身上,住在你家里,躺在你炕上。寸土不让。

生活能硬生生把一个温雅的人变野蛮,生活能硬生生把一个睿智的人变执拗,生活能硬生生把一个俊美、"栓正"的人变邋遢。

岁月不会偏袒每一个人,尤其边墙岭上苦焦的岁月。它赋予弱者勇气,令他们肆无忌惮地和生活叫嚣;它赋予野心家权谋，令他们不择手段地向生活索取。刘兵的小眼睛在帽沿的阴影里眨巴，少了年轻时的犀利，显得浑浊却又很具威严。刘兵当村主任了。人们都知道在村主任的帽子里，是一颗谢了顶的秃头，代表着聪慧，象征着权威，同时透着几分让人不寒而栗的阴谋家的冷峻。今时不同往昔，他双手背搭在身后，走在边墙的塘土路上，老老少少、大大小小的人，谁不得半鞠着向他问好，就连半憨憨碰见他老远就得止步。都是斗争的结果啊！明里暗里，斗了大半辈子了。要说厉害人，他站在边墙墩顶，就没人敢在圪梁梁上撒欢。怪不得一头五五分的秀发悉数落尽，看来斗争费脑力、费工夫、费头发。还是秃头招人喜欢，前岭后崾岘他哪个"干妈"不得脱得白个森森地等着自己。

"用心"做事的人是高人吗？不是吗!？他常常自问。如今，该有的都有了，该得到的都得到了。你说算不算高人。刘兵总评判自己是高人，妻子却不以为然，总瞧不上他。瞧不上自己算了，到头来还不是骑在毛驴背上嫁进了他的窑院。他常想，"人之初性本善"，有时候做有些个事情，真格不是存心蓄意而为的。早年他两次编故事陷害常平，哪一次不是常平把他逼到了绝路上了。第一回，他兴致勃勃，带着绵绵情意，彻夜难眠，终于鼓起勇气冲下边墙去"表白"，是谁厚着脸皮大清早从人家门市部招牌下钻出身来。第二回怪谁？是谁摆不正位置，以为自己俨然成了大手匠人，目中无人，坐在乱石头中间等人侍候，厚颜无耻忘了身份，一个站年汉还想把边墙上的俊女人都夺了去。对付这种蹬鼻子上脸的人，做什么都不为过。要怪只能怪他自己命不好，刚给人家把新窑箍成，人家丈夫就一命呜呼了。巧了，真是瞌睡来了就有人支枕头。庄前屋后谁不知道常平和巧儿,他们两小无猜,他们饿着肚子相依为命从"东路"讨吃而来,他们曾有父母之命媒妁之言,他们婚后依然相惜,一个撵一个全都"嫁"上了边墙。那就再打开所罗门王的瓶子吧,释放一个新的,一个如同上一个一样子虚乌有的谎话吧。人人都会信的,是他常平还觊觎别人家的美妇巧儿,在合拢口的石头上抹上了黑血,诅咒了阻挡在他和巧儿情路上的男人。

农村最可怕的就是手艺人心坏了,防不胜防,简直可以吊打了,缺德少良心。"作恶不行善事",边墙的唾沫星子能把人淹死。

唉!要怪就怪边墙上那些个极富想象力的传舌者吧!

叙述者曾这样描述过她们:没想到生活在这片苦焦大地上的人们,想象力竟然如此丰富。透过格子窗棂的月光,究竟赋予了那些传舌者多少灵感,他们哪个不是腹有文韬的小说家,大处落墨,见缝插针,路转峰回,情节刻画得耐人寻味,故事描述得跌宕起伏。

当常平知道真相后,已经赋闲许久的他,心早就麻木了。不麻木能有什么办法,人家已经是一村的掌柜了。

刘兵光秃秃的脑袋想得远着哩。事实证明这位权谋家是有远见的,他预料的事情无不应验。生活的重担挑在了妇女胡兰的肩上,她不再如从前那样,被羊群簇拥着,扛着或拉着拦羊铲漫步在岭岘之上。拦羊的日子真好,红坨坨太阳大了,她就寻一处阴凉,乌云遮蔽住了,她就摘一朵山丹丹花,别在头上,悠然自得。现在,她像多数的边墙妇女一样了,头上围着绿色或者红色的围巾,把疙瘩系在脖子底下,奔走在劳作的路上，屁股撅起往土地里播种冀望，后晌回去忙忙撇净身上的灰尘，怀抱着柴火，用脊背掀开门扉……

胡兰坐在磨盘上，一双又干又皱的老妪的小手，捏着两个颗粒饱满的玉米棒子，使劲地搓，玉米豆子从她的阔腿棉裤中间不停落下，一群鸡俯仰有序，在她的脚下膜拜，仿佛知道这里从前坐的是谁。

边墙上又一代人的青春早已谢幕。

老常卷起一头粗一头细的纸烟递给我，然后倚在彩钢房的门框上继续为自己卷起纸烟。

金牛、改梅

破瓦房随着风匣的推拉一明一暗，明亮时炭火苗向上腾起猛蹿，暗淡时则调转方向消失在炉底风口处。在均匀的"呼啦"声中，炉上的铁块和火炭一样周身红透，破败的人字顶瓦房内继而又传出"叮咚"有序的打铁声。火星迸溅在罩着皮大褂的金牛和金牛父亲身上。金牛敷衍地转动着夹着铁块的长柄，使着小锤，怕捶走光阴一般打着明快但不响亮的节奏；父亲却抡着大锤，随着小锤明快但不响亮的节奏挥动，在声声不息中送走了岁月。

二层连排小楼完完全全被吞噬在了小镇极黑极静的夜色当中，只有这间街尾处的瓦房忽明忽暗。这大约是全县仅存的铁匠铺子了吧，金牛和父亲大约也是全县仅存的不带电焊的纯铁匠了吧。

破瓦房的人字顶湿漉漉地正往下滴水，雨水汇聚在窗外昏黄灯泡及炉火射出的光束端，缓缓流向无边的暗黑。赶来取老爷的老汉蹲在炉火旁，三月的雨夜冷得他瑟瑟抖动，两只手揽起炉火散发出的温热，一个劲地搓着弯曲凸起貌似还有寒气渗出的膝盖。老汉咒骂着还不见转暖的鬼天气，抱怨着黄土已经埋至胸口处的该死年纪，滔滔不绝地讲起自己青壮如牦牛、叫驴时经历风雪"串门子"的往事。风花雪月历历在目，他却老了，现今只能喟叹年迈——撒一泡尿湿一回布鞋。这显然不适合金牛父子同场，金牛夹起炭块点了根烟向雨夜走去……他喜欢雨滴朝着自己冰凉地袭来，却不喜欢房檐水滴有序的滴答声，他反感一切有序的声音。他害怕把自己年轻的生命在炉火上冶尽，可命运像一把火钳子、像一把老锁把他和父亲擒住锁在了破瓦房一带。

铁匠在过去的确算个好营生，家家户户离不开，可如今什么样锋利称手的工具买不到。也不知在哪里听到过，他觉得他和父亲就是他听到过的"非物质文化遗产"。年轻轻的怎么就和父亲一样成为遗产了呢？他心不甘，却也翻不转生活扣下来的巨大的压力。

父亲留住了半月来的头一个客人，他拿出一瓶烧酒和取货老汉喝了起来，你一口，我一口，对着瓶口吹。

金牛在细雨中徜徉，只有这一段路让他脚步坚定。泥水溅到金牛满是褶纹的旧皮鞋上，灌进了鞋里。在深寂的夜里只能凭借感觉前行，掉入水坑溅湿鞋了就谩骂两句，他还能怎样。脚冷冰冰的，他想起取货老汉的布鞋来，笑了，噙着烟头的嘴角扬起，嘴边亮起的星火指引他朝着那方温馨挺进。

若干年后他也会有那么一天，也会抱着老寒腿滔滔不绝向人们讲述自己青壮如牦牛、叫驴般沐着风雨"串门子"的往事。农村人最大的乐趣就是"串门子"，苦焦的生活才多彩、有生机。只不过他的这些往事似乎没有太多趣味性，倒是透着一股凛冽的悲凉，叫人怜悯。

春雨无声织密了夜的幽深，街两旁房檐的水滴声会使独行者无故滋生出莫名的悲戚情愫。他穿过沉睡的街道，拐进前街的小巷。四下漆黑一片，无法看得清归途与去路。他双耳像驴、兔的耳朵一样耸立了起来，随着头颅前后翻转。几声狗叫让他头皮发麻、紧绷。在他看来他"串门子"，不属于偷情。大门虚掩着，他从口袋里摸出半切硬馒头，扔向狗叫的地方，吃人嘴软，它不再狂叫，竟在暗夜里摇尾乞怜。他径直遛进端对着大门的那孔窑洞。轻轻的鼾声随着窑门的吱扭声停顿了。一个略带嗔怪且睡意蒙眬的女声打破寂静："铁牛？"

"金牛！金牛！不是铁牛。"金牛摸向炕沿。

"'铁牛'，你才是铁匠你大的儿。'金牛'，你就是老凤祥的儿。"说罢传来一阵得意的娇滴滴的欢笑。

"好好，好！你说啥牛就啥牛。把你的肉牛也冷坏了，缩成个蒿挂挂。快……被筒子真暖。"金牛两把脱了裤子光着腿往里钻，冰冷的双腿率先得到了最大的满足。

女人温热的掌心探向金牛所说的蒿挂挂，刚一到达便迅速退回了。她原以为那是一个值得关爱、呵护的小可怜，不曾料想它却气势如虹，屹立在裆中还不晓接下来咋个兴风作浪呀。她真的被吓住了吗？不仅没有，反而像触电了一样整个身子都为之一颤，刚才那股子睡意早已不再朦胧，像被点燃了，瞬间浑身发烫。金牛早就在身边女人的身上悟到了许多，他不猴急，不退缩，四平八稳躺着。他早就知道夜的深沉与漫长，他也早就明白饿虎扑食只会徒费力气，还是稳步、环伺、拔高、吊起地与长夜一起沉入深渊得好。女人拱起腰身扯拽起金牛来，刚刚退回的那只手又徐徐地滑向刚才让她惊愕的"高地"。她温热的手掌紧握了起来，有些贪婪，更有几分不服，她誓要驯服拿捏在手中的膨胀之物。斗不过，越是凶狠那膨胀之物脾气就越大，比刚才更加凶煞。金牛开始不安分起来，再四平八稳火候就不对了，像打铁一样，这阵得趁着热乎猛击猛打了。他终于翻起身，把"高地"颠覆过去，挺在气喘吁吁的女人身上，两只手一齐上阵，慢悠悠经过"八百里平川"向深渊开去……

"哎呀！等下！"女人从晕眩中猛然醒过。

金牛身经百战，在这个节骨眼被叫停，他顿感大事不妙。

果然一个噩耗摆在了当下，女人如约而至的确实不请自来了，就在这样的当口。金牛懊恼难当，早知这结果，早些时候何必要环伺、吊高那么一趟子，他铜铃一般睁大双眼怔怔地瞪着暗黑里那团白净而又模糊的俊俏脸庞。

只能就此罢休，金牛像泄了气的气球，人蔫了，倒在了女人的身侧。此时似有一只苍蝇飞进了他的心里，还是只无头苍蝇，横冲直撞，嗡嗡作响，搅扰得他不得安宁。他想为那只无头苍蝇找一条出路，可四下里却被封堵得死死的。让它飞往哪里去呢？

"你不是铁匠么，烂锅都能补得好，啥你补不住？"那女人连讥带讽地嬉逗他。

"这个血窟窿我可补不住，看你大、你哥有良法吧，老子本事尽了。"提起那女人的父亲和哥哥，金牛又泛起了一阵由衷的怨恨。

"又提他们。你恨我大？恨我哥？"那女人收起了嬉笑，严肃地问道。

"我能恨谁，我恨我的命，恨我学下的手艺。"金牛反倒平静地说。

往事从不同视角同时在两个沉默着的,却也澎湃着的当事人内心放映……往事将两个千丝万缕相联系的人揪开,又将两个从此再无瓜葛的人交织。想起当初,如今已不再苦涩,填充进来的是如大多农村人心照不宣的不能被揭穿的桃色舒畅。毕竟他们是以这样的方式在一起的。

金牛父亲手握着那瓶被推来让去此时已剩下不到二两的酒瓶,一连抿了几口,迟迟不愿继续换盏。取货老汉识趣地带着加了钢刃的斧子告辞了。这方炉火烘出的干燥地界是他守了半辈子的领土。如今看来那一柄柄包了浆的锤把子倒像是看守着他的狱警,他气愤地将所有工具掀翻一地。在他的领域,他可以把铁疙瘩变成长的、方的、圆的、任何的,却不能管住儿子黑天半夜偷摸上别人炕头的腿。老铁匠扬起头把仅存的一点酒倒进了愁肠。唉!一个戴罪之身、一个酿下恶果的人还有什么颜面批斗儿子啊!要不是自己……罢了,罢了。

三年前,一天夜里,也淅淅沥沥下着春雨,就在这炉火烘出的干燥里,金牛和父亲还有那个女人的哥哥,他们三个用木棍顶住无数木条拼接而成的破木门。金牛的父亲打开遍布花纹的老锁,从一只大木箱子底部取出买好的枪管和已经制作好了的枪托、推弹杆、撞针、扳机等大小不一的火枪零件。老汉抿了一口酒小心翼翼地开始了组装。那个女人的哥哥将成为这杆火枪的主人,一想到隔天就能威武地背着它上山打山鸡、野兔,两颗虎牙便在裂开的嘴唇边放光,欣喜拥在他难以按捺的脸上,也感染到了身边的金牛。两个小伙子异常兴奋,搂着彼此。女人的哥哥不时用力捏金牛的肩膀，似乎在释放、传达、表态——你和我妹妹的事我这个大舅子举双手赞同，放心。鬼机灵金牛，只要大舅哥同意，那就是农村包围城市，征得未来老丈人的同意是迟早的事情。

金牛他大手真巧，又不是木匠，枪托子做得称手极了，该凹凹，该凸凸，该长长，该短短，这阵工夫刷上清漆，木纹理闪着光亮。简直就是一把出自兵工厂的武器。枪啊！一把枪就那么明晃晃地躺在地面的麻袋上。旁边地上的酒瓶空荡了，酒醉的两个年轻人拿起它，轮流比划，瞄准，扣动扳机，虽未装火药和铸铁散弹，但在相互传递的过程中他们都低垂着枪头，不使它对准彼此身体的任何部位。酒醉的老铁匠这才愕然发现——此刻一地零件竟变成了一件让人胆寒和具有威慑力的武器。

雨还未停，只是被忽略了……

那女人的哥哥在乡上住了一夜，就睡在铁匠部破瓦房后面与铁匠炉相连的火炕上，左手边是那杆崭新的火枪，右手边是鼾声如雷的金牛。当然令他彻夜难眠的还是左手边那杆威风凛凛的猎枪。

陕北这片土地上大张旗鼓地开始了退耕还林，家家户户都退了三十五度以上的坡耕地，到处都是刚栽植的山桃、山杏、沙棘、刺槐等等，可恶的野兔啃苗木总是转着圈地侵害，吃光一圈皮，树就只能等死，死了就拿不到以粮代赈兑付的粮。这下好了，有了身边这杆猎枪，既守了林，又吃了肉，美哉！

翌日，老铁匠用旧床单裹住猎枪，又用布绺条将其捆得严严实实才放进麻袋，被那女人的哥哥带出了门。走时他交代了两件事，一是回村后多去他那退了耕的林地放几枪。二是三不原则，即碰酒不动枪，寻仇不放枪，利诱不转让。

那女人的哥哥连布卷还没打开，消息就不胫而走了，支书、主任、队长、会计等来了一大群村民。什么火药、子弹都未装里去，大伙依然小心翼翼传看着，擦拭着，比划着，纷纷夸赞村里走出了个能行人，手艺这般灵巧，都嚷叫着也要去订制一把。

"看老铁匠人家这大家具，明晃晃的，掏出来人躲哩；咱的'家具'别提了，掏出来人笑哩。"支书端着茶杯呷了一口浓茶。

众人哄笑。这时那女人还未出嫁，在闺阁中的姑娘听见支书几个冒起了儿话，便从窑内的过洞进了隔壁窑。其实她完全可以去一处清净的地方。可她怎么能离开，村上这么多能人因这杆枪而聚集在她家，这是荣耀啊，谁会丢下这场面而独自清净，留下来听听这些能人们都说啥。再者，枪是金牛和他大制造的，她也想通过这把枪把她和金牛由众人之口自然地拴系在一块。

"改梅，出来给你几个叔叔把水倒满。"

那女人在隔壁窑听见父亲唤她，便提起暖壶开始为炕头的几个洋瓷杯子添水。

"二十几了？"

"二十一了，叔。"

"紧能寻婆家了！"

话到此处那女人的哥哥，也就是改梅的哥哥，端起猎枪从后脚地一直到门口处，他单闭着一只眼朝外比划了几下。几个叔辈由猎枪便想起了老铁匠，继而又想起老铁匠也有个半大小子——金牛。正中下怀，大家纷纷提议，将改梅嫁给金牛。心细的人从改梅的动作细节上就看得出端倪来了。只见她从柜盖取下茶桶，挨个往杯里捻了一撮茶叶，算是一种谢意表达吧。然后脸红了的改梅掩面含羞地逃进了里窑。支书知道这兄妹俩的小把戏，于是顺水推舟将老铁匠的儿子金牛美美地夸赞了一番，说他多么能吃苦、多么能干、多么精明。支书不为别的，只图改梅哥哥手里的猎枪能够赶下午就出现在他的林地。能早去一小时就一小时，他不知在自己退耕的林地里摆下了多少圈圈套套，尽管被圈套逮住的野兔子不少，可成群结队的兔子大军照样啃他的树皮。虽说是一村之首，这个地界上他管不了的事情还很多，至少这群野兔不会听他的。他深知人和野兔一样，事情做不在人前村民也不会听他的，不要以为你是一把手而不必去讨好谁，不要以为这第一枪理所当然得在他的地里响，那就大错特错了。按理说在他地里放第一枪理所当然，但是精明人就是精明人，他们能把理所当然变成心悦诚服，乡政府可没有明文规定可以端着枪到林地里打野，那这个头得开，谁开了大家才能跟着开，只有他，谁叫他就是这"家有千口，主事一人"的掌柜呢！

支书带着改梅的哥哥，挎着猎枪上山了……

天擦黑他们又挎着猎枪，提着几只野兔、野鸡、山鸡回来了。第一天他当然记得老铁匠的三不原则，不管谁开口都不把它转让给任何人。自此后，只要是他挎着猎枪出去，就必定会带回猎物。满满的猎物收获并不能说明改梅哥哥的枪法有多准，只是满山二洼的野兔已泛滥成灾，又因枪口喷射出去的是天女散花般的散弹。

山鸡、野鸡、野兔在锅里散发着独特的香味,像金牛在改梅心里愈来愈深的情感一样散发得到处都是。即便金牛不在村上,她也并不觉得形单影只。是的,她不孤单,她所憧憬的未来在每一顿吃野味的时候,总被家人换做调侃的语调来取笑:"你和金牛将来地也不要种了,顿顿吃肉。""你哥打的野,你不敢把功劳都记在金牛头上哦。"……

天天被家里人说道着,她感觉她真的就要成为金牛的女人了,就要像村里的小媳妇一样操持、经营他们的小家了,很多让人心跳脸红的事情就要到来了。她学着村里乖巧小媳妇的样子劳作,她也要把自己的男人伺候好,把劳作一天的金牛服侍到炕上,为他擀出最薄、最劲道的面条,看着他大口朵颐,把他喂养得白白胖胖。夜晚,吹灭油灯前她就要在滚烫的石板炕上铺好绵绵的褥子,只拉开一床被子,和金牛一起钻在里面,把他满身的疲惫卸去,驱散尽,让他在温柔的乡间痛快悠哉。日思夜想,那种成为金牛媳妇的期盼一天天加深,由起初的安定一直熬到了焦躁。

金牛终于从乡上回来了,村里人因为改梅哥背上那杆威风凛凛的土枪而对金牛倍加热情。他们奔走相告挤在金牛家冷锅冷灶的土窑里。改梅不好意思进去,她徘徊在金牛家硷畔下的小河边,一股粗粗的麻花辫甩在胸前,在她躁动不安略微颤抖的双手中玩弄着。一群没有眼力的人,你们怎么还不离开。改梅的心已经跨上了硷畔,在柴火堆里扒拉出一捆,匆匆抱起,用脊背掀开双扇扇门的一扇扇,直奔灶火口,"呼啦,呼啦……"风箱一吹一吸燃尽的穰柴点着了硬柴,锅里的水沸腾了,水汽顺着窑顶四下流淌开来,金牛就坐在炕头抽旱烟,等着香味四溢的羊肉臊子蛋蛋面条……最后等她洗罢锅也坐上炕头。一群讨厌的、不知趣的挨打毛。金牛没办法,一窑人怎么赶走,只能心不在焉地夹在七嘴八舌中。为了能尽快驱散这帮有求于他的人,金牛应承了,有求必应,只求这帮子人赶快离开。

金牛立在硷畔翘首望向庄子的塘土路,黄昏的薄暮里空荡荡的,没有改梅的身影。正当他急切地想要往前庄去时,身后传来了一声娇羞的呼唤:"金牛哥。"

四目相对的瞬间改梅哭了,自那杆土枪被哥哥背回不久后,她就将自己视作金牛的媳妇了。她在这山沟沟里日思夜盼,像其他小媳妇一样练就了一身本领准备侍候自己的男人,现在她的男人就立在她的面前,她能不哭泣?

她被金牛从灶火口唤到了炕边。今天太晚了,留给他们的时间不多,主要是金牛并不饿,只能把为他做一顿可口饭食延期到明天。她背对着金牛,笑着,却不作声,她知道她的男人一定在身后同样笑着望着自己,她知道会有一双有力的大手或从背后搂住她,或扳转她的双肩,他一定想当着自己的面那样的笑。她等啊等啊……金牛是憨憨地笑着的,是有要从背后搂住改梅的想法,也有扳转她肩头把她俊美的脸蛋捧在手里的想法。该死,双腿就像焊死在了炕板石上,一步都挪动不了。还是等不到,窑洞里愈来愈黑,静得只有远处偶尔几声犬吠。这大概就是恋爱吧,他们是幸运的,他们经历了恋爱的起始。

"我走也!金牛哥。"

这哪里是一句告别,更像是改梅下的最后通牒,金牛的勇气一下子就上来了,他挪到炕边拉起了改梅的手。那是一双有力的关节略大的劳苦女人的手。这样的手金牛不陌生,他的奶奶是这样,他的妈妈是这样,遍天底下受苦女人的手大概都是这个样。这样的手不丑,是过好光景必须要用到的。他就那样捏着它,改梅偏转头,窑里黑黑的,她娇羞的样子其实早就瞧不见了,这么一偏倒好,娇羞的样子竟然又通过形体显出来了。金牛开始不满足于捏着它了,他把它们并拢起来揣进自己咚咚作响的胸中,他就站在她面前,他们彼此的喘息声打破了寂静,很粗。什么也不能满足他了,粗糙的大老爷们此刻多了一股蛮劲,已经难以抑制了,他扑在改梅身上,只往掉拽她的裤子。改梅也想,她早就在遐想里、在思念里把自己给了金牛。恋爱是要遵循顺序的,有流程、有步骤,环环得相扣起来,万不敢一蹴而就,可不敢弄成一劳永逸。两个人心知肚明,都清楚最后会到那个地方,经过是必然的,结果也是必然的,越是必然就越得按部就班,急不得。恋爱就得顺着牵手的步骤老老实实地走下去,只一回就想在这个黑黢黢的土窑里像老先人一样去繁衍一代又一代,似乎太迅猛。改梅心实,早就认定她是金牛家的,本打算只守住最后一条防线的,其他的一切她都愿意交给金牛。现在,好了,一上来就急着要去突破她的最后一条防线,她也只能挣脱出来逃走了。

改梅跑了,用一只手背挡着在暮色中灿烂的笑。

隔天,此起彼伏的鸡鸣唤醒了秋忙后懒悠悠、慢腾腾的婆姨女子,整个儿村庄的炊烟像旧时通禀战事的烽火狼烟,遍地都是。改梅来了,她要为自己的男人擀上一碗面吃。金牛还在沉睡。昨晚的郁闷在这样一孔黑咕隆咚的窑洞里愈演愈烈,感觉自己"没找到出路",要多煎熬就多煎熬,爱的人掀开他逃离了,金牛要多灰心就多灰心,焦躁折磨了他半晚上,直到村子响起鸡鸣才睡着的。

穰柴燃得硬柴叭叭响,金牛家好久没有冒过的炊烟升腾了。案板轻一声、重一声,那是未过门的新媳妇在揉面,她用指尖轻轻将面团刨个转身,再用手掌重重地按压下去,整个身子随揉面的一轻一重而颠簸,小鹿在胸前乱撞,麻花辫左右摆动翩翩起舞,身子一前一后一高一低在扭拧……

金牛醒了,看到这一幕,焦躁兀地又来侵袭他。来者不善啊!这股子说不上的劲张是要彻底粉碎他的,他胸口鼓起老高,是心要蹦出去。急不得了,金牛看着眼前的一幕,冷却了下来,以后每一天的早晨灶火里的穰柴都会点燃硬柴,他身下的炕板都会传来温热,揭开锅盖四溢的蒸汽都会顺着窑顶流淌,温馨的一幕幕会一直在这里上演。再不敢轻举妄动了,熟鸭子熟兔子都经不住生扑猛干,会连飞带跑,一定要稳住。

水开了,改梅将锅盖一揭,水汽便四下流开了,人间烟火在偏远贫瘠的土地,在艰辛劳作后休憩的洞穴流淌开来了。金牛、改梅都为这一幕动容,他们仿佛已经组建了小家,头一天在土地里刨挖后的疲累已然在这盘石板炕上消散了,翌日的精气神正随这四下流淌的水汽积蓄着。他们都相信未来的日子就是这么样的,她负责炊烟升腾,揭锅盖弄饭菜,他负责歇缓好,顶着日头弓着腰劳作。他们一言一语搭话,金牛昨晚的鲁莽貌似一场他们二人合作完成的梦,平平常常,谁也没当回事。

终于熬到了吃罢洗罢。他唤她,改梅又从灶火口来到炕沿。她像昨天一样，用屁股探摸着坐在炕头，依旧背对着金牛，那股子粗壮的麻花辫跑到了胸前，在她关节略大的手里缠绕，留下纤细柔软的腰身，明晃晃地灼烤金牛的眼睛。他再也无法安然地坐在掌炕了，他起身，用他两条气力足劲的手臂缠绕住了眼前的美好。改梅不动，这些本就属于她男人金牛，为什么要做出矜持，像昨晚那样地伤害他，她怎么忍心。改梅转过红扑扑的脸蛋，把她的嘴唇递到了金牛的嘴唇上。她不会半推半就，他们什么也不懂，那就吮吸吧，咂吧吧。现在的他们要比刚那锅冒花子开水更沸腾，是水直接架在了燃烧的硬柴上，没有锅底，没有锅盖，想翻腾就翻腾，想升腾就升腾。不知几时他们已经蹬掉了鞋，翻上了炕，扭在一起……面团在瓷盆里静悄悄地醒着，为它即将变成劲道的面条做着最后的准备。灶火已经不用风箱来助燃，火焰蹿起来顶住锅底，叭叭作响。一锅水沸腾了又消停，消停了又沸腾。热浪经过炕洞徐徐往窑背去了，炕板石的潮气通过毛毡有种缭绕的景致。一切的一切都呈现出了美好，似乎都是爱情幻化出来的。好大的一盘炕，他们不知道翻滚了多少次才抵达了明媚的窗台下，终于，刚才揉面时两只蹦跳累了的小鹿，乖乖地卧在了金牛手中。亮光洒在改梅俊俏的脸庞上，她从晕眩中猛然醒过，喃喃道："哎呀！等下！"

他们没有经历过性事，更不可能有丰富的经验，但却无师自通。正当一切都要发生的时候，改梅制止住了金牛的进一步。她的潮信在这个时候来了，即便他们没有丰富的经验，但也明确地知道红色就是停止。红色，醒目，很亮眼，眼前的"红色"是禁地，他们僵在了那里。金牛的洪流还没有退去，沉在那里，环伺，想找一条出路，却没有了路。金牛怏怏地从改梅身上翻下，仰面躺在刚才翻滚的炕上。

抛不开面子，金牛碗大汤宽地给人家答应了土枪的事，现在他头脑清晰了，躺在炕上，懊悔自己为了尽快打发走难缠的来买枪的二货们而许下这么一个违法的口愿，怎么就答应了呢！金牛甚至开始埋怨起改梅来，女人误事哩，误事哩，怪不得古代皇帝因为女人能丢了江山，这应承下给人制作土枪的事咋弄。关键他自己不会，否则就不会这么心慌缭乱，许下的事到头来还得求他那冥顽不化的老子，他都能想得来，他大一定会举起手中正在操持的大锤或小锤佯装捶他，还得嘟囔上几句："你把牛皮吹那么大是要炸大哩？我看你现在就给大打上一副手铐，趁早把大送到凉窑子里！"

老铁匠发火了，老铁匠也大意了，在金牛再三的吁请下，在一张张诱人的钞票面前，老铁匠又造了几把类似的土枪。

猎枪是个好东西，人人都想要。村支书始终没开口要过，支书是谁，既然是千口的主事一人自然不傻，村里枪多了野兔子自然就少了，只要自己的林地不被侵害就行，他知道泛滥的野兔治理下去，政府哪天回过头来会严打持枪者的，再有个什么乱子意外，到时谁也逃不脱。

村里的野味越来越多，自己家吃不完，亲戚朋友家也吃不完，改梅哥哥便隔三岔五去镇子里贩卖，每去都会给金牛的父亲送上一两只，用他的话说，这就叫吃水不忘挖井人，当然吃水的不只他一个，不忘记挖井人的也不只他一个。按金牛说，野兔子吃得人心野，后腿聚满了劲，后蹄子撸圆一弹，就地起跳能把烂瓦房戳个窟窿。

再后来几乎所有的野味都被一个瘦骨嶙峋开食堂的厨子收购了,这么多的野味低价收做成美食高价出,多美的事。这人眼眼活,人们都叫他杨白劳。杨白劳原本姓黄,黄姓在陕北并不多,人们不由就会联想起黄世仁来,加之他一身的干骨头倒真像受了剥削的杨白劳,所以当人们看见他那副穷相,便不由喊他杨白劳了。现在除了乡街四邻外鲜有人知他的真名——黄宝,整个乡里甚至全县都知道有个杨白劳,同时家喻户晓的还有"杨白劳野味馆"。同样的野物,同样的佐料,确实谁都做不出杨白劳的味道,不少县里的、他乡的都撵着来吃。

其实杨白劳并不喜欢扒锅燎灶,更不喜欢拿起镢头当农民,像祖祖辈辈那样把白羊肚子手巾在额前绑个疙瘩,整日佝偻着腰身在土地里刨吃喝,太苦焦,再者他这身板根本扛不住稼穑艰辛,两者相比还是选择了抡勺子,扒锅燎灶总比过烈日炎炎。现在,他赚了点钱,有点积蓄了,觉得出路广了,不一定非要困在盘着锅台的灶房转圈圈,背一把猎枪出去打打山也很威武啊,自己打自己做,岂不更美。常来光顾野味店的几个醉汉常常调侃杨白劳——打兔子是男人的活,扒锅燎灶做兔子是婆姨女子的事。杨白劳越想越火气,决定弄一把枪,闲了的时候也出去打打山,看谁还敢笑话他。他迫切想正名,活了二十大几岁了,如今把祖宗留下的姓,他大起的名都弄丢了,早能干干男人事了。

杨白劳一手提着食盒子,一手提着西凤酒,趁着天黑拐出自己家的小巷(也就是金牛日后摸黑长走的那一段夜路),朝后街破旧瓦房而去。食盒里装着正冒着热气,香辣味扑鼻的干揽兔肉,葱花和香菜浮在劲道的野味上、油汤里,在夜色和盒盖的笼罩下期待着在饕餮者面前亮相。

杨白劳满怀希望向后街那间瓦房挺进。

令他没料到，自己竟吃了闭门羹，明明老远就看见破瓦房在风匣的抽送中忽明忽暗，怎么赶来时就只剩下一把冰冷的老锁了。后来，他在金牛口中得知老铁匠心怂了，夜夜睡不着，那一把把精美的家伙事哪里是彰显技艺的作品，简直是一颗颗的定时炸弹啊！后悔已来不及了，只得恳求这一杆杆被送出去的猎枪枪口别对准不该对准的。用金牛的话说——老掌柜瓷盆洗手了。

天无绝人之路，杨白劳盯上了常来出售野兔的改梅哥哥。他觉得他这多年开饭馆，思考人生多于锻炼身体，别看他一天掂着勺站在锅灶前挥舞，脑子却并不闲着，想得很多想得也很远，久而久之就形成了外干中强的独特形态，满脑子游走的都是思路、点子。只要他自己愿意，少有办不到、得不到的。山里奔达惯了的改梅哥哪里是杨白劳对手。杨白劳佯装感激，说他送来的野货总比其他人的肥美，夸他枪法好，后来直接就预付开了订金，进一步熟络后，就常常摆起酒席，与改梅哥推杯换盏开了。

青花瓷盆里的野兔子、山鸡肉比自家的有嚼头，同样盛在玻璃杯里的酒也比山洼圪崂的绵软许多……酒过三巡改梅哥哥碍不下面子，把老铁匠交代过的三不原则抛在脑后，同意了转借。

那日一早，躺在改梅哥哥左手边的猎枪与躺在他右手边的杨白劳不见了踪影。他"噌"地坐了起来，一头冷汗连成了线。他后悔自己不该面软，更后悔自己没有告诉杨白劳那把自制土枪装多少弹药怎么使用。他顾不得头脑昏沉,跌跌撞撞出了小巷子,像无头苍蝇一样扎进对面的大山。

杨白劳背着那杆威风凛凛的猎枪,在街道上扬达了两圈子,他想让所有人能够看得到,尤其是要那些爱叨叨调侃自己的人,还有那些喜欢把事情叨叨给人听的人。展示过后,他背着那杆威风凛凛的猎枪钻进自己家的小巷,路过家门也没朝里瞅一眼,便径直往后山去了。

他们两人擦肩而过,没有遇上,一切都好像影视剧里设置的剧情一样。他背着枪由巷子掌开始登山,一脸兴致勃勃;改梅哥来到巷子口,一脸惊魂不定。两人就这么在巷子的一前一尾伫立了片刻。

干瘦的野兔在塘土路上左右奔达,两只耳朵甄别着危险来自何方,杨白劳伏在沙棘林里,完全不在意被沙棘刺划破的正在往出渗血的脸颊。装药、装弹,举起猎枪,野兔在他睁着的一只眼里左右奔跳。他果断地扣动扳机,后坐力很猛烈,威力不小,将干瘦的杨白劳的右肩往后猛然一震。散弹出去了,塘土路上的尘土都扬起来了,兔子一个激灵,受了惊后猛然提速,奔跳着往高处去了。杨白劳从兔子身后的扬尘里知道这枪没打住。他是谁,一个思想开阔的人,一个灵光的人。从他选择的职业就知道他不是个墨守成规的人,也知道他不是一个有耐力的好庄稼人。他的想法很多,他菜谱里的每一道菜看似普通常见,但其他饭馆却做不出这样的味道来,你根本无从知晓他加了些什么佐料。他在做菜上花的心思甚多,有时候一整夜都在研究。他还有一张异于别人的嘴,别人家的一道菜他几口就可以提炼出别人不可能提炼出的奥妙,所以只要是他尝过的

▼ 金牛、改梅

菜品几乎都能还原。打猎这件事相比较做饭而言不值一提，再简单不过了。牛刀小试后他就总结出了经验，射程出了问题，一定是，要不然一发散弹还能击不住一只弱小的兔子？

杨白劳哪里知道让他威风凛凛的猎枪是经过老铁匠试验过的，能装多少火药，能承受多少爆破力都是有限定额度的……

火药装得太多，枪管炸裂了，杨白劳失去了双手。一个厨子失去了双手，小镇从此也失去了一家特色的野味馆。

警察来了，从呆滞的老铁匠手里夺下大锤，一副明晃晃的手铐套在了他的两只手腕子上。老铁匠担心枪口对准什么不该对准的东西，没料到弹药竟然从枪膛汹涌而出，还惹下这么大祸事。

改梅她哥手腕上也套着明晃晃的铐子，若不是警察保护着，杨白劳的家人非撕碎他不可。

闯下大祸了，改梅父亲已经没了方寸，急得不比热锅上的蚂蚁好看，他前脚地跑到后脚地，又从后脚地跑到前脚地的，来来回回只是叹气，一口比一口沉闷。对于一个没有经历过大风大浪的陕北农民来说，无异于天塌陷了，祖祖辈辈哪里还遇见过这么大的事情，险些酿成人命啊，不得了了，不得了了！老婆子此时更糟糕，头上敷着一块毛巾，躺在炕头有气无力，像大病上身了，眼睛红肿得都快睁不开了。这一家的主心骨都倒了。

"家门自己"（陕北人说的族人）的头脑还清醒，他们提议请"家有千口，主事一人"的村支书出马。要想消融这一河坚冰，不是没有好办法，事在人为，看谁去说，看谁去怎么说。这点，精明的村支书最擅长，"说大了小"是黄土高原上人们说的"能行人"所必备的技能。受人嘱托,"拉事的"能行人黑的要拉成白的,白的要说成黑的,甚至要让活着的接受死了的,死了的接受现实的。

支书应承下了,却面露难色。这可不是一桩简单的事情,法律所不容情的一面倒无需商榷,法律外谅解的层面就难办了,谅解一定是要谅解的,这样法律在量刑的时候就会酌情。他在农村化解过太多纠纷矛盾,大到关乎人命的小到偷鸡摸狗的,唯独这种伤残的事情最难拉。谁愿意缺胳膊少腿的在这个世上活一辈子,即便过了心理的关,还有生活的关要过。生活的关是硬关,可不是谁的几句鼓励话就能度过的,要用双手双脚踏踏实实地往出走呢!支书真的被难倒了吗?不要小瞧陕北土地上生活着的人们,他们有着好比黄土高原一样广袤和深远的智慧。天底下没有破不了的局。第一次会晤可以称之为交锋吧,毫不夸张。双方一见面就剑拔弩张,支书一看这种势头就知道这事没有几个来回锐气是消耗不完的。杨白劳一方寸步不让,要取得他们的谅解绝非钱的事。改梅家一方有低头哈腰求原谅的,也有破罐子破摔不管不顾的。这都是支书事前安排好了的,只有软硬兼施才能找到突破口。破罐子破摔的一拨人四平八稳反而像是占了理,他们言之凿凿,改梅哥就是个递枪的,法不容情没办法,既然没办法,对方不原谅也罢,那就让法院判吧,判几年就几年。这方声音越大了势力越厉害了,给支书留下的发挥空间就越大。都是预谋好了的。所以,前几次会晤只不过是为支书搭台而已。锐气终于在几个回合后锐减了,杨白劳一方的脾气消散了一大半。是啊,无论谁冷静下来都会明白,本来就没有深仇大恨,何至于将谁一棒子打死。再者，给予了谅解对方还能拿出些补偿，补偿款对于一个没了手臂的人何其关键啊。何其关键的补偿，重在"关键"，实则就是多少。难了，难了，少了取得不了谅解，多了又拿不出来。现在，紧迫了，派出所要结案了，再得不到对方谅解，改梅哥就得蹲监狱了。改梅大一头花发几天就白完了。

"杀人顶命，现在有法，法律面前人人平等！你细细思量，你娃至少还是个囫囵娃不是？几年'警闭'蹲出来还是好娃，又不是道德败坏分子，寻个婆姨不难，再养两个娃娃，啥事不误。钱咱又没多少。唉！谁能斗得过法，认命吧！"支书故作办法想尽态。

"好我的支书哩，砸锅卖铁，在所不惜！"

"砸锅卖铁"这话到位了，你都砸锅卖铁了，还有什么是你不能的。拉事人可没有逼你砸锅卖铁，是你自己说的，哪还有比砸锅卖铁还容易的事情，毕竟支书为你出面，凡事得为你考量，但也不能丢了良心说话。一个没有了胳膊的厨师，人生还有一大半路要走，总不能昧了良心说话。火候好得很。这就是支书预谋已久的那个比钱还管用的"情"。人心换人心，有了这份情和诚意，好了！有的"拉事的"把自己摘不离，往往事情拉好了倒落下些埋怨。现在，好了。支书说："改梅大了，到了出嫁的年纪了。可谁三五天就能把女子嫁出去把彩礼拿到手？"

改梅父亲："老铁匠的儿金牛一直对改梅有意思。"

村支书："你是急愣了。老铁匠泥菩萨过河——自身难保着哩。他现在还在号子里吃牢饭呢，还能顾得上娶儿媳妇？你是急傻了。"

"那咋弄哩吗?"

"咋弄?让改梅服侍、伺候断臂的杨白劳去!"

改梅父亲一听合情合理,顺着支书的话连连点头。不过,很快他还是从支书冷峻的脸上觉醒了,原来他是要让自己把女儿嫁给缺了双手的杨白劳啊!

金牛、改梅

手　足

　　女人摇着扇子，纤细颀长的身子浸泡在满是汗水的凉席上，一缕铺在她红扑扑脸颊上的长发，随着扇子送来的劲风微微颤动。狭长的楼道也源源不断地往屋里送风，掀起窗帘的一角，却并未使她赤裸的身体感受到一丝凉意。对于一个陕北来的打工人，享受惯了温顺的夏天，炎热对于他们的确特别难熬，大地像被一把巨大的熨斗抹过一样，直到黑夜热浪都散不去。

　　在女人躺着的出租屋的一面木板墙上，开着一个小孔，她清楚，冥冥的暗黑里正有只眼睛从此往里窥探。没用的，她不知用纸糊了多少次，结果总是被另一侧同为租客的男人捅开。好在这如天井一般的出租楼拒绝了城市的霓虹，熄了灯，黑魆魆的夜晚吞噬了她白皙的肌体。

　　孔那边的男人同样来自陕北，省城的夏天同样使他难熬。一条并未拧干的湿毛巾挂在他的脖子上，流水会同汗水顺着他深凹的脊柱线径直流向尾骨以下。他站立着，眼睛贴在小孔上，尽管什么也看不见，但他绝不想放弃孔那边的任何蛛丝马迹。

　　"开下门，我们谈谈，求你！"

　　"不行！我要睡了。"

一句哀求，一句坚决，每晚在这两句对话后，小孔的那只眼睛才无望地退去。他用手指弹着木板，一会儿舒缓，一会儿激进。

女人侧转身，脊背袭来一阵凉意，背后叮叮咣咣的声响似乎不那么令人烦躁了。好几次她都决意要找房东换房，然而从天不亮就开始的忙碌，以及种种不为人知的原因，使她把这件事忘在了脑后。

女人掼上房门，哐当一声，天井形的楼道立刻就传出阵阵歇斯底里的狗咬声。这里没有陕北农村看家护院的大土狗，尽是些宠物狗，无论怎么叫唤也不足以叫人生畏，不过在如此的沉寂中却足以唤起沉睡中的租客。无碍，醒来的租客并不责怪怨恨，翻个身瞅一眼令人欣慰的时间，朦胧中推算一下——还能睡个把小时，于是又闭上惺忪的睡眼，这样的醒来恰恰最能令人完全地享受到晨曦普照前那最后一刻的暗黑。生活容不得女人慵懒，她只能摸黑踏着黏脚的油渍朝城中村的楼牌门走去……拐几拐错综复杂的窄巷子，就能看见村外大马路的街灯洋洋洒洒地从门楼射进来，像一只伸出来拽她的手臂，瞬间让女人孤立无援的步伐变得铿锵，足以决然面对人生海洋涌起的波澜。

▼▼ 手足

一

每个这样的清晨，女人总会想起过去。

高一那年她家从农村搬进了县城，租赁了一孔镶嵌在半山腰的窑洞。和老家的窑洞一样，只是当窗棂泛起鱼肚白时，城

— 203 —

里却没有鸡鸣。这时父亲就会在她耳边轻轻唤她："蓉蓉,起床,蓉蓉,学习啦!"长长的眼角闭合在一起,眼球在眼皮里翻滚,涩涩地睁不开,她只用嘴角的一丝笑回应着父亲。一只厚实的粗糙的大手在她的头顶垂怜,慈祥的双眼静静地等待着他最疼爱的大女儿眼眸散出清晨的第一束光。

窸窸窣窣的起床声和此起彼伏的喘息声交织在长长的石板炕上。她惺忪的睡眼里映着父亲、母亲、妹妹、弟弟朦胧的脸庞,一种足以抵御一切来犯的祥和弥散在深深的黑魆魆的出租窑洞中。

那天,云压得很低,大风奏出的呜呜声像窗外传来的悲笳。她叠起自己的被子,衣着整备,懒懒地盘坐在炕中。"蓉蓉,蓉蓉,快去学校晨读!"父亲假装恼怒地说。昏暗中她已完全识破父亲:紧锁的眉心不合时宜地出现在一张似笑非笑的嘴角上端。她感觉父亲没有任何脾气,每次发火都是这样眉头紧锁,一张脸却显示出几乎快要憋不住的笑容来。于是她又佯装睡了过去,端坐着的上身猛然倒塌在了父亲面前。那双厚实的大手又一次在她的头顶垂怜。

闪电把一块块凌乱的黑云焊接在了一起。"贾蓉,出来一下。"班主任站在她的桌角,柔弱的声音淹没在了宛如天碗摔碎般的雷声里。她跟在老师身后出了教室,噩耗和从远处突然来到的雾霭同时降临,一股夹着雨水的风扑面而来,一个趔趄,她跌在了雨中……天塌了,她家的天塌了!

爸爸躺在医院的担架床上,一只手瘫放在白布外面,再也无力抚摸他最疼爱的大女儿的发梢。婆婆的泪眼里携着人世间最无奈的别离之痛,张开的嘴里呼不出一声"爸爸"。她看见爸爸平静的面颊上落着自己的泪，那是女儿无限思念最无助的表达。母亲瘫坐在地上，哀嚎混淆在隆隆的雷声里。

在小她八岁的妹妹和小她十一岁的弟弟面前，她收起了悲恸，立在幡杆下，用她那弱小的身躯顶住坍塌，用无限思念幻化而来的毅力告慰一抔黄土下的爸爸，那是一种可以为留在世上的亲人而甘心情愿阅尽人世艰辛的毅力。那一刻，她不再是一个柔柔弱弱的女子。

以后的早晨，每当窗棂上泛出鱼肚白，她长长的眼角便无需人唤，眨巴着挣扎着自己睁开。她凝眸在父亲生前的铺位上，那里现在躺着病恹恹的母亲，母亲的身后是孱弱的弟弟妹妹。叠好被子后一骨碌翻下炕沿，灶火口的火光照亮了她面颊上的滚滚泪珠。只要是醒着，胸口总像被一块大石头压住似的，不由哽咽。

爸爸走了，妈妈的话更少了。原先总是挂着微笑的脸日渐消瘦，深深的法令纹再未向两侧伸展过。以前这个并不富裕的家总是欢声笑语，他们姐弟三个围在母亲身边，几双小手在妈妈的头顶翻弄白发，笨拙的弟弟总是连带黑发拔下来，妈妈无奈地摆摆头，微笑着。爸爸坐在炕前曲起一条腿靠在窗台上笑眯眯地在嘴里和烟锅子里升腾起的烟雾中瞅着他们，他们不时在同样的烟雾里搜寻着爸爸。现在，母亲手里的活停下了，稍微干点什么就咝咝地喘。妈妈终究没有迈过年关，就随父亲去了。

她不得不停止学业，在狂风骤雨中，毅然挡在弟弟妹妹前面。不需要谁怜悯他们，在她柔弱的身躯里涌动着坚毅、刚强，有她在这个家就不会垮，只要有一口气在，妹妹和弟弟就一定会成才。这也筑起了她绝对的威严,在她的威严下弟弟妹妹的学习都很优异。

二

强大的气场散布在贾蓉日渐柔腴的周身,笼罩住了丈夫的哀怨。

"这是每一个男人都该有的待遇,我并没有过分要求,我真的搞不懂到底违背了啥!"躺在炕上,丈夫喃喃地对着弓形的窑洞顶自言自语,沉积在内心里的积怨翻涌上来,算是一次爆发吧。他知道贾蓉心里设定好的主意不可动摇,但他还是又一次挑开了话题。

贾蓉同样躺在石板炕上对着弓形的窑洞顶说:"你四年前就该晓得的。"

"不理解,这会影响到啥嘛!"男人愤愤地冲着弓形窑洞顶回应。

人都晓得他惧内,说了个厉害婆姨。今天敢这么横完全是从妻子的口吻里探询到了点退却的意思吧,要不他绝不敢惹她一句的。此刻,他正在思考怎么抓住这么好的机遇来表达早已哽在喉咙里的字句。身边的女人当家做主惯了,他无法判定哪一句话会点燃她,他不得不步步为营,一瞬间甚至有了鸣金收兵之意。而不说的话自己又会被积攒下的怨气点燃,总之,他得小心翼翼。

思虑再三,他又冲着弓形窑洞顶说:"蓉蓉,咱们之前的的确确是说好了的。我给你分析,你看现在……"

"这个时候你就不要添乱了好吧!"贾蓉转向丈夫,盯着他,打断了他刚刚编排好的说辞。

男人感觉到了那双眼角颇长的眼睛俨然望向了自己,久久的沉默后火辣的眼神才从自己的脸上移开了。话到嘴边由不得了,哽在他喉咙里的言辞就又蹦出:"你看,他俩也大了,咱们也,你也该考虑考虑咱们自己的光景日月了。"余光里妻子并未侧过脸,于是他又开始一贯地低声絮叨,像是说给自己听一样:"都初中高中的大人了,不要过于操心了……"

"咋能不操心,都是毕业班!等他们都上了大学,我也才三十岁,还能生。"贾蓉腾地转向丈夫,看着他无辜地盯着窑顶,又觉得亏欠丈夫,语气急转平顺了,"三平,我能理解你,完全知道你心里想的、要说的。妹妹、弟弟命苦,我爸妈走时他们立不起事情,我发誓要把他俩供出来,养成才……"贾蓉又想起那两双充满恐惧的小眼睛,也正是那两双小眼睛迫使她扛起了大梁。当年的一幕幕模糊了她的双眼。

"算我求你了!留下吧!"男人也侧转身苦苦哀求道。他听见女人喊他小名"三平"的时候,那种强烈的要求竟变得尤为卑微。

是啊!"三平",简简单单的乳名蕴含了父母亲多少厚爱。三代单传,只希望他能够平平安安,更希望他能够多子多孙。

贾蓉不是没有想过留下腹中的胎儿,她是女人,同样拥有属于女性的权利和义务,她也想和妈妈一样膝下围着子女,也想做一个完整的女性,只是记忆里那两双怯懦的小眼睛由低处投来的无助羁绊住了她,甚至刚刚萌发的母爱都得为其让步。这样的节骨眼,一则经济上,一则心思上,都会因为腹中孕育的生命而打折。"对不住了！"她在心里默念。她的主意从未动摇过。

三

吊瓶高高地挂在铁三角支架上端，里面的液体悄没声下降着，每一滴都落在输液管的滴壶里，极慢，仿佛一切都被定格在了沉寂的病房。针头连接着搁在床沿上的纤柔小手，贾蓉被嘀嗒嘀嗒落下的液体禁锢在病床之上。她面色苍白，微微张开的嘴巴努力地呼吸着混杂着药物气味的空气，两眼无光……

三平站在楼道间的窗户前，指尖的烟灰续了老长，浓烟从他嘴里溢出刚要腾起就被"呲"的一声吸进了肺中。窗外是初夏的山峦，绿色的生命在烈日下更显苍翠，林间的鸟儿在上空盘旋……微风折断了本就摇摇欲坠的烟灰，撒了三平一身，而他却并未在意，嘴里仍旧发出"呲呲"的吸烟声。所有收录进瞳孔的景致都未曾向大脑传送，他对一切漠然视之。

熄灭烟蒂，他拖着疲累进了病房。贾蓉这才回过神来望向转身关门的三平。门被闭上了，当三平转身的瞬间她的目光又移开了。即便没有言语，她也不想被那双永远无法原谅自己的双眼责问，她无法再去逢迎它们——那一对儿正在望向吊瓶的双眼。旁边的床位空着，男人枕着手臂躺在上面，静静地看着滴壶中滴滴下落的液体，一滴，一滴，又一滴……仿佛跌进了绝望的深渊中，那里黑乎乎的，看不到泛起的涟漪，也望不见苦海的彼岸，只有夹杂着药味的空气随着他均匀的呼吸穿行在他麻木的身躯里。是啊！他是一个活物，他的人生也应该像绝大多数人的人生一样，充满希冀，更别说人之常情的东西了。现在呢！最基本的为人父母的权力也被这一场突如其来的刮宫手术毁灭了。他们不会再有孩子了……

吊瓶里的液体来到了瓶口……

贾蓉心里清楚：丈夫三代单传，在传统的农家，不单单要有孩子，至少还要有个男孩子，而自己现在……她已经没有任何理由留在这个家里，或者说被这个家挽留了。

街灯从门楼射进来，洋洋洒洒地铺撒在狭窄的街面上，也点亮了贾蓉的眼睛，她迈开了步子朝光明走去……

她用那双曾纤细柔软的双手拧干乌黑的拖把头，拖洗着摆满电脑的巷道。"唉！"她发出感叹，为电脑前一个个拥有大好青春的大学生：一双双名牌运动鞋下踩着烟蒂，一身身只有年轻躯体才能驾驭的服饰……他们和自己的妹妹、弟弟一般大小，多么美好的年纪。今天才周一，玩一夜游戏，上课怎么可能有精力学习啊！她真想像大姐一样胖揍他们一顿。

男人立在村口，长长的烟灰颤巍巍地横在他布满胡茬子的嘴角边，直到他转身往里走的时候才意识到，街灯把他伟岸的身影拖进了楼牌门。这让他浑身来劲，他想，她是需要他的。他知道，女人因无法延续自己的血脉而躲着自己，提出离婚，一切都不得已，可他再怎么心硬也不愿看着女人一个人承受。这几年他已然看清了命里注定的有和无，现在他撵着来了，就不打算一个人再回去，而且一定要从女人的肩上接过生活沉甸甸的担子……

女人辗转了几处打工地方，回到租住的城中村，进入木板墙壁上的那只眼睛里……

人 海

一

她习惯于在觊觎者贪婪的目光下行走，有时觉得烦躁恶心，想骂人，众目睽睽下举步维艰，一想到他们猥琐的眼神在自己白皙的脖颈或高耸的双峰或丰腴的臀部上打转转，就恨不得钻入地下；有时却又很享受，像明星一样行走在仰望的夹道中，被人追捧，心情舒畅，步履轻盈。无论是哪般感觉，她都目视前方，冷艳地穿过交汇交织的目光，即便哪个有幸得了一瞥，也实属她无意的施舍。

古城大得出奇的火车站广场上，一张闪耀着几分冷峻的妙龄女性的脸，掠过觊觎者贪婪的目光后消失在候车楼下茫茫的人海中。

一张俊朗的男生面孔，同样闪烁着青春的光彩，盯着女生消逝的那片人海。当然，他还不曾见到她。他从广场的边缘走来，此时就连候车室上方那两个硕大的红字在随他蜂拥而来的旅客眼中都那般娇小，更别说一张人的面孔了。在一众匆匆行走的人群里，他的闲庭信步实属另类。

这算是临近春节大返乡前的一次客运小高潮吧，广场上多是拉着皮箱的大学生。他们排成长龙在位于广场正中城墙门洞下的临时购票点买票。

他没有在城墙巨大的门洞底下停留购票，而是信步朝着人更多更挤的候车室购票点走去。当他立在那儿时，方才觉得头顶上悬着的两个地标大字委实巨大，不免喟叹了一番，接着从自己唯一的行李——斜挎的包中，取出相机。如此近的距离，镜头无论从哪个角度都无法呈现出他想要的效果，于是又朝着广场正中的门洞走去……他站在长龙后，一边排队，一边背过身对着地标性建筑——火车站的候车楼拍照。

在队列里他依旧另类，没有带轮的皮箱，也没有三三两两的同行者。其实他也是返乡的大学生，只是他的始发地并不在这里。这次短暂的省城旅行结束了，几天后他将从百公里外的校园一路往东再次回到这里，届时也会拉上皮箱再一路向北正式启程返乡。

省城的冬天似乎夹杂了几分春日的和煦，他的脖颈直直地伸出高领毛衣和轻薄羽绒服的领口眺望着，购票窗口被攒动的黑压压的人头遮蔽，而他的脸上却流露出美滋滋的感觉。热衷旅游的他要的就是这种"在路上"的新鲜感和夹杂在人群里的陌生感，四面八方的人汇聚在这里，聚在这里的又将向四面八方散去，这令他美滋滋；令他美滋滋的还有另外一方面，看着其他人为抵御严寒而跺脚搓手的囧态，自己则暖暖和和地钻在高领中享受惬意。他想起，站在故乡黄土高原，大地的脊梁上，凛冽的寒风从坡上刮过，瑟瑟的，不顾一切，卷起黄土面子，直钻裤管，刮骨割肉一般……他扬起的嘴角无疑是在蔑视这帮不经冻的家伙，而落在身侧来人眼里的竟显得亲切，满是

▼人海

友好。她就停在了面露笑颜的他的面前，此时他的双眼还未穿透故乡漫天的飞沙，只是怔怔地盯着大块灰砖砌成的弓形门洞。

他看到了她，那种眼神不是她察觉到的那种带有某种非分意思的，所以她不觉得厌恶，于是很礼貌地问了好，而后又带着一丝极难分辨的欲言又止的撒娇口气央求他帮自己代买一张车票。听得出她的语调是在开口后临时转变的，所以既不让人觉得贸然，又有几分难为情的意思，使人无法拒绝。在她说话的同时她的一双眼睛已经牵住了对方，他不得不随她一齐看向他们身后长长的队伍。他的脸上转而又显出了一丝难以抑制的亢奋的笑，表示了自己的愿意效劳。依旧没有使她生厌。

这个突然就出现在眼前的女生，也只斜挎着一个包，举止谈吐不像个大学生，似乎要更为成熟一些。她一样不畏寒冷，高高扎起的头发归拢在后脑处结成一个发髻，整个白皙的脖颈完全暴露在外；一条巴宝莉围巾似有似无地披在呢子大衣的两肩，看来此刻她并不需要它来御寒。他还注意到她裸露在外的脚踝，踩着高跟鞋，腿显得特别长，只是置身在冬日的室外，引得觊觎者不免会生出怜悯。他由不得转过脸一次次偷瞄她。那张第一次扑进他眼中就引得他亢奋的面孔精致到无懈可击，一双又大又圆的眼睛在上面眨巴着，还有那不薄也不厚且足具东方女性婉约有度之美的红唇。他想起《红楼梦》里形容王熙凤的那句——丹唇未启笑先闻。"她那支口红一定是色系号码里最深红的那一支吧……"他心猿意马地思忖去了……

他们靠得很近，这一段排队过程必须要装出很熟悉的样子，才可以封堵身后那条长龙般队伍对插队者的抱怨、谩骂，甚至可能的暴跳叫嚣。在他看来美是至高无上的，没有谁会因为这样一个尤物的插队失了器度，去在乎那瑟瑟风中的片刻等待，但出于礼貌还得装作是一伙儿，抑或叫一对儿吧。他默默地又一次承认了自己那狭隘的审美观——始终把颜值摆在评判丑与美的第一位。

在别人眼里他们是般配的恋人。凭借着身边的大美女羡煞旁人，心里又是一阵美滋滋夹杂着忽而生出的阵阵惆怅。

自她出现后，空气中弥漫着淡淡的，似有一丝高级木质气息的香水味，醉人的晕眩不时袭来。他又在思考："那不是廉价香水能够做得到的。她是干什么的？坐火车去见什么人？……我该怎么和她攀谈？"在他平静的表情下思绪从未消停。排队的过程中他竟像个乖乖男，呆呆地僵在那里，没有和身侧的美女有过多的交流搭讪。

不可否认，人确有着多重的性格。会有我们卸下防备还原本我的场合，也会有神经紧绷不能松懈的时候，只不过都为了能够在生活中如鱼得水、游刃有余罢了。他自认为自己一向可以灵活自如，随意召唤各种性格来为既定的目标服务，且能做的恰到好处，而不会令人觉得满是套路华而不实。此刻，他需要的是那个玲珑的、胆大的自己，但是那个胆怯的性格已经喧宾夺主，他无论怎么试图去驱散也无济于事，身体的各个部位已经领命照办了。这样的拘谨有种久违了的感觉——好似懵懵懂懂时期站在一直想看到的人的跟前一样。好在此时他没有脸红，也没有想要逃离。

女生倒是挺大方，她问他了一些生人之间不得已而寒暄的问题。他觉得女生是在敷衍，毕竟是她有求于自己，要是还端在那里像往日一样冷艳没有言语怕是说不过去的。他中规中矩地回答，看起来老老实实的样子，小心翼翼，生怕言多必失，像一个不经常举手的小学生，唯唯诺诺，一问一答。这样的问答形式把此时主宰他言行的那层性格加固了，另外那层他所唤而不出的性格更无法跃过"高墙"了，内敛、羞涩的表现越发稳固也越发明显。

在众人眼中他们非常般配。

不应该！他不该有这样的自卑的或者说怯懦的心理。在他黑色羽绒服、黑色高领毛衣衬托下的棱角分明的面庞，时而染上红晕，时而退却变白。这与他那宛若陕北沃野生出的挺拔的白杨身段一点也不相符。但在众人眼里他俨然是一处景观，她就像一株生长在他端直树影下的山丹丹花，俏丽、红艳，绽放在苍翠中，亭亭玉立。大自然不失其造物者灵性，总会在不经意间奉献出这样一件件微乎其微但极富有诗意的小景色。生活也会不失它"造事者"的灵性，演绎吧，在芸芸众生的人海挑拣出一对对看似平凡却也美好的搭配，使人在枯燥中绚丽、在彷徨里斑斓。

他们终于排到了临时搭建的窗口下，他买了两张火车票。她拿到那张粉色手掌般大小的车票，道了谢便消失在了茫茫的人海中，徒留他还站在原地，握着一张同样粉色、手掌般大小，只是目的地不同的车票，怔怔地望着地标大字下茫茫的人海。

一切美好注定都是短暂的，那是两张几乎不会再有交集的车票。不是同一目的地，不在同一节车厢。

男生脱去紧绷在手上的绵羊皮手套，从由身体不断供来温热的上衣口袋里掏出烟和打火机。烟被点燃,往身后飘去,他信步往来时的街角走去。他喜欢那隐匿在城市繁华下的小街巷,他曾无数次在等火车的空闲徘徊在东七路上,粗壮的梧桐树干撑着毫无章法同样粗壮的树枝在窄窄的街道上空密布,他能想象得出它们在其他季节那葳蕤的样子。

　　他扔掉手中的烟,举起相机在两排矮楼形成的窄窄的街道上呈四十五度角拍了一张,然后立在行色匆匆的人流里独自欣赏——古老的楼房,锈迹斑斑的防盗网;黑乎乎的鸟窝在红砖墙为背景映衬出的亮净的梧桐树干上更显得突兀,像笔者思考时留下的越洇越大的墨点。他又对着在街角慢慢爬行的黑猫按下快门,细细地欣赏了起来——在黑漆漆的马路上,它和自己一样是流浪者,一样走街串巷,一样漫无目的,一样居无定所,只是它为了觅食,而他则为了更多,这似乎就是他们唯一的差异。当他举起相机准备偷偷拍一个正在等待红绿灯的女子时,又想起在广场上偶遇的那个女人……他懊悔自己当时不该像个木偶一样杵在那里,应该为她拍张照片。他自信他的摄影作品会让她毫不犹豫留下QQ邮箱或者其他联络方式。他按下快门,那女子早就横穿马路消失在了人海,照片里只有一盏亮起的绿灯和空荡荡的斑马线。

　　就像把一件本该属于自己的东西给弄丢了,他惆怅了起来,四下茫茫,该去哪里找寻?暮色降下,晚归人的那一张张陌生面孔从眼前掠过,梧桐树枝罩住的街道变得毫无美感,似乎多了些阴森和恐怖。年代感极其强烈的临街楼房,此刻沧桑感顿无,一层层红砖只是些尘封了已故者悲欢离合的见证物。那感觉又变了,不再像丢失了什么,对,又变为非常清楚的一种被抛弃的感觉。一个漫无目的的人，在行色匆匆的人群里，时间仿佛停滞了。

确实该离开这里了，把那些挥不走的压抑就此还给这些个红砖、梧桐、陌生人……

转出街角，硕大的火车站广场又使他想起了那个红红嘴唇的女生，那张初识的面孔却不知在何处，虽然她靓丽得可以发出光，却也无法普照在自己孤寂的身影上。街灯亮了，他顾长的身影托着夜色下与自己年纪很不相符的憔悴向候车楼走去。或许那个女生早就在那里左顾右盼，同样在人海中搜寻着自己。一张张陌生的面孔又把他拉回现实，不由讥笑，笑自己荒诞的自以为是。

省城的火车站汇聚着南来北往的旅客，候车室的长椅区被围得水泄不通，再次相遇的概率在经过仔细的辨别后变成了让人继续惆怅的"零"。他还寄希望于那列长长的绿皮火车，虽然自己只有短短的一小时车程，而她也会在那里，且多自己一站，肯定会再见的！他对自己突如其来的坚定勇气感到诧异。一定是沉默了太久，思绪又在天马行空。

要进站台了，人群在长长的走廊里涌动，无数皮箱的轮子滚动着，响彻整个密闭的走廊。没有大件行李累赘，他在各种行李留出来的空隙穿梭，轻盈地在流向站台的人群里前行，犀利的眼神掠过往后退去的旅客面庞。他觉得在队伍的最前面一定会如愿再见。他怕赶不上而并不担心错过，如果赶在站台前还没见，那就在那里等待，直到发车的那一刻。他又一次为自己突如其来的坚定感到诧异。

他第一次觉得这几年多次走过的长廊竟如此得幽深，赶超了无数人后，前面和身后同样深远，遇不见的可能至少尚未过半。长廊两侧广告橱窗的灯光在他顾盼四下的孤傲扬起的脸庞一闪一闪，看似冷峻，其实那是旁人感受不到的炽热，甚至当他靠近你时，你仍然只会通过他游弋顾盼的双眸草率地喟叹道——为什么别致的男人和别致的女人总是一副漠然样。他的炽热仅体现在一追一赶的步伐上，两只戴着羊皮手套的双手始终揣在亮黑色的羽绒服口袋里，情急之下也不会鲁莽到伸手去拨开旁人。深深的长廊究竟还是辜负了他孤勇的心。

下了楼梯，一列绿皮火车懒懒地卧在站台昏黄的灯光底下。此刻，你无法想象它会在漆黑的寒夜里呼啸的样子，你更无法想象翌日的黄昏它将停靠在两千三百多公里外的乌鲁木齐小憩。短途旅客对它没有太多的依恋，久久不愿上车，纷纷掏出烟和打火机，一股股浓烟在站台灯的光晕里升腾。他也随着众人一起，将自己通体黑色的韩国纸烟点燃，看着徐徐升起的烟雾融在昏黄的光晕里。

他习惯性地吸吐着那支通体黑色的香烟，眼神有些呆滞地穿过烟雾，盯着走廊尽头连接着站台的楼梯，夹着纸烟的手偶尔落下来弹一弹烟灰。面前车窗里座无虚席，车厢的过道里旅客摩肩接踵，有的旅客只有将行李举过头顶才能前行。

夜幕初降时的那种惆怅又笼罩住了他。夜色中泛着白在街道上空乍舞的梧桐树枝、尘封已故一代人离合悲欢的红砖、陌生的面孔……仿佛又回到了东七路，还有那只面目狰狞的黑猫，所有的一切，令他倍感压抑。

手指弹下的烟灰没有了踪影，他苦苦找寻的人也没了踪影。最后那一撮烟丝燃尽了，星火在昏黄的路灯下泯灭，几个同样吸烟的人都像是完成了一件上车前必须要完成的使命一样安然地登上了列车。他也同样像完成了使命一样朝着自己那节远远的车厢走去……

列车员穿着齐膝的长大衣挥动着手电筒，列车蠢蠢欲动。他确定这又将是一个孤寂的短途旅行，所有的希望在熄灭纸烟的那刻业已泯灭，他加快了步伐。

就在他彻底绝望的时候，一只手轻轻地绕过他的臂弯将他挽住，试图托着他要以更快的速度往远处的车厢而去，他刚刚沉入谷底的心瞬间被捞起，来不及舒缓就随她小跑了起来。他只瞄见她艳红的嘴唇，世界又恢复了色彩，堵心的红砖墙、乍舞的梧桐树、狰狞的黑猫……统统被驱散了。不！不是驱散了，而是午间和煦的阳光照进了街区，古老的红砖墙向人们诉说着一段段尘封着的浪漫佳话；梧桐树白皙的皮肤熠熠闪光，照亮了整个街道；那只黑猫不再流浪，融洽和谐地与人类共生……

他们选择了一节并不是他们手中车票所标示的车厢，凭空生出的默契，似乎让他们达成了某种共识。他们站在两节车厢的相连部位，背靠车厢彼此面对，车门上的窗户在他们中间忽明忽暗，闪过村镇、原野、不用停靠的小站……

那条巴宝莉围巾缠绕在她长长的脖颈上，足以抵御灌进来的丝丝冷风。她告诉他，她叫曼曼，曾学过导游专业，如今待业，她将会在鸠摩罗什游历的路上当导游，尤其是鸠摩罗什的白马死后，因而成名的景区白马寺和月牙泉；他告诉她，他是个陕北男人，快毕业了，他要回到陕北去，将来做个儒商。他们不再一问一答，聊了很多，话赶着话，很投机。只是火车的哒哒声让人不安。

他们中间的那扇窗户又亮了起来，车速慢了下来，一幢幢被灯光点亮的高楼向后倒去，一条条从火车轨道底下经过的马路向远方伸展，光亮里没有如大城市一般的车水马龙。街灯静默地守护着这座安逸的小城，由于年轻才缄口不语吧，街角处的建筑很新，像构成这座新城主要人群的大学生一样年轻。他就要到站了。

他为什么不带她去领略一下这座安逸静谧的小城呢？是啊！当车窗外站台到来时，当列车不再呼啸而稳稳地滑行时，那个八面玲珑的他终于重新夺取了高地，毕竟这是他的主场。两个他在短暂的旅途前后激烈地争斗后，最终获胜者对缴械者并没有显出一丝盛气凌人，败下来的也毫不唯诺。这其实是一场较为复杂的心理斗争，八面玲珑的自己就像是心理学大师弗洛伊德说的一直属于无意识领域，好比沉在海面下的冰山；而浮在水面上的冰山才是那个意识领域，唯唯诺诺只因为它暴露在众目睽睽之下，受各种规则、规范、观念、道德等约束。现在好了，获胜者和缴械者不仅没有最后的决斗，反而能够理解对方。年轻真好，他可以心安理得地去做决定了。

火车门开了，列车员在寒风中耸着肩，示意他们快点下车，显然以为他们就是情侣。多了这么一层肯定后，他便理直气壮地拉起她的手跨下车门。两个欢快的身影在站台昏黄的路灯下跃动。

女孩的笑声在街道回荡，那么清晰，那么清脆。孤零零的街灯下偶尔会有一两对情侣或牵手、或女生挽着男生的手臂经过，像是复制粘贴一般，也是这样的爽朗笑声，也是清晰的，也是清脆的。道旁的霓虹比不上省城的繁多且绚丽，却也煞是好看，不迷人眼。现在，几乎一半的店铺已经打烊，只有门牌灯还亮着，可以想象要是门牌灯也随卷帘门一起关闭的话，那显示出的就不是冷清，而是萧条了。毕竟好几所大学已经放了寒假，昔日闹哄哄的场景已然不在了，这里难免会有一种人去楼空的感觉。人容易在这样的情景下动容，往日的闹哄哄恍如隔世，即便街灯、门牌灯依旧辉煌也还是生出了些孤寂和落寞。这样的情感反倒有着催熟爱情的功效，除了仍旧开门营业的店主被尘封在那方寸有限的门市里，这世上仿佛就只有两个人在游荡，两个人，就他们两个人，一个男人，一个女人。女生想起《伏羲女娲交媾图》，面颊红扑扑的，好在昏黄的街灯最能体谅一对对才刚开始谈情说爱的男女。

他们发现仍未关门的店里，几乎是一样的，柜台上摆着一把紫砂壶，店主坐在柜台后捧着一本书。这座孤寂的小城给女生以亲切，她像是领悟到了什么，觉得内心充实，不一定是衣食丰盈或是拥有更多的可以获取物质的钱财。眼前这个时而局促、时而勇敢的男生在这座学府之城变得异常可爱了。

他带她逛罢最繁华的当然在此刻没有一点繁华迹象的闹市区。他们吃了这里别具一格的"一口香"面条。那是一种每碗只盛一根面的面食。这样的小碗面要满足一位饕餮者，他的面前至少得摆够十来只空碗。

他们互相讥笑后走出面馆，来到一处十字路口。她挽着他，他迷茫在那里，踌躇不定。先前的一步步都在他的设定内，拉女生下车，和她游荡街头，带她吃"一口香"，现在他得做一个难以启齿的决定。她看出了他的忸怩。

对面街角一个硕大的招牌悬在空中，闪着光亮，"宾馆"二字赫然入目，灯塔般召唤着夜行大海的船只靠岸。

他放慢了脚步，不是由于女生挽着他胳膊的那只手拽住的。他想征求她的意见，他害怕贸然领着她就往宾馆钻多少会有失风度，他不愿她觉得自己轻薄。当然，这样想很可笑，一切都朝着他谋划的方向去了，到了最后关头反倒在乎起这些来了。对于一个骨子里还很纯净的男人，越发展到后面就越拘束，他甚至对之前发出的邀请感到懊悔。如果自己不主动，那么此刻他正悠然地躺在宿舍的架子床上，宿舍平日那热闹的、嘈杂的景象浮现在他的脑海。挽着他的那只手动了，把他的胳膊箍得更紧了，激荡的、澎湃的感觉又一次袭来。此刻，他又觉得这个夜晚很独特，先前的拘束顿时就被缓解了，好像得到了某种鼓舞，他加快了步伐朝着那座"灯塔"而去。

房间很温馨，不是常规旅馆的那种布局，是那种大学校园周边小旅馆一贯的装修风格。一进门是一个如同走廊一样狭小但相对独立的区域，一张书桌靠在窗户前，一个小圆玻璃茶几上摆着一束假花，射灯昏黄的光晕罩在假花上，像一幅油画。小圆玻璃茶几正对着一个门框，没有安门，进去就是卧室，床铺不是旅馆一贯使用的白色，深褐色的被褥配上橘色的窗帘，让人感觉进了哪个女生的闺房。卫生间的一面墙体镶一块大玻璃，灯光透过来照亮了整个房间。

房间很暖，人瞬间就不冷了，即便他们刚从寒冷的室外回来。他坐在床边，注视着那束笼罩在昏黄光晕下的假花，两只手还像是受冷了一样互搓着。女生倒没有不自在，她知道自己今晚的归宿就在这里，像是回到了自己的家里。她把外套和那条巴宝莉围巾挂在衣服架上，然后从包里取出一个精美的盒子。盒子里装的是女士香烟，她取出两支来抿在唇边，划火柴的声音打破了宁静，男生不再注视假花，他面露惊讶地接过女生递来的一支燃着的香烟。女生在男生惊讶的眼神里看出了他的传统，还看到了一丝欣喜。是的，有一丝欣喜，他一直渴望会有一个异性朋友，是那种异于传统女人的女人，会抽烟能喝酒，也许是他骨子里对于那个陌生领域的好奇吧。他们聊着关于香烟的话题。抽完了一支，男生又抽出了两支他喜欢抽的通体是黑色的香烟。

处在密闭空间的两个人像是在博弈，谁都不敢轻举妄动，生怕对方使出什么足以结束这场竞技的绝招。僵持，只有僵持，话题统统绕开男女之事。女生梳洗卸妆等一应事宜都做罢了，靠在床头上一边聊天一边玩弄她手里那个精美的烟盒。他想去关掉卫生间的灯，房间里就只有那盏灯和射到假花上的射灯开着，却足够光亮。如果幽暗一些的话，他想，他一定会脱掉外套，然后也靠在床头上和她攀谈，那样一切就顺理成章了。他的额头渗出了汗水，房间太热了，他还全副武装地立在床头。正在他热得有些难耐的时候，一只手从他的背后伸了过来，没有别的企图，是要帮他脱掉外套的。外套脱掉了，他还是有些热，但是人又像是得到了某种鼓舞，他脱鞋上了床，和自己先前想象的一样，靠在床头上。内心里的另外一个自己此刻又跳出来了，理直气壮的，一个劲地怂恿他调转方向，做自己想做的事情。那个矜持的自己变得渺小了，渐行渐远。他一骨碌翻起身压了过去……

她慌乱了。她要求关掉卫生间的灯，只留一盏打在假花上的射灯。

两支黑体香烟亮起的两点星火在沉寂下来的一团暗黑里一明一暗，或同明同暗……

二

眼前柔美皎洁尚未浑全的圆月，虔诚地装点着无垠大漠中那一弯可怜的却也著名的月牙泉。白马寺的暮鼓声、诵经声洪钟般穿透数十公里的夜幕，仿佛月光下月牙泉水面上那碎银般的粼粼涟漪就是它们泛起的。

"吕光不是命人捞走了泉中的夜明珠吗？为什么还能同即将成为的满月如此交相辉映呢？"他在心底里自问。"白马寺，如今那匹白马一定是融进了白马塔下的沙砾中了；进入大散关后，在那遥远的终南山上，白马曾驮过的高僧鸠摩罗什也同样变成尘埃了吧，除了那朵舌吐莲花。一定是！所有的一切都会在时光的两指间变成轻飘飘的细土。"

他顺着高僧的轨迹，穿越了塔克拉玛干后到达了一个有驻留意义的地方。在他身后停着一排豪华越野车，此刻都对着那汪泉水亮起灯，算是一种信徒外人士自发的膜拜吧。他的影子被车灯拖上了沙丘……他陷入了沉思。

在大漠幽深的夜空里，车灯像火把。那是吕光将军的三万士卒在穿越塔克拉玛干遭遇食人蚁后幸存下来的；那是心里想着佛祖，嘴里念着《心经》，才得以苟活下来的部分。此刻，他们正举着火把，以同样的方式致敬着这一汪又使他们得以苟活的水源。那匹驮着鸠摩罗什的白马，幻影般就倒毙在他的面前,他细细端详着:同书里写的一样,"那匹马瘦骨棱棱"。他又端详了一阵,白马的肚皮鼓鼓的,和书里说的不尽相同,那里面是它临死前足饮的月牙泉水。

面对书本中令他心潮澎湃的实物出现时,他那棱角分明的脸上却也没有反映出一丁点沉在内心深处的敬畏。显然他已不再是多年前游弋在火车站,拿捏不住多重性格的小伙子了,在他身上已然经历过了许多事情。

他挎着相机久久伫立在沙丘顶。

他对这段故事太过痴迷,在他宽大的老板桌上放着几本关于鸠摩罗什弘扬大乘佛法的书籍,书的缝隙里被记得密密麻麻,每一次翻阅都有新的、不一样的心得,都被他直接记在了上面。把这些故事第一个讲给他的人就是那个在火车站相识的,叫作曼曼的女生。

往事又上心头,他将目光锁定在碎银般的粼粼涟漪里。

曼曼的一颦一笑划过,他棱角分明略显几分冷峻的脸上竟显现出了与年纪不符的青涩来。他记不清这是第几次来到月牙泉边,只感觉到那思绪中的一颦一笑距离自己近在咫尺。

"乖。鸠摩炎撩起了躺在草地上姑娘的裙裾,害羞的姑娘又往上拽了一把,好遮住自己亢奋中通红的脸庞……"

故事倒没有使他面红耳赤,只是女孩每每叫自己"乖",这令他这个陕北汉子有些难为情,一阵眩目,一阵面红。

"鸠摩炎不当圣人了?终究还是在女人的裙裾下沦陷了。"他似有几分得意地说。这言语听起来大有一种自命题得证后的鼓舞。

"乖,书上说鸠摩炎事后这么说:'我现在明白了,我不是一个圣人，我所能做到的是永远匍匐在大地上，与动物为伍。我是一个凡夫俗子，我的双脚将永远地被捆绑在大地上了！'当然那次后就有了伟大的鸠摩罗什，然后……"

不等伏在耳旁的女生讲完，他便侧转身子打断了故事，露出诡异的笑："我也不是一个圣人，我是一个凡夫俗子。"

又想起这些来，他笑了，在月牙泉反射出的光影中不难看出，那笑里有种瑟瑟的苦。他点上一支烟又陷入回忆里……

晨曦驱赶走了黑暗，遮阳帘的开合处有些刺眼。他先醒了。在缝隙而来的光亮里，地毯上凌乱的衣物依稀可见。身旁女生那张精致俊美的面孔隐约间有些陌生，却无比亲切。他就那样静静地盯着她看。不一会儿，女生长长的睫毛动了，睁开眼，乌黑的眼珠顾盼了一圈，最后安详地落在男生的眸子里。她扭动细长柔软的腰身，将披肩长发铺在男生的臂弯。

她懒懒地说："你知道让鸠摩炎成为凡夫俗子的姑娘是谁吗？"

"我怎么知道，我又不是学导游的。"

"你猜。乖。"

"牧羊女？你不是说她是在羊群围绕的草地上躺下去的。"

她看上去很无奈："你们理科生的逻辑太缜密了，没有一点浪漫主义色彩。串联起之前的故事，她会不会是龟兹国的公主什么的……"

他顿悟了，说道："对，对，我想是，但又觉得不会那么凑巧吧？还是有疑问。"男生不解，继续追问："一个尊贵无比，一个衣衫褴褛，公主怎么会看上手持长棍和讨饭钵的鸠摩炎呢？是什么让他们省去了那么多有必要的了解而直奔主题呢？"

女生诧异地反问道："那又是什么让我们省去那么多而直奔主题呢？"

是什么？男生回答不出，又变得木讷寡言起来。前一天火车站购票时的那种唯诺心理又重返高地。

陈设简单的快捷酒店房间内又一次沉寂了下来。

现在他站在月牙泉边，望着似碎银般粼粼的涟漪，似乎明白了。他想即刻就回答出那个想了多年的问题，可说给谁去听呢。那个答案，在此地，在一千多年前鸠摩炎和罗什的儿子鸠摩罗什前往长安弘扬大乘佛法的途经地，在历史冥冥的选择下，所有肤浅的回答都是苍白的。

六月柔和的清风拂过指尖，他仿佛触碰到了那轮即将浑全的月亮。幽静的夜，这样柔美而且寓意兴旺的圆月亮悬在半空。

他得意地为一道而来的同伴讲述着这轮月亮美好的寓意。他把满月视为不详，是的，月满则亏，剩下来的只能是滑坡；而眼前这轮月亮，还未攀升到极致，正处于蒸蒸日上的攀爬期……围在他周身的都是生意人，听见寓意这样好的一段陈述后无不笑逐颜开。

他们收起相机，跨上停在身后不远处的越野车，驶离了景区。汽车灯光在起起伏伏的沙路上晃荡，茫茫大漠宛若一盘巨大的黑簸箕，在盈虚有数今又即将圆满的月光下拨筛，呈现出孤独和傲慢。

他坐在副驾驶的位置上，翻看着相机里拍下的才隐去不久的如车轮般的夕阳，西天的红霞密布在四周，再怎么美艳也挽留不住它，它注定将在塔克拉玛干的尽头哀伤地退去，不，更遥远，它将在鸠摩炎来时的帕米尔高原陨落。

公路归于沉寂，敦煌的城郊小镇归于沉寂。民房低矮的屋檐上挂着彩旗，在柔美的月光下招展，为这一方梦幻的土地添了些神秘色彩。

他的门被轻轻敲响。

司机将皮箱提进了他的房间，看到他若有所思的样子后轻轻关上房门退了出去。他在想是厚重的历史独具魅力，一次次将他引向这里呢？还是另有其他。可是现在，他明明来了，为什么依然觉得那个要去"朝圣"的地方还很遥远，没边没沿。他拉开皮箱，眼前齐整的衣物又使他呆滞……

他们居然在那间普普通通的标准间待了一周，原本待个两三天就要返乡的。学生们陆续离开了，街道更清冷了，连偶尔闪现的一两对情侣也依依惜别了吧，实在不能再待下去了，过不了一两天，街道的饭馆、宾馆都会关门的。他把大皮箱从宿舍拉到那家快捷酒店的房间里，他们准备一起动身到火车站，然后一西一东就此作别。

那是一只箱盖被高高顶起的皮箱，他却还在往那凌乱的箱子里塞东西，所有的空隙都被填得满满当当，连拉个拉链都要跪上去压住箱盖。女生实在看不下去了，她缓缓拉开皮箱拉链，把所有绞在一起的衣服扔到床上，打算折叠好后再替他装箱。当她一件件折叠时，才愕然发现那些衣服已经被压得皱皱巴巴了，不堪入目。于是她提议再逗留一天，她要把所有衣服洗净、晾干后再折叠装箱。他欣然同意。

窗外飘起了大朵大朵的雪花，不一会儿就覆盖了街道、树枝和稀稀拉拉行人的双肩。房间内挂满了刚刚手洗过的衣服，燥热中多了湿气，无比安逸。她穿着男生的一件白衬衣，还在卫生间为他手洗剩下不多的几件衣服。他倚在窗台上看着漫天飞舞的雪花，胳膊肘下压着一本厚厚的扉页上写着鸠摩罗什字样的书，显然他并未真正开启它。

一件件晾干的衣服散发着诱人的香味，平铺在床上。她教他怎么叠衬衣，怎么圈裤子……

从那后他的皮箱总是齐整的，就如此刻拉链拉开时的齐整。

他突然翻身坐起，随即决定明日再去一趟月牙泉。

白天，月牙泉四周满是熙熙攘攘的游客，有的手摇转经筒嘴里喃喃念着六字真言，有的左右顾盼只为领略美景。他不是什么虔诚的藏传佛教信徒，属于后者，当然他的顾盼并不全是为了领略一番美景。各色的方言汇聚在一起，如诵经一般难解，有个别嘶喊起来，突兀得有些聒噪。唯独导游的解说通过胸前的麦克风在纤细腰身处的音响里被扩得真真切切，口口相传的故事仍旧是那几段。

茫茫的大漠上金色的沙浪卷梳着直至天际，人头攒动的景点里满是希冀，却也令他怅然。他从东头窜到西头，扫视着这些操着各色口音的游客，神色愈来愈迷茫；又从北边过到南边，同样操着各色方言的游客从他看似不经意的双眸掠过。和多年前行走在古旧的东七路、广阔的火车站广场和幽深的走廊一样，那张充斥在觊觎者眼中的美貌再未光顾。他多么想让那只曾挽起他臂弯的纤细手指能够再一次在他绝望时勾住他，牵引他。如果说人海中的相遇是缘分，那么消失在人海中的遭遇就不该是注定。

然而，天底下的事情就是那么灵验，月台上一东一西的两个身影早就预示出了别离，早就注定好了这是一段相识于人海，必将相忘于人海的遇见。

他突然明白了，罗什在那个小山丘上，在那群牲灵的围绕中，盯着帕米尔高原的方向，是怎样一种心情；又突然明白了，鸠摩炎放弃承袭宰相而在加冕的日子离开天竺国，离开那烂陀寺，做一个潦倒的行者，是怎样一种心境。而那结局好似早就设置好了。

是啊！不定在人海茫茫的某一回眸里，就有最好的安排。

羊倌

一

　　酒气膨了一窑。天快亮了，一轮新月架在婆娑树影的空隙处，像一柄握在庄稼汉手中的镰刀，把黑色的夜空一拃一拃地刮得麻麻亮。柔弱的月光透过糊着麻纸的窗棂，依稀照见在黑魆魆的土窑洞里浸泡在酒气里老汉的双唇，在那张因长期酗酒而满是忧郁的脸上吧唧。眸子里有了光亮，他的眼睛活泛了起来，弓形的窑顶不再旋转，老汉四平八稳地注视着身侧窗台上的空酒瓶……他听见自家的羊出圈了，咩咩地叫唤着经过硷畔。"该我老汉享福了，满能适闲了。"老羊倌跟跟跄跄进了后脚地，舀起一瓢水在喉间咕咕作响："穷快乐，富忧愁，讨吃子不唱怕干毬。"哼了两句便瘫倒在了石板炕上。

　　山的轮廓像臂弯，托起晨曦从山顶摩挲至山腰，一寸一寸的；沟壑耐不住性子了，它也想被摩挲、被沧浃；骚动的风在沟道窜行，候着晨曦一寸寸地到来。

　　喜民的羊群散布在沟底，被摩挲而来的光照得熠熠生辉，宛若一弯银河。此起彼伏的咩咩声引得阵阵鸡鸣犬吠，多么熟悉而又可爱的生灵的叫声。喜民别上镰刀，扔掉拦羊铲，手半握着呈喇叭状捧在嘴前,一根青筋在脖颈处暴起,他向着对面的崖洼洼高唱——

拦羊的哥哥

我把羊打转

我给你吃上一口羊奶饭

交朋友你就要交我这号的哥

把索牛牛

那个蒿挂挂都摘哈

哪里能寻哈我这么个拦羊娃娃干哥哥

……

"死声拉转,不知道唱个什么毬大小。光景都快过烂包了,还咿咿呀呀,丢人现眼!"武支书愤愤地往地上啐了口痰,一只手从窗台上摸索下一杆烟枪来。烟枪一尺余长,铜烟嘴与木瓜杆衔接处套着一枚镶嵌五个宝石的外加一组三个宝石抱团组成的八宝疙瘩饰品,像戒指。他用那头满是烟垢的烟锅子从旱烟口袋里掏出烟丝,火柴的烈焰合着他呲呲的吮吸,一股子仙气缭绕开来。武支书趴着抽完一锅子烟,而后静静地平躺着,隆起的大肚子压得他脊背发麻,却又不愿侧卧,那两只浮在枕头上的耳朵时刻等待着隔壁窑门的开启……

在隔壁的石窑里,武惠玲也哼着一支山歌回应着。当然,声轻得只有她自己听得见。一双毛眼眼在前炕的窗棂下眨巴,鼻尖渗出的汗珠在她俊俏面部的制高点闪耀,照亮了她扬起的和那弯业已消失的新月很像的嘴角。碎花被子,墙壁上糊着的报纸,逐渐清晰。她伸了伸懒腰,两条露在被子外的长腿又直又丰腴,与绷直的脚面成一线,腾空翘起,大腿面和小腿肚显现出一条条既健硕又柔美的肌腹。脚趾触碰到了炕脚沉睡的花猫，呼呼的鼾声停止了，只留下对面崞盖那更加清亮的歌声。

呼啦的门闩滑动声和吱扭的木门活页声传来，武支书一骨碌坐了起来，挪到窗边，顺着玻璃窗口往外看。

"做啥去？"

当看到女儿挺拔的、高晃晃的身姿时，已经到嘴边告诫、恐吓的话语竟不由遏制住了，不得不变成另外一种含蓄语调。他又一次从自己对待女儿的态度上觉察到女儿已经长大，自己已经垂老。

"我出去割草，你圈里的小尾寒羊不要喂了？真是好带头人！"武惠玲知道父亲有阻止自己出门的意思，便不耐烦地反问道。

"碎女子懂个屁！獠牙顶嘴，没大没小！"武支书毕竟是武支书，容不得任何人冷嘲热讽。他知道女儿埋怨他，好好的山羊杀光卖尽，带头响应县上提倡的舍饲养小尾寒羊，山东调来的这群"爷"只会等着人喂，跑个山都能摔断腿。他还知道这样一来，女儿就不能天天和她的喜民哥哥钻在山梁盖上放羊了，女儿能不埋怨他？"你做饭去！羊不要你操心。我一个大男人趴锅燎灶给你做这么些年饭了，又是大又是妈，我够够了！"

武惠玲装作没听见，直闯闯往外走去。武支书嘴里嘟囔着快速溜下炕，倒趿着布鞋后跟就往外追。八宝烟锅始终捏在手中。

武惠玲挽着筐子，提着镰刀，几步并一步。武支书眼看女儿就要下硷畔了，就直接跑脱了，不料一只倒趿着的布鞋却飞了出去，那只飞出去老远的鞋也没能追得住女儿，更别说一颠一颠的武支书了。硷畔上只留下个披着外衣悻悻地瞅着女儿倒腾着碎步朝坡洼急速而下的圆肥身影。武惠玲哼着愈加嘹亮的山歌，像一只刚刚学会扑棱翅膀的小鸟，以为自己就要飞向天空，根本没有感觉到来自身后握着八宝烟枪父亲的威慑，那杆象征着"村有千口，主事一人"的八宝烟枪，此刻分明已不再是权杖。武支书又将一口痰啐向了对面星星点点羊群遍布的山峁，"不信？受死你娃娃！老子活一天就挡一天，不能眼明明看你掉进火坑。拦羊娃娃，酒鬼大……一眼望尽哟！"

武支书浑身开眼眼，这么大的地面上还没有他拦不下的事情，更别说是自己的"一亩三分地"。他转身拾了一捆穰柴，又去扒锅燎灶了。

几棵老槐树的叶片泛着粼粼波光，树荫下躺着年轻的拦羊娃娃喜民，悠然望着几朵翻滚的白云，蓝天映在他清澈的眸子里。他口里嚼一支狗尾巴草，藏匿在草丛里和小草一样高低，和小草一样在大树底下仰望，狗尾巴草的绒毛在柔美的斜阳下分外清晰。

常听老一辈人说，他们这里出过一个富甲一方的人，号称有成千上万只羊，是远近闻名的羊倌，口口相传下来，他的真名早就没有人记得了，只知道他的外号——齐万羊。他躺在草丛里想，齐万羊最早肯定也只有数得清的一群山羊，黑的黑，白的白，和自己一样从沟底赶到山峁，从山峁赶到沟底。看着自己大大小小、黑黑白白的羊，勾着头吃草，他确信在马上到来的新世纪里他也会变成名震一方的"左万羊"。他才不会响应什么舍饲养羊的号召，山羊生来就是要跑山的，只有山羊的四个蹄子能在陡坡上立足,一蹦子可以从渠壕上跃过去,一嘎子可以从圪塄畔跳上去,它们的咩咩声是要沟沟峁峁的崖洼洼来回应,它们的羊粪蛋蛋是要用来滋养广袤的黄土地的。它们是最有灵性的牲灵,逝者在即将埋出山的前夜都会附在它们身上,那个时候它们哪里是一只羊,分明是长着羊角的人,痴痴地恋恋地望着跪满一圈的亲人,它们浑身颤抖地向亲人作别,了却尘世的一切挂牵安然上山。他将来也会附在山羊身上,环顾亲人后浑身打颤,在哭嚎声中了却尘世挂牵。现在让他去禁锢这样有着灵性的牲灵,他不能理解,更不愿去理解。

镰刀就放在武惠玲臂弯挎着的大筐子里,她并不在意路边半人高足以装满整整一筐的苜蓿草,两条大长腿只顾抖着宽裤腿向山峁进发,任凭它们朝后倒去。

喜民睡着了,对蹑手蹑脚走来的武惠玲毫无察觉。他梦见自己仰望着骑在毛驴背上掀起红盖头的武惠玲,阳光从她身后射来,晃得他睁不开眼,黄毛丫头满脸的汗毛就像他嘴里叼着的狗尾巴草,分外清晰。他眯着眼端详,新娘子那尊少女妖娆的轮廓在毛驴背上发着光,患得患失,为什么没有吹鼓手奏响迎娶的喜乐,为什么没有迎送的人群,为什么只有毛驴驮着惠玲从朝霞中走来……继续梦吧,朝下梦吧,迷瞪的双眼反正无法完全睁开。终于,眼前的那团红色被阴住了,漆黑一片,毛驴背上掀起红盖头的心上人消失了。他醒了,定了定神,和梦里一样——他的心上人真的来了,阳光从眼前少女的身后射来,依然晃得人睁不开眼,患得患失……

"幸亏我腿长跑得快,我大又不让我出门了,要不是他踢飞一只鞋,真就敢把我逮回去。"她望着立起身来的喜民说。

洁白的牙齿消失在她俊美的面颊上，下颌跳动着。见到他，她先是愉悦的，过后，来自家庭的阻挠不免又令她沮丧。若是能被祝福该多好，到了谈婚论嫁的年纪，一切水到渠成，眼前这个俊朗的小伙子怎么就得不到父亲的认可，为此她哭闹过，甚至想背上行囊一走了之，可怎么能走得了呀！母亲离开得早，父亲一个人拉扯她和大哥、二哥长大，如今两个哥哥都在门外，她怎么能说撇下父亲就撇下呢。她靠着那棵槐树抽泣起来。

"都怪我没啥本事，我爷、我大、我，我们几辈子人都是拦羊放驴的。或许不要我这棵歪脖子树，你能有一片大森林……"

喜民的嘴角在抽搐，他背过身，阳光洒在侧脸上，棱角分明。他俯下身把一捆捆割好的苜蓿草装进武惠玲提来的筐子里。

"我不要大森林！"

他们沉默了。

山洼的草皮几乎尽数装进了羊肚子里，羊群在它们黑色的瞳孔里啃食着黄土地。两个年轻人中间隔着一筐草，武惠玲坐在喜民刚梦见娶自己的那坨草地上，周边围着她的狗尾巴草横七竖八地倒斜着，有几株顽强的，此刻正在奋力直起腰身来。

"卖掉羊，咱们出到门外闯一回！"武惠玲打破沉寂站起身，修长的身姿拉出一道长长的影子，遮蔽住了抬眼望向自己的喜民。她渴望地焦急地等待着。

"到门外谋什么营生？各有各的天地，不属于咱的地方还是得灰头土脸再回来。你看我大，出了一回门，庄里人笑话了半辈辈……婆姨也跑了，一天就挠个酒瓶瓶当我妈哩。"说最后这句话时他把目光移向了武惠玲家的方向。

"少提出门！那个世界不是我的。"

"羊脖子捌转抵人呀！"武惠玲丢下一句话，提起筐子就要走。

喜民扯住筐系子的另一端，阳光照在他脸上，怨恨顿时消散，变为满目的哀求。

两人又分坐在了筐子两边……

二

阳光从窗台移到当炕，八宝烟枪在武支书的手里将一束光反射进了后窑掌。他没有做饭，一捆穰柴放在当脚地，自从女儿出去后他就这么坐在炕上没动过。两个儿子的婚事都顺了他的心意，按理说"嫁出去的女子，泼出去的水"，他本不该太过干涉，光景各过各的，各是各的，不求大富大贵能过就行。当女儿真的到了谈婚论嫁时，他操碎了心。不偏不正，女儿看上的竟是村里为数不多的，仍以拦羊为生的"拦羊娃娃"家庭。这几年封山禁牧，他和这些偷牧人斗得筋疲力尽。难！处罚重了，抬头不见低头见，都是一个庄里的，别人会嚼自己老先人的筋骨；处罚轻了，他上面又有人监督，下面还有被羊群啃噬的林地主家举报。几头子把他夹住，难！他还没当支书那阵，哪家不拦一群群山羊，到了他，这农村世代从事的营生叫停了。自己天天口口声声说"响应号召"，提倡舍饲养羊，他就率先种上十来亩苜蓿，买上些不能拦的小尾寒羊。养吧！这两年靠养羊致富的大有人在。可还有不听劝的，一意孤行的……一想起喜民的酒鬼父亲，冥顽不化，恨得他由不得咬牙。咯咯声打破了窑内的沉寂……不再深思的武支书喃喃道："受死你娃娃！一个拦羊娃娃能闹哈啥世事！一眼望尽哟！"

　　武支书将满是烟垢的烟锅子伸进旱烟袋子里，掏挖了几下又陷入深思……叫你娃娃唱得欢，一阵下队干部来了就到对面峁盖逮你的羊，罚你的款，与我有什么相干，是你不听劝，不服管……不行！愣女子还没回来，这要是让撞见……不行！烟锅子还在烟袋子里，不时习惯性地掏挖几下，"一筐子草早该割够了啊！"他猛然跳下炕，自言自语说。烟袋子也跟着掉在了地上，只是口封得紧没有洒出烟丝来。八宝烟枪还牢牢握在他手中，烟锅子里装满烟丝，划着的火柴使得他额头的皱纹更显深邃。就在那一瞬间他担心上了，他有办法叫世人当着他的面说什么不说什么，而他没有办法叫世人在他背后说什么不说什么。名誉对女娃娃而言太重要了……

　　武惠玲临近晌午才回来，比平时晚了很多，几只小尾寒羊已经喂过了，显然对她倒进食槽里的苜蓿草没有多大兴趣，但也还是慢慢滑动下颚咀嚼着。他看见父亲怒不可遏的眼睛紧盯着自己，于是一刻也不敢歇缓，顶着太阳从深井里绞出一桶桶水来，用担子担着灌满了后脚地的水缸……她不愿听父亲唠叨，跑出去又绞起一担水稳稳地担在肩上，两条端直的长腿向后院羊圈开拔。伴着狗吠有人从坡底上来了……

　　喜民拿起拦羊铲，不断铲起土疙瘩向远处的山羊甩去，不一会儿它们就聚拢在了一起。他抖落身上的杂草尘土跟在羊群后朝家的方向走去。

木栅栏围起的羊圈空空荡荡，一眼敞口子土窑被围在里面，满目狼藉。老羊倌酒醒了，眼里布满血丝，刺眼的阳光使得他肿胀的眼皮耷拉着，窑洞里一只小羊侬偎在母羊身旁出现在他眯成一条缝的眼睛里……早年，他们一家三口就住在这孔窑洞里，儿子侬偎在母亲身旁。生活虽然苦焦，但是并不难熬。

他抓住木栅栏，痴痴地等待即将归圈的羊群。"人还不如动物，动物觅食后还知道回圈，人呢！离开拐沟在外面繁华的世界跑上一回就变得绝情无义了。"老羊倌想到过去的自己。那时他浑身干劲，生活有奔头，十里八里的人谁不夸他苦好命好，娶了个俊婆姨。现在他仍记得氤氲在那眼窑洞中的饭香，记得土炕头的温热，记得孩子妈脸上浅浅的酒窝……没本事人不能出门啊！老羊倌最懊悔的就是不知天高地厚地出去闯荡，放下安稳的日子不过。农村人守住一亩三分地，拦上一群山羊，在山旮旯里过一辈子安稳日子，多好。苦焦怕什么，和祖宗比起来好不享福了。他决定不了过去，只能把控住未来——在他手里，只会拦羊的儿子绝对不能出门。农村人哪能经得住门外世界，体验了广阔再想回归到狭窄中来，一般人做不到。包括他那俊美的妻子。

白色、黑色的山羊簇拥着，紧随健壮的头羊蹦进了羊圈。

老羊倌打开两瓶啤酒，递给儿子一瓶，儿子对着瓶口喝，自己则用瓷缸子倒着喝。啤酒的白沫粘在他杂乱无章的胡茬子上，与整日阴在窑里而泛白的皮肤融在一起，片刻后又化成水珠渗入胡须当中。

武支书站在自家硷畔上瞭见对面羊群下了山。一上午的焦躁不安折磨着他，他不得不考虑女儿的出路。精明强干的武支书在见到下队干部后其实心里已经有了底，他坚信自己能够摆布所有的事情，只是想要拿自己的想法凌驾女儿的情感，着实得一番苦功。

他在硷畔接上干部小白，拍打着小白背后的灰尘，拴在硷畔的黑土狗扯着链子就往人身上扑，龇牙咧嘴，好像知道自己的主人就是村支部书记，武支书用手里的八宝烟枪怒指着训斥，干部小白知道农村的狗向来虚张声势的多，说了句"好狗"，就朝狗旁走去。他立在狗跟前，摸了一把狗头，果然，狗吠声停止了，紧绷的狗链也松弛了下来。

"小白，有啥活你就安顿！"武支书跟过去，别起旱烟锅，抽出一支纸烟递向正在抚摸狗头的小白。

小白其实并不小，比武支书小不了几岁，之所以叫他"小白"，只是缘于一种习惯。小白是乡政府的老人手，兢兢业业三十年，从踏进乡政府大门那刻起，从当年同事们知道他的姓氏开始，就一直叫"小白"。久而久之，一批一批更迭，单位的老人手不用说，就连新进单位的年轻人也跟着老人手一起这么称呼他，他不仅不生气，反倒觉得拉近了距离，没有什么别扭的，好像那就是自己的名字，喊一声叔叔、前辈、老兄、大哥什么的，反倒刺耳。和他一样踏进乡政府大院的元老"小王""小李""小高"，早就被改口"王书记""李乡长""高主席"了，大多已经连续更换了好几次称谓了。在他看来，大家都是一样的，只是革命角色分工不同罢了。你升个副科级、正科级，你照样守在乡政府的窑洞里，工资也高不到哪里去，大番小事一样拴着你。小白并不热衷这些，他追求一身

羊倌

轻，想歇缓在哪里就哪里，爱喝多醉就多醉，没有哪个会议是非要他参加的，也没有人会通知他参加什么会议，正职副职看在他老人手的份上对他都毕恭毕敬的。工作上他也不含糊，他的工作就是专职下乡，把自己包的村跑熟弄懂，大番小事由他传递给村支书，能起到事半功倍的效果就对了。提不提拔他，他都挺满足的，在他的认知里，自己已经是走出农村的公家干部，已经算是挺着腰板回老家的"人物"，再高的追求压根就没有植进他的目标。别看他上山下乡跑得欢，回到家里却"十指不挨地"，双手背搭在身后，踱步在庄前屋后，什么时候饭熟了自有老婆、孩子来叫他。对于务实的农村妇女来说，给这样一个端着公家饭碗的男人端茶递水，她任劳任怨，谨慎行事。

小白挽起他那白白的衬衣袖口："验林，勾图，捎带禁牧。"

"禁牧……"武支书想说老大难左家的羊，又打住了。他突然意识到不能再与那家人有任何瓜葛了，好的、坏的，一丁点都别有，彻彻底底撇清关系，恩怨情仇统统无关。"太阳红杠杠的，回窑豁。"

小白拍打着圆圆的肚皮跟着武支书进了窑。他能在这个点选择下乡开展工作，顶着个红太阳，显然是要来留宿一晚整两口小酒的，第二天清早才是禁牧逮羊的时间，上午顺带勾图验林。武支书前前后后，从村民小组长干起到支书也有十来年了，和小白又熟络，对任何事情的把控都不错分毫。他打开柜盖从里面提溜出一瓶"高 45"。在农家，谁给你拿出这纸盒子上画有凤凰腾起的 45 度西凤长脖子酒，算是最高的礼遇了。

"太早了！晚上咥？好入睡！？"小白只是这么一说，嘴软软的，行动举止并没有要阻止武支书拧开酒瓶的意思。

打开的酒瓶被搁在当炕上，摇晃出些酒花来，漂浮在瓶口处的酒面上，而后又一粒粒地缓缓消散……不一会，拌黄瓜、腌辣子、白糖西红柿三个简易下酒菜就围住了高高的酒瓶子。瓷酒盅在他们嘴边发出嘶嘶声，炕头上的两个人不停咂腮帮子，每喝罢一盅酒就呷一口酒盅边的浓茶水……

武惠玲服侍父亲和小白喝开后就闭了一扇扇门离开了。日头有些毒辣，晒得人没地方钻，武惠玲抖着两条大长腿在塘土路上更无处藏身，来自头顶地下的火热烘烤着她。她要去告密，一刻都不敢怠慢，一定要把乡上禁牧干部小白来了的消息透露给喜民哥。防止白叔趁着酒劲正浓来了兴致，他不同常人，醉了也能翻山越岭，醉了更法不容情，谁不服从不缴罚款，他量力也大，一手拽一个羊角非拉走你两只大仡抵不成。

武惠玲来了，喜民父亲坐在炕掌只是失重似的抬了抬眼皮，点了点头，眼皮不像早上刚醒来时那么红肿了，包裹在里面的神情却是迷离的恍惚的。他仍自顾自喝着，一瓷缸子喝完又一瓷缸子不停，炕墙上摆下了好几个空啤酒瓶子。

同样是喝酒，一醉同样终归——方休，有的人喝得豪情万丈，有的人喝得缩手缩脚，醉翁之意有的只在酒，有的却远在山水之间，有的为消去万古愁，有的为铺平坎坷路，形形色色，千人千面吧！

喜民父亲很少吃饭，除了睡觉，除了检阅他那一圈山羊，大多数时候他都挠着酒瓶瓶。

武支书不一样，何等精明，一个庄子大大小小的人和事，

羊倌

哪一个离得开他，看着腿盘坐在炕头上，实则在帷幄中运筹。运筹各家各户，运筹自家一亩三分地。

"老弟，孩子大学毕业了吧？"

酒过三巡，两个人都觉得话匣子打开了，他一言你一语，武支书的这瓶子"高45"不是白拿的，醉翁之意也远在山水间。精明的武支书把话题直往孩子身上引。他知道小白的孩子优秀，正儿八经的医科大学，毕业了就业不愁，就业了婚姻不愁。人就怕比较，他的孩子都那么优秀了，自然不会生出多余的心来嫉妒别人，那么不如他的，他必定全力拉补。

笑颜立马显现在了小白脸上。这是他的骄傲，他骨子里觉着，下一代的走出去是因为他的熏陶，潜移默化，是站在他这个巨人的肩膀上走出去的，是理念的传承，是榜样的力量。他得意，眯着眼吸了一口纸烟，在缭绕的烟雾里得意地说："说起孩子，唉！"武支书没想到他要表现这份得意会从一声失意的"唉"说起。"小学在老家上，我隔三岔五见的一半回，一转眼就奔初中去了，虽说在咱们乡上上，住校呢，我还是不常见。见我老是生疏。后来，在上不上初中转问题上和我闹了好久，说啥不上，铁饭碗也不要。能气死。来，喝。"两人举杯一饮而尽，小白呷了口茶继续，"还算有道行娃娃，高中一直第一，这下人把愿望达成了。光宗耀祖了，山沟沟真的还飞出去了只金凤凰。也好，也不好，将来不可能回到咱市里、县里，至少到省城。女孩子不在咱自个跟前，你也别图享什么福。"小白说起自己的女儿忽地想起武支书的女儿来，"惠玲哪儿去了？今年多大了？"

"不小了，不小了。二十一了。"武支书独饮了一杯。晌午都过了他还一口饭没吃,当这杯火辣的酒水咽进去,滚烫的泪水竟被呛了出来,令他始料未及,此时只能强压着,故意低咳了好一阵,好放大酒呛的效果,泪就显得自然了。他没有回答小白关于"女儿去向"的问题,他知道女儿不理解自己,正在和自己斗气,家里来客也不过来接迎一下,更不要说弄几个像样的下酒菜了。说不成了。武支书揩了揩眼角,继续说道:"农村人家,不敢对标你女子啊,咱这孩子,从小苦好,干啥像啥,啥都干得有模有样……"他想说做得一手好茶饭,望望炕上几个简陋的下酒菜就又收住了。

"能寻人家了啊!"小白立起身子,非常关注地说。

"没有合适的啊?让我想想……政府有的是干部……"

"别,别……咱农村娃娃,不敢攀太高的枝,嫁个光景日月能过得去的就行。"武支书打断了小白。这是他的心里话,他不想女儿嫁过去以后直不起身。全乡的村干部没有不认得小白的,也没有不知道小白"十指不挨地"的,他可不愿意只顾着给女儿寻个"铁饭碗"好让她成个"真保姆"。显然又不能说明,你不能拿坐在炕头的当事人开涮吧。

"哦!农村……门当户对的,倒还真有个村支书儿子还单着,二十五六,合适,县政府大灶干大厨着呢,好收入哩。个子高高的,人也厚道……"小白一直夸着、说着。

武支书脸上浮现出难以按捺的得意来,"要的就是这个结果,中意的对象也正是这个人。"自己憋在心里的话语闭口不说,三言两语就能从别人口中引出来。得意的不光是事情本身,更得意的是为自己的话能从别人口中分毫不差被引出。

"那男娃娃精干,我从小就认得,你忘记了?我还包过他

羊倌

们村，他老子那时候已经成支书了，你才是个小队长来。能成，能成！包在弟弟身上了。"小白举起酒杯自告奋勇为武支书牵线搭桥，两人一饮而尽。"最近我就去一趟，这个媒人当定了。"

武支书后槽牙咀嚼着腌辣子，不紧不慢说："你点的鸳鸯错不了。你了解我们双方的各方面。你点的姻缘错不了！"这里面存在一层重要的意义，对于农村能行人而言尤为重要。他把功劳归于小白的同时一再强调是小白点的，这样就没有了非要上赶的意思，要是自己作为女方首先提出来就显得不那么"值钱"了，只有把自己心仪的人选交由别人来成全才妥帖。这就是那层重要的意义与农村能行人的办事方式。

"把娃娃都成就完了，就该你老兄了。"小白看了看被逗乐的武支书，"你的事也包在我身上，小寡妇我也认得几个了，没麻达。两年光棍如骗驴啊！可不敢当小事。"

阵阵笑声传入隔壁窑内刚刚通风报信回来的武惠玲耳里。

三

武惠玲妥协了，她能有什么办法呢，事情像山洪暴发，小白就是那趟子猝不及防的瓢泼大雨，挣扎也无济于事。她当然反抗过，换来的是父亲的屈膝祷告；她当然威胁过，换来的又是父亲的以命要挟。她不傻，她知道父亲不会害自己，天底下难违的就是父命。天底下谁又愿意做个逆子。

她恨的最多的是她那拦羊娃娃干哥哥，这些天他的羊出圈得更早了，而且不再围着她家的山头，山峁盖上再也没有响起过那首拦羊娃娃唱响的《拦羊的哥哥》。"你为什么不上门来，只要你坚持要娶我，我一定不会妥协的。我一定会跟你走，我不怕苦，我有的是量力，我们一起一定会把光景过出来，你为什么不坚持。你是个怂包，你要看得上自己啊！你是个薄情寡义的人，你藏起来，躲起来，看着我骑上毛驴子到人家庄舍去。你到底还是不是你，唱过的就都抛给了崖洼洼了吗？"可想这些又有什么用呢。她知道，他的拦羊铲一定奋力地甩向了生活的怨报，却也只能够打转羊群的方向。

她躺在窗棂下，猫在脚底呼呼大睡。

喜民横躺在狗尾巴草丛中，健硕的体魄在武惠玲的脑海里挥之不去——他一动不动，和死了的心一起沉寂在草丛中，羊群散布在业已光秃的山坡。泪水顺着武惠玲深深的眼角流向鬓发，或渗进密发里，或滑过绸缎般的秀发消失在枕头上，形成大大的一坨泪痕。那两条有力的大长腿摊放在炕上，条状的肌肉线条不见了，消瘦得仿佛不能够再支起她丰腴的上半身。

和武惠玲想的一样，他的确躺在草丛里，把自己和那颗已死的心埋葬在草里，盖上蓝天白云，像是就这样准备静静地离去。一双毛眼眼总是在他闭目后闪现在跟前，带着身后的阳光亮闪闪的，愈来愈远，他只能无奈地看着她缓缓退去。

唢呐声、镲声、锣鼓声汇成娶亲的欢快乐章，把寂静的沟道撩拨得尘土飞扬，把喜庆的浓厚氛围播撒得阔山二洼，同时揪开了两颗连着的心，又送它们各自上路。在他们的耳朵里，那悠扬在沟道、萦绕在山峁的并不是喜乐，而是送葬一般掩埋他们爱情的哀乐。

老羊倌半醉半醒，坐在一堆庄里不务正业的衣衫褴褛的人群中。酒席还没有摆开，他们就从管事的手中要了两瓶子白酒，摆在空荡荡的桌子上，开喝了。今儿是武支书家的喜事，能行人、不行人，来者不拒，酒自然放开了喝，管着够，多几个醉汉才好，说明事情过好了。他们划拳，碰杯，整个大帐篷被点燃了。十人桌外还围着些好事者，在他们的撺掇下桌上的十人开始卖大宝了，只需要喊一声"单"或者"双"，一大纸杯白酒早就在桌子候着输家了。轮到老羊倌卖宝，只见他不紧不慢地摇着宝缸子，每摇两下开一次宝，纸烟叼在他还念着口诀的嘴里："鸡爪子飞上天，落下来还是单。单！单卖一纸杯！"烟嘴被咬成了扁平却还有烟雾从他面前升腾……三下五除二，六七个空瓶子就倒在了他们脚底下。在红色篷布的映照下，他们个个都面红如关公老爷，声音也更大了："没酒啦！上酒！管事的能管了个毬！""麻利些！我们上礼着，不白喝。""还不上酒！"……

酒席开了，一桌桌佳肴美味向世人诉说着主办方的心情与家底。武支书破费得洋洋得意，平日锁死的眉头今天敞开着，不需要胸前的红花，陌生人也能看得出他就是今天事情的主办方，是最乐意的赞助者。

谁在今天是最悲恸的，无需露面，乡亲们心知肚明。

艳红的新娘装把武惠玲撕裂的心包裹在当中，如"葬身"在狗尾巴草中的喜民一样，美丽的山坡和艳红的新装变成了埋葬他们爱情的坟茔。红色，在她瘫软的身体上，在她苍白面颊的嘴唇上。两条直挺的长腿木然地跟在未来将共同生活的陌生男人身后。之前的无数次，就是这样的画面曾在这颗充斥着幸福的少女的心里浮想联翩，不曾料想她所梦寐要跟随和依附的人变了。全都变了！她的灵魂已被抽离，今天的酒席间她只是以一种游离状态去完成该有的礼节。

老羊倌醉了，天旋地转的熟悉感觉又来了，只是儿子的苦脸愁眉像杵子一样撞击着他，一下，一下，又一下，他试图再醉一些，好赶走脑海里儿子那张哀怨的脸，那张令他无比怜爱的脸。大无能啊，大要是也能够赶上上万只羊，成为远近知名的左万羊的话，事情就不是这样的了。大无能啊！老羊倌知道那种失去的感觉，同样悲催的命运又要在儿子身上上演，他没有办法扭转自己的，更没有办法扭转儿子的，他只有用拦羊铲端起土疙瘩甩向羊群使其调转方向的办法。大无能啊！老婆老婆进城住了没几年就跟人跑了。都怪自己，老一辈人总结过——贵来贱去不能丢了老本行，只有这些听得见叫声，看得见身影的，黑的、白的山羊，才是真的。哪里有前后眼啊！儿子倒是没出去发展，把他硬生生扣留在了庄里，挠起拦羊铲……黑的、白的山羊倒是有了一大群，可如今人却看不起咱啊！红色的帐篷顶和杯盘狼藉的酒席一齐旋转，只有眯着眼才有光亮，这时他看见了四处逢迎的武支书。是他！就是他个鬼子儿！看不起人，拆散了我儿的姻缘。就是儿子无法治愈的内伤的罪魁祸首，饶不了你，也不能放过你！在老羊倌眼睛里的武支书变得面目可憎，八面玲珑也成了装腔作势，背后一定有一双心眼等着使坏。他像一根刺扎在老羊倌的眼睛里。他猛地立起身，踉踉跄跄地在酒席的空隙穿行。他来到武支书身后，定了定神，怔怔地站着，竭尽全力站得稳稳的。许久，武支书似乎感觉到了身后有什么威胁，转过头，看到晕晕乎乎的老羊倌后继续回过头敬酒。老羊倌觉得自己被武支书冷落了，漠视了，浅看了，怒火腾一下子从本就燃起了烈焰的"火炉"蹿出。天旋地转，酒劲也跟着挥发了出来，他感到脚下软绵绵的，快要站不住了，想骂几句恶语，竟然嗫嚅难言，话语都堵在了胸口。老羊倌胡乱叫骂着，能知道是在骂人，但听不来一句完整的骂话。这个时候武支书转过身对着老羊倌："怎么了？没酒了？"然后又对身边人说："快去给把酒上上。军火不能断，粮草不敢停。"一个衣衫褴褛，一个衣冠楚楚，相对而望。武支书看老羊倌不再胡咧咧正要转身应酬，不料一记瘫软但冲劲十足的拳头袭在了他的左脸上。这不经意的一击使得武支书倒退了几步，一只手伸进桌上的菜碟子里才找到了支撑。那张刚才还喜气洋洋的圆脸顷刻间被怒火充斥。这一出变脸大戏也引得了众人围观。武支书甩掉粘在手上的菜和油。有人拉着老羊倌，有人拉着武支书，众人七嘴八舌地打劝，一场"厮杀"就要被化解。

　　武支书白白挨了这么一记重拳，恼火是必然的，在这一方天地里他何曾挨过一句重骂啊，更别说这么一拳。不过，他很快就冷静下来了。今天是什么日子，自己不能够砸自己的摊场吧；再说，闹事者是不被人揉进眼里的酒鬼。众目睽睽他要是攥拳头还击报复，那就是倚强凌弱，此刻只有忍气吞声才能显示出他的度量。

　　能控制情绪的人是能人啊！武支书脸上又重回了喜气："快快叫上两个娃娃把他左叔送回去，喝醉了！"

　　老羊倌确实醉了，那一记拳头把他最后能够站稳的力气也给打掉了，他靠在拉扯他的人身上，嘴里还在嘀咕着什么脏话。算是把怨气挥洒了出去，替儿子，替自己，含含糊糊地出了一口气。就这样吧,幸亏没有还击,否则他哪来的力气再去应对啊!

也许,酒醒了以后他未必会记得自己大闹酒席的"壮举"。

羊养不成了!老羊倌天天醉酒,神志不清,可脑壳不傻。不经历这么一遭也早就成了眼中钉肉中刺,苦命的娃娃怎么能看上人家支书的女子,你大是谁,人大是谁。反过来一想,晕晕乎乎的老羊倌又很得意,得意他的儿,农村人不是常说,跟不上的杏才甜,至少他的儿敢跟,他的儿眼高着哩。来下队的副乡长讲过话,他推翻了老百姓说的,舍饲养羊不能致富,是癞蛤蟆想吃天鹅肉的观点。他说,首先人人都要学癞蛤蟆,至少它想吃天鹅肉。副乡长单独问了老羊倌,在会场上,他说想吃,众人笑了。他知道领导在拿他玩笑——大家看看穷得什么也没有的老羊倌都想吃天鹅肉。领导说了,癞蛤蟆有着革命家精神,怀揣一股劲。说罢后又单独问他有没有一股劲,他响亮地回答了一声"有",会场一阵哄笑,副乡长也笑了。有吗?他也不知道,氛围气氛到那里了,没有也得有。现在,形势状况又到那里了,养也得养,不养也得养。

老小羊倌卖掉了山羊,圈养起了小尾寒羊,几年后又卖掉了小尾寒羊,种了十几亩苹果树,养了一圈湖羊。锈迹斑斑的拦羊铲胡乱丢弃在饲料棚里。

那个曾被啃噬得光秃秃的山峁盖如今已经治成了一条条的梯田,丰富的农家肥将一棵棵种在梯田上的果树滋养得粗壮繁茂,刚刚套上去的果袋里累累果实正在膨大、成熟。

左支书扔掉铁锨,手半握着呈喇叭状捧在嘴前,一根青筋在脖颈处暴起,他向着对面的崖洼洼高唱——

　　拦羊的哥哥

　　我把羊圈定

　　我给你吃上一口红苹果

　　交朋友你就要交我这号的哥

　　把索牛牛

　　那个蒿挂挂都摘哈

　　哪里能寻哈我这么个痴情的干哥哥

　　……

　　歌声绕过峁盖,传进山那边武惠玲的耳中,那颗曾"葬"在红装里的心又开始怦怦跳动……

　　武惠玲握着父亲留下的八宝烟枪,对面崖洼上自己家长满野草的院落变得模糊,泪水汇聚在她的眼眶内。这些年来的委屈和离婚后孤身的辛酸越汪越多,终于从她深深的眼角重重地滑落,流过浅浅的法令纹,跃过双唇,从下颚滴落,经过她丰腴的上身,直挺的长腿,最后融进了父亲坟茔前的狗尾巴草里。她决定不再漂泊,留在生她养她的拐沟营务父亲留下的十几亩山地苹果。

姐妹发廊

油灯熄灭后小美才开始在被窝里剥光自己,窸窸窣窣的响动让干部小侯不能入眠,他知道在后炕头同样有双眼睛睁得明晃晃的,为了使这个夜晚更加安谧,小侯轻轻地合着小美父亲老白的鼾声假装熟睡。空气里氤氲着柴火燃尽的气味,其间还掺杂着焦黄旱烟叶末燃过而组成浑然一体的"香薰"。

秦嵝岘是一个偏远的两省交界村,下乡干部一来就得住上十来八天。贫瘠容不得人们有梦想,延续农耕劳作就是所有年轻人的宿命。小美刚初中毕业,中专对于她而言太过遥远,混个初中文凭已经算是村里的高才生。妹妹小春小她两岁,如今正在步她的后尘读初三。村里和小美一般大的还有站年汉(上门女婿)老宋的二儿子秦杰。

翌日,天麻麻亮老白就摸黑出了门,他要为几个村民小组的退耕造林户发苗木,好叫他们一早就能出山栽植。他埋头照着名册计算着数量。不要以为会计老白只会用算盘拨拉眼下的账目,在他心里其实一直盘算的是两个长相似仙女般的女儿的出路。她们令他引以为傲,他绝不允许她们嫁给世代穷苦扎了根的本庄人。按说招待下乡干部小侯,他这个村会计责无旁贷,但不予搭理也在情理之中,毕竟村上还有支书、主任,几个村民小组长。他暗自窃喜,自己拨的可是后人的如意算盘,别人看不到长远，舍不下大米白面老公鸡，那就受几辈辈穷去吧。

他悠然离去后，炕上只剩下小美、侯干部和一只褐色土猫。在老白眼里——他们还小，未经恋爱就行鱼水之欢不是这辈读过书人的作为。老白抽身离去后炕中间再无阻隔，两端只有阵阵喘息。侯干部在黎明到来时依然似睡非睡，眼内倦意潮水般袭来，人却像在钢丝上行走，头脑清醒，不敢有丝毫怠慢。他知道后炕那双眼皮覆盖着的双眼一样因漫漫长夜而倦怠。他们默默守在自己的铺盖卷里压制着内心泛起的萌动，讪讪地等待天际变白。侯干部为了使即将到来的黎明更加安谧，又轻轻地合着土猫的鼾声假装还在梦境当中。

昨夜的油灯下，小美端坐在后炕，过肩后垂在胸前的辫梢在她的食指上绕圈，褐色土猫在她的脚尖盘卧，小美脸颊泛起的红晕似乎已表达出了一种情愫，貌似向在几两烧酒鼓动下正在滔滔不绝的诉说者献媚。她主动和小侯干部攀谈，小侯干部的醉意缭绕在迷瞪的眼眸周围，也变得很健谈。他向面前的父女倾诉着不易，把鲤鱼跃龙门的艰难抖落在这孔大杂泥抹平的暗黑里。他告诉他们他也同样长成在此般穷困的境地。小美懊悔不已，如果"走出大山"能够成为一种强大的信念，并来到自己的身体里，那样她也许也会成为公家人，此刻或许也荣耀地住在所包村的某一户农家里。她看着长她几岁的侯干部，举手投足间都是小美所不曾遇见过的，他整洁得体，甚至在使人毕露原形的酒精驱使下依然温文尔雅。醉意袭来的侯干部开始了必要的思索，他有他的顾虑，他见过双职工家庭——那是一种久长的富足……可他是男人，他也有贪婪的目光，会聚焦在最美妙的存在上。又是几杯烈酒下肚,他感觉自己像是深陷在这暗黑里刀下俎上的鱼肉,然而内心底里竟然没有一丝恐惧,似乎还在叫嚣——谁怕谁!

有得有失吧,学生时代小美既躲避了农杂活的艰辛和勤学的不易,又得了一个上过学的虚名。秦杰和她一样,他们同年等岁,从小就混迹在一起,生活在秦始皇下令修筑的土长城下,知根知底。上学住校时他们互相关照,放假了又一起钻沟上岭回到秦崾岘。懵懵懂懂,他觉得她就是自己将来的婆姨,她也觉得他就是自己将来的汉子。

岭岘历经千百年风雨冲刷洗礼,土长城悠然傲视群山峻岭,两坡间残喘度日的两省民众相隔咫尺,风俗却截然不同,单嫁娶彩礼就相差巨大,山那边的彩礼让人瞠目结舌,所以秦崾岘几乎没有岭那侧的媳妇。更值得一提的是秦杰的爷爷(站年汉的丈人,实际上就是秦杰的外爷),如今已七十多岁,竟然还未去过县城,甚至很少出村,也难怪,村子今年才打算修通去往乡上的道路。时至今日,秦崾岘还没有一孔接口子窑洞,他们祖辈住在土窑里。虽在文物保护的秦长城下,但谈不上什么显赫。这里唯独不乏古老印记,秦杰爷爷甚至还留着清朝统治时期的发饰,只是前一半不再剃光,而是变成了杂乱无章的寸头,后一半绞去辫子后如女人的简发头,垂在脑后,像短瀑布。人们依稀记得他剪掉辫子的那年,那神情似乎像路遥笔下田二口中所说的——世事变了。

秦杰推着架子车从老白那里领了树苗、山桃山杏核,他要在自家退耕的地上造林。

见到老白后他却迈不开步子,不安的情绪即刻在全身蔓延,他真想从架子车上抽出铁锨,瞅准老白这个"未来老丈人"的头劈下去。他觉得老白这是在公然攀高枝啊!村里谁不知道下乡的小侯干部住在他老白家,这不是往他秦杰头上泼脏水嘛。愤怒像岩浆一样涌动在他心间,缺一条裂缝,不然同时喷溅出的还有未来老丈人的脑浆。天边升起的曙光渐渐抚平了他躁动的情绪,也照亮了大地。老白不时投来鄙夷的目光。

这些天对于小美而言或许会改变命运,她思虑过,秦杰怎么办?可,穷怕了,只有体会过的人才懂得去抓住一切出现在眼前最为真实的存在,毕竟那是摸得着、看得见的,其他的都不再重要。

汗珠顺着秦杰黝黑光亮的脊柱线往下淌,整个半前晌他都在愤愤不平中掏土栽苗,脑中只有一幅不堪入目的不敢多瞅的画图,对于他而言是耻辱、是仇恨。

"兄弟,歇缓阵,咥一棒子。"侯干部一只手捏着烟盒,一只手取出一支蓝箭牌纸烟,召唤着正在造林的秦杰。

秦杰想拒绝来着,而手却像是条件反射不由地伸了过去。两个人在秦杰的汽油打火机上点燃了纸烟,蔚蓝的天际下升腾的青烟像炊烟一般使人宁静。他们都不再说话。侯干部查验着稠稀。

秦杰憋着一句话,噎在喉咙里,他想问他:"你孙子到底干了没?"眼神一直死盯着插在地上的铁锨。当看到文弱的侯干部转过地畔,伸着手,指尖夹着刚刚抽出的纸烟向他走来时,他在他的眼眸里看到的是一种不同的光亮,真诚而不庸俗,就在那一瞬间他相信他是刚正的。秦杰接过纸烟,他们又一次在那只打火机下点燃了纸烟。

"再下一场保墒雨你的全部都能成活。栽得也够密。退了地有政府发粮,你打算以后再干个啥呀?"侯干部伸起西服袖口带着商标的那条胳膊,一只丰满的手在满是汗渍的薄衫裹着的健硕后背上拍打了几下。

"啥也弄不了,还没想过。"他对侯干部的问话很漠然,愤怒随着他的健谈又一次从脚底滋生蔓延到了秦杰全身。

"你上过学,应该到门外去,学个手艺或者经营个小本买卖。你说呢,兄弟?"侯干部不依不饶。

秦杰被追问得有些叵烦:"我和小美还没有议好,我们预备一起弄点啥营生。"他迫切地向侯干部挑明了关系,宣誓了主权。

光天化日下理智又重回了高地,侯干部"双职工婚姻"的理念也重回了他所坚守的堡垒里。更何况小美早就有了青梅竹马的意中人。自此侯干部再未踏进那眼昏暗的窑洞。

三年后……

一间二十多平方米的理发店响彻着时下流行的音乐——《伤心太平洋》:"一波还来不及,一波早就过去……"门头牌匾上缠绕着的彩灯带闪烁着缤纷耀眼的霓虹,它无法同其他门店一样能够藏匿在县城宁静的夜晚里。

一双白皙的手在一团白色的泡沫里舞蹈,隐约间展露着修长曼妙。小美不时往两侧轻轻摆头,那像绸缎一样的顺发总是流连在她俊美的脸颊上,老是在墙壁镜子里挡住她与顾客交流的视线,也挡住了自己在镜子里挺拔的身姿。她擦拭了沾满泡沫的双手,用腕上的皮筋把披散的头发统统扎在了脑后,任由它们在后背摩擦。坐在镜子前的男士此刻正利用他顾客及房东的特殊身份鹰视般打量着小美俊俏的容颜，他们在镜子里逗聊嬉笑。小美每隔一会儿就会睒一眼镜子角落里那张眉目紧锁拧成一团的绿脸，同时嘟嘴一笑，像是姐姐在温柔地、佯装生气地数落弟弟一般。那个委屈的在镜子角落里的男人是秦杰，在他面前的地上横七竖八地躺着被咬成扁平的烟蒂。他憎恶那些个觊觎自己女朋友的男顾客，更受不了他们嬉笑谩骂，好似在联手挤对他，尤其是眼前这个年纪相仿的房东少爷梁宝。他们使他胸腔岩浆涌动，但依旧缺少一条迸溅而出的裂缝。地上还有个忙碌的身影，她和小美一样时髦，穿着上紧下松的喇叭牛仔裤。她扫净了屋里的碎发，只留下了那个铺满烟蒂的一角，冰冷默然的表情只有在朝向那个铺满烟蒂的方向才会舒展。她是小美的妹妹小春，初三还没有读完就和姐姐一起学了理发，后来又一起开了这家姐妹发廊。

　　梁宝不仅是小美、小春的房东，也是坐在角落里秦杰的房东。泛白的紧身牛仔裤，纯白色没有一点污渍的半截袖褂子，留着时髦的偏缝头型，五官透着贵气，精致却不失男性阳刚之气，白白净净的。从穿着打扮上看，他没有一丝在农村生活过的痕迹。家里的几间临街门面房足以养活他，可人不能游手好闲，更不能坐吃山空，总得寻个营生，在梁父的赞助下小房东梁宝买了一辆夏利牌小轿车跑起了出租。他喜欢这个行业，有挡风遮雨的庇护所，只要手头宽裕想跑就跑，不想跑权当专车、私家车来用，好不惬意。此刻，他与店里的其他三个人截然不同，生计对于他而言排在身心愉悦之后。

　　"老板，包个夜场。"一伙叼着烟卷不到二十岁的青年推开发廊的玻璃门后搜寻到角落里的秦杰道。

"好！老规矩，老哈数（规矩），十块。"秦杰倚着膝盖缓缓从角落起身，当他走到小美身后时一只手掠过头发作掩护，另外一只手俏皮地径直扑向小美的臀部，三根最灵便的手指迅速掐起一簇极富有弹性和张力的健肉……激荡在内心的怒火岩浆似乎随着这一掐开始冷却了。

"看个什么碟？洪兴大哥们。"明显大他们几岁的秦杰客套地做着买卖。

"那就继续《古惑仔》系列吧，也没啥新碟片了。"

临出门时秦杰又一次掠过他那柔顺的像郭富城一样的偏缝发梢，它们随着一只粗壮有力的大手朝后倒去，当手指从头皮滑落后一根根向后倒去的顺发又如波涛一般有序复位了，蓬松得让人舒服。这波操作下来逗笑了正在干洗头的小美和收拾卫生准备打烊的小春。小春低声对姐姐说："小杰哥在录像厅里港台片子看多了，帅得哪里还像是咱们秦崾岘人。"

是啊！路通了已经四年了，谁愿意把时光耗费在破旧废弃的秦长城脚下，改变的不仅仅是秦杰他们，甚至连上一辈子人也有一半走了出去。算是挣脱出了一种束缚吧。对秦崾岘来说，是新世纪带来的一次具有划时代意义的现象吧。

老白还留在村上，从拨拉算盘的村会计成了一人之下数人之上的村主任。他还住在那破窑烂院里，只是投身在村务事务中发号施令，还有来自两个女儿的周济，一切都不再那么难熬。反而在这二亩三分地上他才有优越感。

又过去一年多……

红色夏利车颠簸在崎岖的山路间，扬起了沙石路面上的尘土，给冬日苍茫的黄色大地带来了一丝色彩。

小美站在硷畔上，目光不时瞟向那座遮挡着前路沉默着的大山。蜿蜒在山腰的环状道路像一条捆在山体身上的麻绳，捆得他们动弹不得。老白和他的兄弟、"挑担（连襟）"盘坐在土炕上，脚地挤满了围着围裙、戴着袖罩的小美的婶娘、姨娘们。欢笑声撞击在暗黑的窑壁上，掠过院子，穿过几架蹲守在院坝上黄灿灿的玉米囤来到对面山秦长城筑起的烽火台高地，惊起的麻雀没有方向、没有章法地乱窜。

　　今天的老白大方啊，一盒闪着金光的"金品"延安牌香烟被他接二连三地递了出去，又一盒正在他手中拆封。他的掌上明珠终于没有让他失望，在没有他的铺设下即将把自己嫁进县城，而且还是一户家境十分殷实的人家。突然到来的一切令老白欣喜，而一切似乎又在预料之中，他不认为他没有半点功劳，观念，对，就是观念，就是他一直灌输给女儿们的观念才使女儿们确立了择偶观。这一切的确得益于他，是他营造的困苦氛围，是秦崾岘让小美认识了贫穷，她从骨子里忌惮它，畏惧它。怎能不怕啊！在秦崾岘人的眼中牲口的棚舍四下漏风，而在砖瓦水泥房屋里生活着的人的眼中秦崾岘人的土窑何尝不是棚舍啊！他们只是祖辈都在这里习惯了而已。

　　"一年光是门面房就能收近十万，小美和梁家那个独子款款睡下也吃不完啊！几辈子够吃。"小美的一个农村姨娘说。亲戚们各种惊叹的羡慕声全部都堆积在了老白黝黑的褶皱脸上，越堆越皱，眯成缝的双眼生生被挤出泪花，"还是要有营生干，人不是款款身着的动物。"算盘珠子此时正在他心中拨拉得噼里啪啦：梁家一月房租八九千，侯干部一月工资三四百，九千除以三四百……就算四百吧，二十几个侯干部一月不吃不喝才是这个数,天大大!"你这死女子快去瞅着,叫你姐回窑暖和。"老白呵斥着二女子小春出去换回姐姐。

有人在对面山的烽火台唱起了一段信天游:"当初我们手拉手,一同走在大路口,妹妹你对我说天涯海角跟我走,如今你却拉着别人的手……"

小春知道谁在唱歌,她想去安慰几句,而山腰处出现的一辆红色轿车此时映入了她模糊的双眼里。"大,大,大,人来了。"小春传回来的话像一声声炸雷一样,一群人扣鞋、披衣服,潮水般涌出窑门,洋洋洒洒向硷畔坡路迎去。只有小春侧着头望向歌声消失的烽火高台。

握手寒暄后梁父、梁母、梁宝以及媒人还有大包小包的礼物被一同请进了窑里。他们显然不属于这里。荒芜贫瘠,偏远落后,使得他们看起来更加贵气了,不!应该是他们让这里看起来更加简陋了。

老白被来自城里人所特有的活泛推上了炕头主位。坐在主位上,他却失去了先前的自如,如同一位依老为尊的客人,凭借的只是虚长的岁数。摆在梁父面前的一盒软云烟俨然压制住了摆在老白面前的金光闪闪的"金品"延安烟。

梁宝满眼里都是小美,她在这眼昏暗的土窑里发着光,她的美映照在凹凸不平的窑面上,装点四壁空空的穷家烂舍。小美那如同水银流动的眼眸里潜藏着淡淡的忧伤,提亲不久后她将要嫁给眼前这个满眼都是自己的男人,作别过去,同时也作别无数可能性的明天。这时她又想起几天前那个孤独的背影,那个如牤牛哀嚎一样的哭声……

秦杰早就关闭了难以维系下去的录像厅,孤身去了省城,他怀揣着对未来的幻想一头扎进了漂泊不定的打工大军中，消失在了小美的视线里。临行时他让她等他。

趁着秦杰这次回来，小美想当着面说明一切。她约他在家对面的烽火台去。残破的墙垣依旧站立在山峁盖上，豁口没增没减，水槽不深不浅，和他们儿时差不多。凛冽的寒风驱使着他们钻进烽火台一侧的敞口小窑，里面有没有被积雪覆盖的干柴，他们坐在橡木上燃起一团火，像儿时一样用枯树枝戳动正在造就烈火的粗木，青烟顺着窑顶从敞口处升腾。在他们之间已经有了一堵墙体，以前他们不用去戳燃烧的木头来掩饰什么，此一刻早就如同跳动的火焰一样热烈地拥吻在一起。看来在他们之间的何止一堵墙，筑起的是划清界限的长城啊。后来他们信少了，电话少了，只有只言片语的短消息，秦杰知道小美走向了另外一个可以依靠和小憩的宽厚臂弯。

小美常常独自来此忏悔，他问沉默的烽火台——她算什么女人？在它所经见过的旧时候会不会进竹笼？小美认为这座千岁老者无所不知，历经古往今来，然而当她想要一个它知道的答案时，它却吝啬地不回答她。久久沉默。

"秦杰，你甩我两巴掌吧，恨我就出手。我也说不清楚，反正我不配你，你应该把你执着的心意给一个值得的人，而我……"小美说到这开始哽咽起来，"一直以来我都把你当作将来，以后、未来每一处都有你。是我太过了，我太任性了，我把你的好当成了从身上甩不下去的肉，那么存在着，今天，我才发现当要没有时，是要一刀刀割下来啊！但我知道你更疼。"小美眼睛里噙着满满的泪在黄昏的烈焰前闪着光，继而又如流星一般从她俊美的脸颊划过，坠落向大地，悲伤的情绪随着这颗流星陨落的瞬间而擦燃,两行泪决堤般泄下。

火光在一张苍白无力且绝望无奈的脸上闪耀,他不敢瞅向身旁,任凭那炙热在脸上汇聚。这种告别好似生离死别,就在这夜幕降下的烈焰前,过往会如燃尽的木灰随风一吹就散,留不下什么,只是一团燃烧后的痕迹,以后或许只会让人联想起那曾是一团热情、奔放的烈火。明日当晨曦再次率先来到这处烽火台时,他们之间就会产生一种熟悉而又陌生的情愫,再后来,随着时间的推移,那份熟悉也将从彼此心底里抹去,那时就两相忘了,恍如隔世。但在今天的暮霭下他们无比悲伤。

秦杰往火堆中间添了一根粗木,飞舞的焰火被它从中间压住,变成了两个制高点,被压住的火头奋进全力找寻出路。他恨自己太穷,离开秦崾岘的这几年,他开过录像厅,干过服务员,当过厨师学徒,还是太穷,眼下他正在省城偷偷学习理发,学成归来后好和小美一起协力把店开好,然而……在农村人眼里,理发是女人干的事业,堂堂大小伙子学这个是要被笑话的,更是被说成吃不下苦躲避日晒风吹的懦夫。

敞口窑外已经完全被夜色笼罩了,他们坐在窑掌的木橡上,小美脸上的泪线干涸了,在火光中依稀可见。他们相对着聊起来,情绪变得稳定了。在彼此眼底里的对方此刻令他们唏嘘不已——时间啊!你深不可测。秦杰发现小美在这一年多长开了,脸上褪去了稚气,变得成熟,不单好看,还多了风韵,优雅迷人。还有她那随父亲老白一样的高挑身材业已不再单薄,女性的丰润盈满了先前的骨感。秦杰暗想:小美长大了,该嫁人了,自己仍旧是个穷光蛋,拿什么娶她,能给得了她什么,走吧!

小美看着秦杰消瘦忧郁的面颊，眼眶又聚满了晶莹的泪花，在火光里闪耀。初中时他爱打篮球，不怎么看书学习，一有时间就抱着泛白的旧篮球在操场上奔跳，那时候他健硕帅气；后来开录像厅也没有感觉到生活的重负，他模仿港台明星的打扮，整个人焕发着活力。而今，他要去创造一切，他不像梁宝那样，一出生就拥有了一切。他以前常常在他们面前调侃："条条大路通罗马，而梁宝一生下就在罗马。"不久后这位生在"罗马"的男人就要赶来提亲了，然后娶走本该属于自己的女人。其实他和大多数同龄人一样在艰苦卓绝的生活中拼搏，脸面上出现的是相同的沧桑，只是比起以前来他的确恓惶了。小美心疼他，没有人比她了解他，也没有人比他了解她。她想再捧起他的脸，她想用她最柔软的唇，吻去岁月在他脸上留下的忧郁和困苦。小美眼中闪动的泪光顺着干涸的泪道向下滑去，她捧起那张忧郁悲伤的脸。一团柔绵伴着湿润遍布在秦杰的面颊上，他紧闭着的双眼挤出了泪滴……两条手臂反向交叉绕在小美的背部……那根压住中间火焰的粗木已经燃透，从周身迸出的火焰在顶端窜腾出了一团狂舞乱魔般的烈焰，敞口的暗黑像一块静止的绸缎烘衬着，使之更加热烈。

秦杰没有，他拒绝了小美充满亏欠的弥补，他要把她完整地交给属于小美以后的生活，不能让她的幸福存有瑕疵，他要她安然静好。他离开了，把悲悯留给了小美，还留给她一个孤独的背影，他再也无法压住内心的苦痛，像牤牛一样哀嚎着离去了。

唱完那首信天游后秦杰离开了秦嶂岘，来到省城后他没有更换所学的手艺，而是更加热爱它，他把对小美的爱都倾注在了手中的剪刀上。两年就从学徒被聘为了理发师,中途辗转了几家小店,因为手艺出众又被省城最知名的理发店聘为高级理发师,又从分队长干成了旗舰店店长,从干上这个行当走到这一步他只用了五六年时间,一般人要具备大店理发师的水平至少得学习五六年。再后来又被派往澳大利亚墨尔本学习了几个月,回来后月收入已经达到了九千多元。那时候侯干部的工资也已涨到了一千多元,梁宝的房租还是八九千。然而令所有人想不到的是他放弃了已经取得的一切,毅然回到了县城。

　　他提着大包小包站在姐妹发廊的门口,剪刀从小春颤栗的指尖落下。店里只有小春,小美早就不再理发了。后来他和小春成了合伙人,一直把店开到了市里、省里……店名一直都叫"姐妹发廊"。

被折断的向日葵

  老媪卸下了白日那狰狞的面目，满面慈容下孙子轻轻的鼾声给她带来了比夜还深得可怕的寂寥感。安详中，孙子那张似曾诀别过的面庞勾起了悲伤，使她陡然伤感了起来，仿佛这张沉睡着的稚嫩的面庞也将稍纵即逝，她不得不伸出那满是褶皱的干巴的双手捧住它……对眼前孙子无限的疼惜与对丈夫、儿子离世的悲伤交织后，依旧是这副黯淡的慈容。当捧住孙子脸蛋的那一刹，倒似有一束光照在了上面，而不至于黯淡到泯灭。

  她在孙子身旁躺下来，一只手在黑暗中拉扯着孙子四下的被角，另一只手正翻过来、转过去地拭擦着总也流不完的泪。她只是默默流泪，比起呜咽或者呛天哭地，无声的表达在这个寂静的夜晚无疑是最悲恸的。她只有沉浸于静默中独自饮泣，还能怎么样。

  世人都以为她的泪腺已经干涸，歇斯底里的咆哮才是常态。当然，呲着獠牙的孤狼也会蜷缩在角落舔舐受伤的爪子，警惕的双眼也会在没有危机的洞穴里卸下防备来。即便是孤狼，她也会做出雄狮的样子来，在某些"危机"过后竟连自己都觉得惊诧，怎么就变成了这样？先前，门外的事情总由丈夫打理，她和无数个普普通通的家庭妇女一样大门不出二门不迈,拥挤在炕头的亲人就是她的世界,她全部的世界。现在,她的足迹不得不跨出领地,去向旷野,争夺尽可能多的供给。她一贯的做法并不是抛出悲惨的命运去换得他人怜悯,而是以狰狞的面孔和锐利的獠牙去抢夺供给。

终于,她把争取到的统统攥在了手中,带着女儿、孙子住进了县城。

她起身离开了卧室,穿过客厅。通夜亮着的小县城的街灯,执着地嵌补着那些没有完全被拉上的窗帘空隙,同老媪那双不知疲倦的双眼一样,在深渊一般的黑暗里洞察一切,孱弱的光足以照亮这间两居室的客厅。她绕过满地堆砌的货物,轻轻掀开女儿卧室的门,蹑手蹑脚地来到女儿床前,两只干巴的遍布褶皱的双手在女儿的褥子上探拭。女儿醒了,轻声说:"妈,漏了吗?"老媪咳了一声,清了清嗓子说:"放心睡觉,有尿不湿,不要紧的。""妈,帮我把窗帘拉开一点,我感觉胸闷。"

那一束孱弱的光又来到女儿的卧室,衣柜、床头柜、床及床上的人清晰可见。躺在床上的是一个成年女性,除了手臂和头有些动作,在薄被覆盖下那仍可见端倪的丰腴身姿却一动不动。人们都说:她是幸运的,阎王爷网开了一面,车祸夺走了不幸者的生命,把一线生机系在了她的腰间。可在她看来哪里是把生机系在了她的腰间,分明是将绳索缚在了她的身上。

有人劝她,生者还能感受阳光,感受习习微风,是得了老天爷眷顾的;而逝者呢,永远定格在了那一刻。不是这样的,劝慰别人的人永远站在那里,比躺下来的自己要高,她的父亲和哥哥是不幸的,却也没了忧伤哀愁,一走了之。她多么希望

— 265 —

离开的是自己，总比一直被"囚禁"在这张小床上度日要强，毫无知觉的腰部以下让她不敢想象剩下的日子——有多么漫长，又有多么难熬。老天爷眷顾自己了吗？

她把头偏向了街灯投来的方向，那是一张白得忧郁，似有一股寒气渗出的面颊，没有一丝表情，平平静静，两道长眉冷冷地向两鬓延展而去，叫人看了不由要退却。面由心生，她的怨艾不需要别的诠释，统统映在了俊俏的脸上。她若有所思了片刻，渐渐地又像是放空了自己，空洞的眸子俨然似深渊般望向对面墙壁，而对面的墙上只有一幅模糊的油画挂在那里。许久后，她笑了，坦坦然然那种，好像摆脱了什么束缚，又好像掉进了更大的深渊里，反正两个深邃的酒窝出现在了她忧郁的面颊上，驱散了那股逐人千里的寒气。几年了，大概只有在这样万家灯火熄灭的深夜，才会减轻她内心里满边满沿几近溢出的哀怨吧——白天那一个个直立着的身躯此刻同她一样了，所有人平等了，谁也不用再俯看她，她也不用再仰望谁，大家都环顾四壁或者看向屋顶。

最难的时候熬过去了，现在她终于可以心若止水地在不眠的夜里感受孤独了。眼泪好像是流干了，想哭都没有了。压在胸口的那股子沉重还在，沉甸甸的，掀不开，又翻不过身去，翻过去又能怎样，那股子沉重还是在朝着她的身子压，有增无减。倒是这突如其来的孤独像至善者的良言，总叫人欢欣鼓舞，心花绕过或钻出了那股子沉重，盛开了。这突如其来的孤独在深夜里，把她的酒窝显现了出来……

很快，她又变得平静，用她那一贯忧郁的双眼望向对面墙上挂着的一幅在街灯中朦朦胧胧的油画。总是这样，情绪比小孩子的脾气还乖张，一会儿拉升直插云霄鱼翔浅底，一会儿俯冲坠入深渊天日不见。刚有了笑颜忽就寒气逼人。

"命咋那么硬！"她突然自言自语。笑颜不见了，像个神经病，腔调是抱怨和悲愤的。真的不需要老天的眷顾，留下一副烂皮囊，苟延残喘，东挪不动，西拖不去，拖累母亲，连累小侄儿。真想走到窗口去，纵身一跃，一了百了，索性就那样不管不顾了。

母亲就坐在身边，目光呆滞。老媪在思考什么？显然东一榔头、西一棒槌的女儿的情绪也够她解析半天。她正常了，仰望母亲佝偻的身影，想到，要是母亲俯视到自己业已冰凉的身体后会是怎样？母亲是世上可怜人里的可怜人啊，同一天丧夫、丧子，险些又丧女，一夜间头发全部白了，换作谁，都将无法承受，都会一蹶不振。但"半边子"的自己和小侄儿怎么办，母亲甚至没有足够的时间去哀伤就得撑起这个家。近几年的回忆里——母亲狭长的眼角投射出的不再是柔情，眼神变得犀利；凌乱的头发使劲配合着狰狞，像一只毫无威慑力的母鸡，立着鸡冠，站在狂风骤雨中，把孱弱的幼崽护在身后。她又努力回想着母亲最初的样子，尤其是那双与世无争的善良的眼睛，却怎么也想不起它们原本是什么样子。她知道就是那次无法预测的车祸夺走了母亲悲悯的心性，骨子里原有的宽容和忍让只会抢走母亲的既得利益，为了仅剩的幼崽，她不仅不能够让步，还得拼尽全力去抢夺。谁能想到她曾也是一个顾及颜面的女人，不与谁红过脸；现在无论是谁，首先看见的就是她那寸土不让的捍卫者的冷峻面容。

当然，她只能从妈妈一贯接打电话时歇斯底里的状态去分析她在社会上的处世之道。的确，乡上、村上谁不知道她是个态度强横的，甚至可以说蛮不讲理的女人。

她闭起眼睛，佯装入睡。

母亲的手又在她的臀部下摩挲，小心翼翼，甚至屏住了呼吸。只有在这样静谧的夜晚，一切都归于宁静，母亲认为没有任何恫吓时才会卸下防备来。她其实醒着，她似乎看见了母亲最初那和善的目光，又瞄见她满头的银丝在深夜的街灯下闪烁，终于忍不住开口了："妈，我醒着的。"

"怎么还不睡？"

"白天睡多了，一点睡意也没有。妈，上床上来，陪我躺会。"

"只躺一会儿，你就去睡。明天网上带货又得半天忙，没了精神可不行。"

母女俩躺在床上，女儿又把头侧向了窗户，看着窗外打在玻璃上淅淅沥沥的秋雨说："我是秋天生的，为什么要叫'春燕'呢？"母亲笑道："你爸爸当过民办教师，在村上算是文化人，你出生后你爸爸为你的名字坐了半晚上，翻了诗词书、字典……"她打断了母亲，又故意刁难似的望着母亲说："这些我都知道，就是为啥这么叫，'秋燕'不行吗？非得是'春燕'！"她笑了，两个酒窝深深的。母亲面露难色，吞吞吐吐地解释道："有个姓……对！姓李的女诗人……女词人吧，写过什么'燕子回时，月满戏楼'……"她又笑着打断母亲："妈，你才是词人，竟给人家李清照改了，是'燕字回时，月满西楼'。"母亲不解地说:"你上过学,深意你知道,我早就忘记了,现在问你爸也问不上了。"两人相视一笑,有些时过境迁的感觉。伤感在这一刻丝毫没有表现在母女俩的脸上,她回道:"燕子春回时飞成'人'字形,代表着人的归来……'春燕'是和和美美……是好兆头。不该是这样啊!"她的语气又不对了,厉声道出最后那句。心情随之开始俯冲,直坠深渊。

刚刚还觉得是时过境迁的感伤,这一刻似乎又很清晰地、一丝丝地缠上了心头。老媪只好打岔道:"那你明天直播带货的时候,把你的网名改了去,什么'梵高的向日葵',不如就叫'燕子',或者'秋燕''春燕'都行。总之我觉得比什么向日葵好。不信让你那些'家人'们评评理。"

"这个燕那个燕,俗气得很。哈哈。'梵高的向日葵'……总之你不懂,一时半会也不会懂,梵高你更不认得。那叫艺术,洋气!"她说这话时心情又开始拉升,直插云霄。

母亲想说什么又忍住了,看看窗外只好说起了第二天的事情,想把规劝女儿的话夹杂着一步步说来。"明天要寄走的快递很多,都摆在客厅了,要不现在把地址写给我,我一早寄出去,你好多睡会儿……

"还是,还是两个人干得快,我又不咋识字,赶鸭子上架……全凭人家小伙子了。是个好小伙子,勤快得很,麻利得很,脑子也灵光。也不知道你怎么了,最近老不让人家来。我觉得他也是个命苦娃娃,真心实意地要和你处,有什么大不了,你有健全的胳膊,他有灵便的双腿,也是个依靠……

我，唉！一天天老呀，还有个小的。妈不是嫌你，现在咱们吃住用的大多都是你做网上带货赚下的，只是你也该有自己的生活，来一遭人世，总该考虑这些事。妈知道你是怎么想的，不要想得多么长远，多么周全，过一日就是一日。好小伙子，实受，过光景……"

她打断了母亲，看到母亲怅然的样子，她没有像原来一样激烈地反对。撮合的建议就是触碰她底线的话题，母亲今天之所以敢说，显然还是因为今天她低落的情绪有减无增："他是只缺了一条胳膊，可你不想想，你女儿那叫失去两条腿吗？它们明晃晃摆在这里，我却是个废人啊！"压不住了，她不想提高分贝的，可不过几句就压不住了啊："妈！成了这个怂样子，我不信谁会伺候得了我几天，最后还不得个分开，我怕我到时候受伤的不光是这个废身体。"

母亲对于女儿的话不是没有分析过，她深知话里的道理，但依她过来人的看法——眼前的人是值得托付的，看得出来他是真心的。"孩子啊！你们都是有……缺陷的人，互相懂得互相，也珍惜互相。我倒是觉得这是上天补偿给你的，弥补你的。话不好听，你们两个缺胳膊少腿，两个苦命人凑在一起就是个囫囵人。一个网上带货，一个线下相忙。自己想想去睡觉吧！妈得过去了。"看见女儿再未争辩，也并未开怀后，老媪悻悻地离去了。

天快亮了，街灯变得微弱，屋子里的一切却明亮了许多。她其实一直在思虑着母亲的话，怔怔地盯着对面墙上那从一团漆黑变为朦胧，此刻又非常清晰的油画。

那是梵高的第一幅《被折断的两朵向日葵》。当然是赝品。两颗大花盘几乎占据了整个版面，枯萎的花瓣杂乱地绕在葵花籽密布着的边缘，又像是烈焰过后依然跳动的火苗，散布着死亡的气息，却又成就了粒粒果实，寓意着丰收。

那幅画在她深渊般的瞳孔里时而孤独、时而焦灼、时而挣扎……

麻袋里的女人

一

故事发生在一百多年前。

她被强行带走时所表现出来的沉默和木然，完完全全覆盖住了她十七岁妙龄本应绽放出的活力。一双被迫藏在黑色条带里的眼睛，因为饥饿竟没有了一丝怨艾；干裂的嘴唇紧紧地闭在一起，和蒙起来的眼睛一样无望，此刻竟然忘记了要怎么活着。

踉踉跄跄地走了两天后，她反捆的双手和眼前的黑布被解了下来。那双眼睛和蒙在布里的时候一样漠然、一样无望，并没有因自己的衣不蔽体和未卜的命运而显示出应有的惊恐。不知翻过了多少座山，蹚过了多少条河，它们依旧呆滞地盯着前路，对即将成为一件"商品"的悲惨遭遇漠然视之。饥饿不停地在她的肚子里叫嚣，发出"辘辘"的响声。没办法，路上能吃的野草、树叶，甚至树皮都被饥民填充了肚子。

几天后他们到达了目的地。那是一个山更高、沟更深的黄土高原腹地。

已被山羊啃噬得光秃秃的山洼裸露出黄土，成群结队的羊群像萦绕山腰的云彩；久违的保墒雨看来是眷顾了这方贫瘠的土地，青苗宛然妙龄少女一般叫人拔不开腿；沟岔的溪流潺潺地汇向主河……女人看到这一切后呆滞的眼神霎间活泛了起来，比起自己干旱贫瘠的家乡来，这里预示着希望。

她钻进贩卖者事先预备好的麻袋，等待着……

女人的眼神会往天上瞅了，她在乞灵，祈求麻袋外的各路神神老能庇佑自己被一双饱收五谷的粗糙大手揣中。她愿意留在这里，留在一个能够继续活着的地方，这里至少不会像自己的家乡一样——那里距离人吃人也不远了。

与她一道而来的其他三个女人，此刻却带着无限挂念，钻在口子被扎住了的麻袋里。她们并没有被羊群和青苗打动。她们原本有家庭，是有丈夫、有孩子的妇女，她们不期望被任何一双丰盈富足抑或贫瘠苦焦的双手揣中。为了不让丈夫和孩子饿死，没办法，暂且只有先卖了自己，喂活丈夫孩子了。

贩卖者们了解男人的心思，谁也想要个年轻的当婆姨，黄花闺女最好；谁也不想要个生过孩子的当老婆，更不想要个人老珠黄的。可现实就是这般无奈，所以他们把用粮食换来的女人，装在麻袋里或者放在漆黑的窑洞里，任由依旧用粮食来换购的人们盲挑。只有这个办法最公道，满意不满意都归咎给自己运气去吧。当然想归想，期望归期望，在那个吃不饱的年代，哪个男人会太在意自己用几十升粮食换来的女人是不是处女啥的，他们抱着装满粮食的布口袋子自嘲道："但莫（任意）一个避风窝窝都比敞摊强吆。"

是啊！但莫一个避风窝窝都比敞摊强。这里不光有生理上的自我调侃，更是一种延续。苦焦的陕北大地很冷峻，但它并未吓住哪一个，人们顽强地在它的崖壁上掏挖开洞子来居住，在它的皮层上犁出庄稼来食用。弱小的人类一辈辈繁衍，一辈辈拼搏，终究战胜了自然。延续的意义就更重大了，没了香火，不仅是你这一门人的事情，更是你向冷峻的陕北大地低头认输的表现。

郭喜是个三十岁的老光棍汉。此刻，他正向同村、邻村来换婆姨的男人们讲述着自己布满老茧的双手。这帮腰里别着旱烟锅子的男人们，其中的酸楚只有他们自己和那些个漫漫长夜知道。

他们一个个摩拳擦掌准备开始揣摩了。

郭喜在不同年龄女人的身上有过几次不同的体验，得出：可以用特定部位的干瘪与饱满来判定女人是否奶过孩子。当然，几乎前来盲选的光棍男人都知道这点，算不上法宝，况且还隔着麻袋。狡猾的郭喜想出了通过辨声来辨别女人处于什么程度、哪个年龄的办法。轮他了，他铆足了劲去捏、去掐。他想，黄花闺女一定会娇羞、警觉地叫出声，声音要清脆一些；妇女一定会比较从容，挨得多了，捏上一把两把发出的声音多少带着酥麻和沉闷吧。

他认定了，不巧的是还有一个光棍也认定了，他们选择了同一个麻袋。麻袋里的惊声尖叫，使他认为这里一定是个未经世事的黄花闺女。最终，郭喜以多加一麻袋粮食为代价敲定了，占有了。

交出粮食口袋后，郭喜颤颤巍巍地解开了属于自己的麻袋口，同时听见麻袋里因饥饿而发出的"辘辘"声。

显然，他的摸揣和辨声是奏效的。

饥饿的女人钻出麻袋,迷离着双眼,却没有犯怵,稚气在苍白的面颊上呈现出的是一种认定,很坦然,眼睛里没有污浊,老老实实。他确定她是黄花闺女,那一刻他真想跪拜在早逝的父母亲坟前,点燃一沓子烧纸向二老的亡灵告慰:我娶了婆姨了!我郭喜就要续上香火了!他咧着嘴,这一天对于他一个老光棍来说意义非凡,比过年要好,比他经历的三个年加起来还要好。他确定,他坚信这个钻出麻袋的黄花闺女会在这个地方安营扎寨,和他本本分分生活。

……

他们成亲了。

郭喜以这样的方式娶妻了。在没有纱毡的土炕上,他像头耕牛一样无休止地开荒垦壤,青苗仿佛会在翌日的晨曦里因他的勤勉而茁壮生长,当下一个黎明到来时就会结出沉甸甸的谷穗。他太心急了,盼着、等着,用自己的汗水浇灌着。

几天后,他从她的眸子里寻见了一丝安定,虽然还不是他所期盼的那种安定,但他知道他所期盼的那一种安定也将不远。他清楚,此时让他稍感欣慰的那么一丝安定还不是来自他宽广胸膛的原因,而是来自土窑掌那用石板圈成了的、放满粮食的粮囤。那里有令他们暂且不会因饥饿搜肠刮肚而发出辘辘声的稀缺物。

终于能够吃饱饭了,女人焕发出了她豆蔻年华该有的美丽,身体舒展开了,很高挑很健硕,这样的一副骨架子当然会撑起这个家来。是的,她很勤劳,全身心开始操持起只有一眼土窑洞的家和几十亩因缺水而"难产"的山地。在男人强健的体魄里她安定了,她知道有这样的依靠就不会缺食少粮。外地的女人很精怪，比本地的婆姨有套路，她们总是在男人最乖顺的时候不失时机地"教唆"他们——要把余下的所有力气都用在锄把上，把此时此刻正在积蓄的力气也都要用在锄把上，千万不要浪费在别人家的炕头上。他欣然接受，并讨好地承诺——他的力气全部都会用在锄把上，留一点用在自己女人的身上，土窑掌的石板囤里永远会有取之不竭、用之不尽的粮食。她闭上眼睛，顺从了命运，听命它把她带到这里，她知道这是她的宿命，是她的所归。

随着时日的推移，她的口音随着自己男人和周邻而改变。她就是一个土生土长的当地人了。

两年后，他们的第一个儿子出生了，因为寻不着外家，村里人按照"无舅"的谐音喊她的儿子"五九"。

几年后他们的第二个儿子降生了，村里人又按"无姨"的谐音喊她的二儿子"五一"。

用多于别人一袋粮食换来的，装在麻袋里的女人自然就被唤作"五九娘"了。

二

只有一眼烂土窑的郭喜，在看见麻袋里的女人后，原本就占据在脸蛋上的激动，并没有给突如其来的新喜悦以余地。女人缓缓起身，看着眼前困苦凿出沟壑的再也堆积不下欣喜的脸庞，就知道自己已然在这块陌生的土地立足了。她默默地审视着……冰冷的表情像盾一样抵挡住了郭喜没有任何敌意刺来的矛。然而，肚子里发出的"辘辘"声很快就摧毁了她刚刚建立起的一丝威严。她乖乖地趿着长途跋涉后没了后跟的、露出脚趾的布鞋，紧紧地跟在解开她麻袋口的男人的身后……她的脚趾没有卷曲，步履却像是缠过脚的小脚女人一般。

在女人的身后跟着几个和郭喜年龄相仿的光棍汉，他们发出各种令人毛骨悚然的怪声。男人并没有加快脚步远离他们，高挑的干腿梁上裹着带补丁的裤管竟抖出了几分显摆的意思。他最迫切的只有一件事，即便路人皆知，他也毫不掩饰，那可是洞房花烛夜啊！

她不记得转过了几个沟岔，只顾埋着头，瞅着男人同样没有了脚后跟的烂布鞋。她不恐慌，甚至比她未来的男人还淡定。男人不时在补丁衣服上揩手心里的汗，像鸟窝一样的蓬松头发里也淌下几股子汗水。女人只有一个乞求——在男人倾泻澎湃的心潮前让她填饱肚子。

上了硷畔，院子倒是挺大，却只有一孔破败不堪的烂土窑，窗棂上的窗户纸几乎被风撕扯得所剩无几了。那群跟在身后的光棍也上了硷畔，没有窗户纸的窗棂引起了一阵骚动，像发情猫一样的怪声始终伴随着他们。

因年久而发黑的双扇木门"吱扭扭"地向里开启了，她的视线从因窑内暗黑而变模糊的脚后跟移向了后窑掌，那里有石板搭成的半人高的粮囤。

男人点起灶火，眼睛游走在女人和堆在没有纱毡的土炕角落里的一卷破被褥之间。灶火口熊熊的烈火炙烤得仿佛不是锅底，而是自己。黑压压的几个头趴在窗棂上，他们朝里鼓动着："喜子，把你妈妈换回来看呀?!弄，弄，弄……"

郭喜熬苦了这么多年，此刻再怎么难熬，也不可能当着众目瞪瞪去"发泄"。他把烟丝袋子拿出去和光棍们分享，他一锅子你一锅子都在郭喜的袋子里掏挖。挖吧挖吧，今天他可一点不会吝啬，毕竟是个喜日子，足以告慰祖先的喜日子，一点烟丝算得了什么，就是宰他几只山羊又何妨。这帮子光棍们抽美了，他们的嘴却并未闲着，一边抽烟一边调侃，嘴巴里浓浓的烟朝上空冒了出去。他们就这样一直待到后半晌，直到村里炊烟氤氲才各回各家去了。

女人吃得很急，恨不得把一碗饭一下就倒进胃里，看着她的空碗，男人笑了，他把自己碗里的饭扒拉给了女人。

窑里越来越暗。男人靠着铺盖卷抽旱烟，女人背对着他坐在炕沿上，他们像两座相互对峙着的大山，纹丝不动。

身后吧唧吧唧抽旱烟的男人正在女人的脑海里一点点地清晰起来：他的骨架很大，藏匿在蓬头里的是一副俊朗的脸面，只是岁月没有在意到，流过得有些仓促罢了，但绝对没有无情地摧毁它。饱满的额头并未因遍布的褶皱而失去威严。女人觉得，他有福相，那两条越到末梢越旺盛的眉毛怎么会甘居于此？鼻翼像一架山上的两面坡地一样宽广富足，一张吃四方的大嘴下挂着一颗荞麦粒大小的"为嘴"瘊子……

女人不知道，这张脸是爷爷留给父亲，父亲又留给他的唯一遗产。这张脸曾掌控在郭喜爷爷面部时，这个家尚且殷实。一排四孔青砖接口子窑洞，镶嵌在阳光终日眷顾着的半山腰上。与窑洞平齐的黄土崖，用锄勾勒出了一道道弯曲且齐整的鱼鳞般的可用来排雨水的小沟壑，站在对面山望去宛如一条系在古代官员腰间的带銙。高高的门楼前，两对石鼓面面相觑，死气沉沉的好像早就知道了不久后就要到来的没落。郭喜爷爷挎着褡裢骑着一匹脖间坠着八只大铜铃的枣红马,盘桓在各地赌博场上。后来,郭喜爷爷觉得赌博也不够刺激,就又挠起了大烟杆,在腾云驾雾中败光了万贯家财,田地没留下一块,宅院没剩下一瓦,最后入土时连副棺材也没有。他的父亲恓惶了,当了一辈子长工,没有混下个什么名堂。他比父亲强些,靠着双手,置办了土地,有了自己的窑院,如今炕头上又多了个女人,还算光耀了门楣。

夜色最懂人,尤为懂那些个情投意合的男男女女。它罩住了整个世界,大山的轮廓在远处凝视着郭喜一双布满老茧的大手;它们终于悄无声息地行动了。夜色把两座对峙着的大山连在了一起,无边的黑暗汹涌着波涛,他们在没有纱毡的土炕上翻滚……

她真正的记忆、所有的记忆好像都是从麻袋打开的那一瞬间才开始——难以抑制住的喜悦摆铺在一张有着岁月痕迹的脸上,那脸上又有种说不出名堂的贵气隐匿在一副落败的容装里。在钻出麻袋的瞬间她成长了,一下子长大了,她要久久为功,她要步步为营,她要摆布眼前的男人……

现在,她已经不需要再借助煤油灯吹灭后的温存时刻来向男人发号施令了,她身上的那股子原来因饥饿的遏制而未能施展的蛮横业已展露。

在她十七岁到这里开始当家的十年里,存在记忆深处的关于老家的一切,使她常常在夜半惊醒,梦里全是足以摧残亲情的恓惶光景……一种由恓惶嬗变而成的残酷,将人性中最温暖

友善的部分吊在半空鞭笞，直到它们完全忍受不住，臣服后露出狰狞的面目为止，其余的情感早就被吓得反戈了，只留下了冷漠。她被拉起身的时候只瞥见父母捧着用她换来的装着几十升粮食的布口袋，他们甚至没有瞥一眼自己。这就是她把关于十七岁前的记忆深藏和准备抹去的原因。

其他三个麻袋里的女人和她不同。她们只要能够吃饱，把人世上最难熬的食欲度过去了，就一门心思想逃离这里，回到丈夫和孩子身边。世界在她们眼里小到只有两个地方——一个禁锢着自己的地方和一个象征着团圆的地方。

她们毕竟是有男人的，在她们骨子里有嫁鸡随鸡嫁狗随狗的观念在，所以她们反抗过。反抗没有用，换来的只会是棍棒相加的结果，有什么办法，她们可是男人们花了大量粮食换来的。反抗不过，她们带着一脸的伤钻在灶火做饭，喂饱窑里的男人后又成为他们泄愤的工具。

夜里她们始终均匀地喘息着，瞅着镶嵌着光明的窗棂，想起那个遥远的家，泪就会顺着两侧眼角悄没声地滑下，灌满耳廓。这不是懦弱，恰恰这会让一个女人心更硬。心再硬，可她们毕竟还是弱女子，铆足了劲也掀不动趴在她们身上的大老爷们。恨积攒着，念也积攒着。她们只有一个心眼——跑！

而当她们的逃跑计划得逞后才幡然醒悟——是命运，是早就注定的命运驱使着她们来到这里的，意在让她们留下血脉，代代不息地主宰这方黄土塬。原先那个几乎要了她们命的地方，那个无情地出卖了她们却还令她们魂牵梦萦的地方，早就没了影踪，四野茫茫，就连她们自己也搞不清自己以前身在何方。当然，命运为了巩固自己神圣不可侵犯的地位，绝不会让自己先前辛苦的安排成为徒劳。在强大的命运面前，微弱的女人像蝼蚁一样，怎么可能走出如脚镣手铐一般的大山束缚。走走返返，始终寻不到，脸上的淤青才消散完又增添上，才消散完又增添上……

赛貂蝉

新娘子嫁过来了，洛河川的，不愧是大川面的，笑能容纳千沟万壑，往往话到一半人就开始笑，极具感染力，胸前波涛汹涌的，她笑，别人也笑，一群婆姨女子总能让对面的"崖娃娃"跟着她们一起笑，地动山摇。她笑时嘴巴是大张的，能看得见喉结，豪放得有些妩媚。毕竟喉结不像面皮，它是身体里不易被人看得到的东西，确有些媚。张大嘴笑实属不得已。她有一颗虎牙，时刻提醒她笑不露齿。人往往就是太在意别人怎么看，反而自己放大了一些自己身上的东西，其实在别人那里往往被忽略，可有可无。她的那颗虎牙就是被她挑剔出来无限放大了的。其实那颗虎牙很美，笑起来起到了异样的效果，只是她不知道罢了，有些调皮，凸在那里，整个人都凸出去了，唯美，沁心，使得她的笑有了看头，甜美至极。生得好，一颗是这样一个效果，两颗就有些拐沟村的酸溜劲了。她不光有一颗虎牙，会笑，她还很会。有多会？走路时会扭，腰肢和翘臀左一下、右一下；站立时会浪，一条腿支撑着，腰肢似波浪，柔软滑顺，两瓣臀归于一处，悬在半空，让人浮想联翩。

村里还有一个闺中待嫁的女子，潘沁，也美，别名"貂蝉"。这一来，一山不容二虎，两个光鲜亮丽的婆姨女子要争高低。当然，这不是她们本意，起初她们是连知情人都算不上的当事人。爱嚼舌头的婆姨女子有事做了，只要她们不在场，她们就开始争论，喋喋不休，面红耳赤。口舌擂台摆了好几个月，最后见了分晓：新娘子姜萍，气焰上胜一筹，嚣张跋扈的，是在滚炕上锻造出来的。而潘沁呢，黄毛丫头，虽说好看，可没使唤出来，新风匣再好哪哪都紧巴，观后效吧。显然目下潘沁败给了新娘子姜萍，姜萍由此得外号——"赛貂蝉"。

这是两个势均力敌的外号，不需要别人添油加醋她们就剑拔弩张的。不知啥时候，或许是外号传开后吧，她们就暗暗地扛了起来，最后竟到了"火拼"的程度。

黄土高坡，人们领略惯了冬日肆虐的劲风，饱受惯了夏日炙热的骄阳，当硷畔上围下一群谝闲扯淡的庄里人时，赛貂蝉张着嘴巴，露出喉结，那股子泼辣、那股子十足的野性，就是这片天地生灵所独有的模样。

她们开着玩笑，尽说些个不羞不耻的话，嘴上哪里还有个把门的。玩笑多是开那些小年轻妇女们的，她们既懂，脸皮还薄，面红耳赤有意思。谁都这么过来过，四十多岁、五十来岁的说些话最没羞没臊，瞎话怪话也多出自这批人之口。这批人在村里被形容成——大炮轰出来的。当然，按这么推理还有经历过战斗机空袭过的，只是不能说，那批人按捺着怕人说她们为老不尊，六十多岁七十岁了，一旦真的被人愉悦，心里头多半是苦闷吧！那就没了趣味性，大战搞不好一触即发。

赛貂蝉正处在被调侃的风口浪尖，她的事总能闹大。

人们都发现赛貂蝉不如才嫁过来时了，妙龄还是妙龄，紧凑的身子变松垮了。尤其张大嘴笑，胸前波涛汹涌，才半年时间，就让人有种抓不住岁月的紧迫感。说到这里，他男人的一双手就再也无处安放了。有人怪她的男人，不该像抓大粪那么蛮干，粗鲁，强暴；有人嗔怪说：婆姨女子和面也讲究稠稀调和，他太迫不及待了，莽撞，蛮干。她只是个张大嘴笑，笑罢还要拍调侃她的婆姨女子胳膊，一本正经挺着胸，让她们带她到家里取经。态度是虔诚的，虚心讨教的样子，气氛自然会起来，"崖娃娃"都跟着笑，天崩地裂。

这个时候，有个人就特殊了。

潘沁，别名"貂蝉"，单名一个"沁"字，性格上占了这个字的两重意思，低垂和渗入。她总是低垂着头，不言不传，遇上调侃头还低垂，听见嘴不把门的话也低垂，只是个默默地笑，笑得很卑微，但绝不卑贱。

说实话，农村这样出挑的女子不多，十里八村绝无仅有。在赛貂蝉还没嫁过来时，她号召力也强，站在谁家硷畔，谁家硷畔就会围一群人。男男女女，不乏俊朗的小伙，不乏靓丽的女子。他们都没成亲，但时不时也有儿话冒出。在农村，谁样子俊些，性格再好点，不骚不荡，总有人会维护，忠心耿耿的。潘沁不声不响的一个人，永远一副心不在焉的样子，不是像在倾听远方，就是低垂头颇侧目望向沟底的塘土路，像是在等人。她样子好，当有小伙子骚情时，自然不需要她出来辩解争执，她头低垂下笑就是了，自有人为她出头。受欢迎，就是有群众基础，她就是山水的水头，是要被涌着走的。潘沁的举止言行便成了一种流行，甚至可以叫作庄风了。膜拜她的女子不在少数，身边追随的哪一个头不是低垂着的，话语也不多。

那是一种别样的魅力，村里的小伙子喜欢，村里的姑娘就踏踪。这是必然。

姜萍来了，赛貂蝉来了，一切似乎都开始变了，要朝代更迭似的。泼辣蛮横的革命气势好像压制住了温婉低垂，黄土高坡吃这一套。潘沁的人群散了，涌向了好看又好笑的姜萍那里，就连潘沁也加入过去了。她们一帮子没结婚的女子散布在角落，探听着，憧憬着，蠢蠢欲动，也想嫁人。其实姜萍和她们一般年纪，只是早了一点嫁人而已。

姜萍张着大嘴笑，引发了哄笑。她在角落里搜翻出了潘沁，看着对方一口牙整整齐齐，却不爱露出来。姜萍开始注意起这个与自己名号较劲的不善言辞的女子。她不光是有齐整的牙齿，她还发现潘沁身上的好多亮点，尤其是这些年在陕北女人身上已不多见的马蜂腰。马蜂腰好看，会把两端该凸翘的地方更加明显地展现出来，妖娆有了，妩媚也有了。马蜂腰少见了，尤其这些年光景好了，女子一上初中就像母亲一样开始往圆圆乎乎的方向长，这样的身姿真是罕见，稀有，加之眉清目秀，怪不得大伙儿的眼睛总会在她身上逗留一会儿，而后才往自己身上来。原来在别人眼里她们俩早就较量上了。

自从发现潘沁，姜萍更多的注意力不再是别人，每说一句话都得瞄一瞄她，反而有些下作，下作地想要把那个小贱人逗笑，让她也加入引发"崖娃娃"大笑的阵营里。正眼、余光，时不时都要去到角落里，有种讨好，有种要收复失地，有种求你了的意思。效果不佳。这一来姜萍不痛快了，伤心了。原来笑声里少一股子竟然会那么悲凉，明明藏在角落里，却明晃晃的，就那么散落在风里，跟麻花辫少了一股子一样，凌乱了，

▼赛貂蝉

— 285 —

不堪了；还不如彻底扒拉开来，将指头插进发丝里，披头散发，合为一处飘散在风中算了！

这是妥协？不！是较劲！她要和潘沁媲美，她也有腰身，也有令男人迈不动腿的法宝。她需要自己变得更会，会越多越好，还要会说。这不难，她性格本来就好，大川面的女人，开得起玩笑，也敢开别人的玩笑，天生的自来熟。她第一次见你就敢喊你小名或者去掉你的姓喊你剩余的那一两个字，很自然，很亲和。男人们哪里招得住，个个抖擞，都以为自己"中奖"了，被新娘子看中了，都想干"坏事"。这个"坏事"的"坏"本身就调皮，镇压不下去，搅乱你的生活，搅得你肠肠肚肚疼。姜萍哪里知道那么多，她只想把"赛貂蝉"这个名号延续下去。干"坏事"这件事本身，对于刚结婚的她是排斥的，确实坏透了，哪有碥畔上婆姨女子们说得那么美好，神仙般。她想不通，男人为什么力大无穷，地里搜翻一天，头皮都晒焦了也不知道歇缓，灯一灭，一个翻身，喘着粗气还不知道叫苦叫累。总之，愁死了。

她现在一心要和潘沁媲美，把她低垂的头颅整起来，让她学自己，让对面"崖娃娃"回过来的笑声里有她的一股子。要征服，把散落出去那缕子头发扎进辫子里，那才叫胜利。要破天荒，只有她的方式盛行庄前屋后，那才叫胜利。

潘沁不傻，只是装傻，姜萍一波高过一波的气焰，她低垂着头也能感觉出来。她只是不愿在小天地里逐名，她要走出去，要嫁好人家，要锣鼓喧天地再回来。"山中无老虎，猴子称霸王。"你爱较真就较真吧！不要争，胜负不就在那里嘛！

满庄人都折服在你脚下能咋样，你是龙？是凤？难道你会飞出去？你还不是会窝在这个小山村里，和硷畔上的多数婆姨一样，日渐衰老，口无遮拦地去评判比你更年轻的少妇少女们。潘沁瞧不上的，她心思稠着呢。她知道对于一个没成亲的男人来说，什么样的女人才能成为赢家。她有自己想要嫁的人，之所以低垂头颅，她早已把心扔给了意中人。

他是乡政府干部，骑着幸福牌摩托，雪白的衬衣在灰色西装的大领口里晃人眼。比起领子摞领子的农村人，干部高树国干净利落，面皮白，衣着得体，在她所认识的异性里独树一帜，一等一的。潘沁自从接过他递过来的第一封信，就感觉他们已经私定了终身，她就是他的人了，生是，死也是，铁了心了。当鼓鼓囊囊的信封在她早已迷离的眼眸出现时，拐山沟都敞亮了，云卷云舒，山河大好。她低垂着头准确无误地接过信，把信捂在胸口，红着脸转身就跑。表现不够矜持，甚至有些狼狈，是那种被突然到来的幸福敲晕后的狼狈，没有预兆，不容你镇定。她知道递信的人在看她，更知道递信的人已然从她的狼狈相里看出来她同意了。没有更好的选择了，能嫁个公家人，出门能骑在幸福摩托的屁股上，这本来就赢人了。在没有接信前她就知道自己不属于这里，哪怕出去讨吃她也不愿待在这拐沟。所以赛貂蝉放过来的所有大的招、小的招，她都软绵绵地打回去了，四两拨千斤，不屑一顾。

信很厚，里面有张照片，高树国很上相，立在桥头，头顶是巍峨的宝塔山，脚下是滚滚的延河水。是一年前他在市里上高中专拍的。潘沁知道标志性这么强的相片高树国一定只有一张，现在给了她，她还知道她只是暂时保管，将来嫁过去这张相片还得一并带过去，再还给他。信更不知道怎么研究了一番，奇不奇怪，竟然不时想起语文老师来，甚至觉得自己就是知识渊博的语文老师了，她想在每一句话下面画横线，又舍不得涂改清爽干净的页面。像老师剖析课文一样，她发现信里的每一段话每一个字都有了主要内容，都有中心思想，通篇理解完还意犹未尽，再重头来过。不知道看了多少遍，完全吃透，她才准备回信。一个高中都没念满的人，学得也不行，犯难了。她翻出遗弃了很久的文具盒来，给钢笔灌满水，在有些泛黄的多年前装订的粉连纸草稿本上划拉开了。她苦思冥想，一定得让递出去的信和接过来的信一样有看头，时不时就要有一句让人澎湃、心跳加速的短句。"你在榆树下角落里，低着头，我准能一眼就发现你。""这是块有灵性的土地，有你嘹亮的信天游和在塘土路上留下的脚印。"很多很多，总不能原封不动给人家抄回去吧。她用心了，瞅了一眼手上的照片，笔尖浓浓的墨水就流淌开来了，秀气的黑字密密麻麻出现在白色的粉连纸上："是你给平平常常涂上了色彩，我才知道自己也可以斑斓，是你把感动递在我手上的，我却头也没回地跑开了。我没跑远，在榆树下的角落里等你一眼就发现……"潘沁得意了，觉得自己文采斐然，超越了来信，唯美的像一首诗。

　　他们你一封我一封地不停写，隔几天在四下无人的地方匆匆见一面，往往是一只手递出去一只手收回来，双手都是信。

　　赛貂蝉发现了，她的注意力已经在潘沁身上很久了，怪不得潘沁对什么都不屑一顾，原来她攀上了高枝，母鸡飞上梧桐树了，要变凤凰。看看自己的男人，平头老百姓，她觉得自己俊俏的脸苍白了。小贱人出人头地呀，嫁了公家人，嫁了个骑着幸福牌摩托的干部。本来就不平衡，这么一来更不可能革命成功。干部就是干部，清爽干净，哪怕摩托轮子卷起塘土路上的黄尘，弄得灰头土脸，也清爽干净。他的手里一定没有老茧，他的头皮一定不会被烈日晒成焦红，他衣袖里的胳膊一定白皙，他裤管里的双腿一定白得像皎洁的月光一样……她既然是赛貂蝉，某种意义她的丰韵都在小贱人之上，某种意义她又都在小贱人之下，稀里糊涂就被吹手引进了拐沟村，稀里糊涂就在石板炕上把自己变成个拐沟妇女，不甘心了。伤害是比对出来的，没有清爽的下队干部出现，她不觉得命运悲催，出现了，命运急转而下。她感觉输得一丝不挂了。尽管潘沁会嫁到乡上去，远离拐沟，从此再无什么较量的人存在，心里却愤愤不平了。拼着拼着连赛貂蝉自己也没意识到自己接下来的一举一动都变成了撩拨。

把辫子扎起来，系一根红头绳，赛貂蝉游荡在进村的塘土路上，感觉还是个大女子，一样有追求心仪对象的权利。她怀里没有信，全身却写满字，一横一竖，一撇一捺，左右扭动，有足够的信心让经过她的摩托刹住，停驻在她侧畔。

终于，她坐上了回乡路过的幸福牌摩托，革命成功的曙光一直顺着塘土路射来，照得她满面红光。川面嫁来的新娘子，把黄土高坡女人特有的气魄演绎偏差了，红坨坨夕阳沉下去了一半，摩托倒在了塘土路上，引擎"嗡嗡"地响，搅得沟道怎么都沉寂不下去,散落在玉米林里的那封信却无比安详。

潘沁再没接到递在她胸前的信件。一切在一个悄没声的,不,在一个嗡嗡作响的午后,戛然停止了。一年后,一摞摞写满字的粉连纸在灶火燃尽,连同那张标志性很强的有宝塔山有延河水的照片。沟道响起唢呐声,红盖头底下尽是熟悉的路道,她终究没能远走高飞出去。

洗　　澡

"不敢想象老一辈子人是咋个过来的。我小的时候在沟河湾找个有平整石板底子的河段挡个小坝，中午一过水温也起来了，小坝水也聚多了，就能美美地耍了。那会儿好像也不是为了讲卫生，不是为把自己洗得怎么干净，其实就是一种耍头，大人哄娃娃，或者自我找乐趣。那时候农村基本见不到有多少大人洗澡，干不干净在那个时期好像不那么重要。现在人真是最会享福的，变着法让自己舒坦，洗了泡，泡了搓，搓了蒸，浑身上下都有专用的起泡沫的洗液，头是头的，脸是脸的，身上是身上的。过去呢，就一疙瘩香皂洗到底了……哦，唐朝知道吧？有多聚劲知道吧？用现代话说叫真前卫！鸳鸯浴知道吧？唐玄宗和杨贵妃就这么泡澡，还邀请大臣泡，好像安禄山和杨贵妃就泡了，还是李隆基赏赐的。盛在华清池，不上朝，不理政，享受盛世。现在社会咱们普通人也跟皇帝似的，不仅能池子里泡一泡，还能在这里面蒸一蒸，钱就是爷爷，大哥！"

一个皮肤黝黑的瘦高个儿，手里端着一瓢水，立在桑拿房角落堆积着石块的电炉旁，炉上的石块发出的"滋滋"声仿佛是在讥讽瘦子口中那个所谓的盛世——居然没有桑拿，它愈加奋力地把浇在自己身上的清水变成白气，送上矮矮的屋顶，然后任凭它们四下流淌。

"钱好还是我好?知道杨贵妃?还知道唐玄宗?去过华清池?"

一个同样皮肤黝黑的大胖子坐在桑拿房台阶上的木条长椅上向站在地上的瘦子连续发问,似有几分讪笑浅浅地浮在眉宇间。

"我都是在电视里看的。就去过一次西安,还是和大哥你去买铲车那回……"瘦高个儿将一瓢水倒在石块上,然后扔掉手中的瓢,双手尴尬地抓向后脑勺。他的这一举动和话语统统淹没在了石块与水产生的白气和滋滋声里了。

滋滋声小了一点,他望向雾蒙蒙的长椅方向:"哥,你去过很多大地方了吧?"

胖子在雾气里寻找着那双此刻正膜拜自己的眼睛,雾却久久不散,他只能提高他那有些沙哑的嗓音:"唐玄宗和杨贵妃泡过的那些个汤池,十回八回不敢说,三回五回肯定泡了。那年去时,和咱们县上几个大老板,你知道的,就和我关系好的那几个。我看……对,对,待了三天,就是三天,光温泉就泡了三天才泡了个遍。各种颜色,各种功效,壮阳的、补气的、延缓衰老的……想到的,想不到的,简直!眼睛一睁就洗,从早洗到晚。"

"从早能洗到晚?还洗了三天?"瘦高个儿在此时雾气几近消散后才将疑惑的眼神递给了正在眉飞色舞海谝的胖子。

"没出过门的样子!成百个池子,你自己动脑子想。那可是地下水,那可是温泉,不是咱们这里电烧开的好几天不换的水。那澡泡完人绵的啊!……"胖子满头淋漓的大汗也顾不得揩一把，只是个滔滔不绝地说，"就像……我看……对，对！黄土面面那么绵。呀！比女人绵。晚上洗罢一人咥上半斤来的飞天茅台，一夜别想安稳……"说到此，胖子露出诡异的笑来。

瘦子帮胖子在桶里的凉水里浸了浸毛巾，又回到胖子的身边坐了下来，"哥，今晚给弟弟也喝上半斤嘛！"

"我大也喝不上，半斤一千大几了，把你能的，我也是偶尔，偶尔。我看……对，对。明天你快把山上那点活干完。"

"活简单，平整个地，我三两天的事。酒咋个嘛？"

"好，好。我看……对，对！一阵给你上茅台。"

"真的?"瘦子激动地站了起来。

"真的！小王子，茅台小王子也是茅台。我看……对，对！"胖子瞥了一眼瘦子，把冰凉的毛巾盖在一张硕大泛红的头颅上。

瘦子不再说话，他走下台阶往石头块上又浇了两瓢水，热浪瞬间袭来，他感觉浑身发麻，有种灼伤感，便趁着有人进来随即钻了出去。

"噗噗……我看……对，对了！你个愣怂！往熟蒸呀！"毛巾从胖子的头颅掉在了肚子上，他恶狠狠地望着雾气腾腾里的人影子，"拿老子炼丹呀！"

不对，此时他才在业已消散的雾气里尴尬地发觉到，他那一双怒不可遏的眼睛竟怼在了一副陌生的面孔上。短暂地观察后，胖子初步判定这个站在脚地上的留着小平头一脸懵圈的男子非等闲之辈。

多年的察言观色，多年的涉猎江湖，多年的社会经验……

洗澡

— 293 —

都在这一刻促使他，当然这些都在他的举止言谈中显得娴熟而又自然："哟！认错人了，大哥见谅。"胖子明显要比平头男大得多得多，正是这个来自此刻已经根深蒂固的待人接物习惯，在初步判定对方身份后就屈尊为弟了，"来，来，我看……对，对！大哥你坐这。在桶里浸浸毛巾。这个店老，没有自动喷水的，用瓢浇水，浇得越多温度就升得越高。"

平头哥揩了揩白皙皮肤上附着的汗珠，笑着迎过去，坐在胖子斜身指引的位置上说："好，好。没事，没事。"一口普通话让胖子忐忑的内心稍感平复了，然后继续用那条雪白的毛巾遮住那颗硕大的头颅。

瘦子泡在锅炉烧开的池子里想象着胖子说的地下温泉——各种汤池、各种功效……再看眼前小池子水面上漂浮的污渍，竟对经常光顾的地方有种莫名的膈应感，于是起身往桑拿房走去……

瘦子又拿起瓢往石块上浇了一瓢水，像是往即将熄灭的火焰里掊了一把壮柴，温度又一次来到了令人窒息的闷热。

滋滋声过后，胖子在雾气里问道："啥时候上山？赶紧把工程给咱们干完。"

"明天上，那么点活，我刚都给你表态了，三两天一定。"

"抓紧，还有几处到时候都你一个给咱们干。其他机械最近都有活。"胖子把毛巾递给瘦子，神情得意。

瘦子把在凉水里浸完后的毛巾递回胖子手里时说："那两个铲车不用干了？明天不和我一块干了？"

胖子有些气愤，他用毛巾重新遮住硕大的头颅，心里暗想：下苦人就是下苦人，什么时候都是！为什么就要实话实说

"两个",为什么不会用"其他""那些"来代替,本来还能当着外人面炫耀炫耀,这一嗓子把气放得啥也没了,别人一听就这么大一点工程量。

门开了,又走进来两个赤裸着身体的顾客,也是一胖一瘦,比已经蒸得红扑扑的胖子和瘦子略小一码。稳坐条椅上的大胖在朦胧中从进门的先后顺序得知——刚刚相反,二瘦是二胖的老板。二瘦走上台阶的长条椅落座,二胖端起一瓢水等待屋里的雾气消散后才准备再浇。

雾散了,二瘦迅速打量了一番,在同样赤裸的几人里认出了平头男。"贾经理!亲自洗澡?"

只一句问话,大胖就觉得二瘦有眼力会说话。这一声"亲自"问得好,幽默还又免得忽略他人,或者说免得忽略了更厉害的角儿。当然他知道二瘦会失望,平头男不仅是一个人,更没什么厉害的角儿伴随。

"洗澡还能让人替?工地条件差,跑出来洗洗。"平头男稳稳地坐着,只是伸出手与侧着身的二瘦握了一下。

二瘦给准备浇水的二胖使了个眼色,二胖便放下手里的瓢径直出了桑拿房。

"工程接近尾声了,经理快能荣归故里了。前前后后来咱们这个小县城两三年了吧?"

"三年整了,暂时回不去,后期收尾的事还挺多。"平头男依然一口标准的普通话。

"三年了,三年了。哦,工期够长。"

大胖拧着手里的毛巾猜测着这个贾经理:"外地,三年,工期……这些个字眼,高速或者风电?肯定是大项目上的经理……"

门开了，二胖端着五桶红牛饮料来到平头男面前，二瘦伸直了胳膊接过一桶，迅速打开后递给了平头男……大胖和大瘦推让了一番无奈也接过了饮料。

推让的过程中大瘦高个儿不偏不倚地注意到了二胖的身上，同样是伙计，处处体现着差距，本想和身边的二胖寒暄几句，此刻却变得嗫嚅难言了。

"后期事情还多？"二瘦用毛巾揩着汗问道。

"腾退一些场地，先前破坏和占用的道路还要恢复，量大着哩。不过用到挖掘机和吊车的地方不多了。"平头男说完后两个人会意地笑了起来。

"三年了，时间确实快。"

二瘦又提起了三年的话题，大胖知道他话里有话，更加佩服这个点到而不说透的同样是搞机械的老板的要账方式，当然他知道自己的几台铲车和人家一辆就上百万的机械无法比。

"大哥也是搞机械的？"大胖绕到平头男身后问二瘦。

"下苦人！养几台挖沟机和吊车糊口而已。"卑微谦逊的介绍与面露出的悦色很不般配。

"老板这么大的买卖，我们才是下苦人。我看……对，对。你哪一台机械提溜出来也换我三四个。"

平头男出于好奇问大胖："老板是从事哪行的？"

"兄弟是养铲车的。小生意，我们这才是糊口。领导多关照。"

……

小小的桑拿房里三个"同行"谝得热火朝天。

临近下午饭点，大胖伏在大瘦高个儿的耳边说："你先去开车。我看……对，对。回家里找上四瓶茅台!"

"小王子?"

"飞天！我看……对，对。飞天。"

瘦高个儿撤下雪白的毛巾出去了，小声嘀咕着："五个人四瓶……五六三十，五七三十五，五八四十，到我肚子里至少还不落个半斤……"

墙洼洼上的相框框

相框框里塞满了波浪边的黑白照片，中年的自己望着相框里少年的自己，他笑他颧骨太高尖嘴猴腮，他笑他一脸横肉面如满月。

少年的自己伸出手掌心被推刨磨出老茧的双手，粲然一笑。

"你笑什么？"他问尘封在玻璃里的自己。耳边回响着锯齿向木椽叫嚣的铮铮声，满地的木屑拥在脚下。一条条木板凝视着黑魆魆的墨斗，为即将成为家具某个部位的素材而惴惴不安，同时凝视着攥着自己命运的高颧骨木匠——如果成为大立柜或写字桌的背面，那就只能在与墙面的狭窄空间里同蜘蛛网相依为伴了。他能不笑吗，在这一方天地里，他就是主宰者，可以摆布每一根木椽，可以提携每一块料子。这令照片里的年轻人无比欢喜。

小木匠四天就可以独自做成一个大立柜，一天十块工钱，四天四十块，高高颧骨下的嘴角能不扬起来吗？主家在他的瓷缸子里加上糖，添上水，他用那扬起的嘴角以表谢意。接过一海碗饭菜，他同样用那扬起的嘴角以表谢意。

一排又一排的敞口子石窑代替了土窑洞，靠在山腰间的阳崖洼洼上，泛白的青石头窑面子映照在跨过世纪的老农脸上，也映照在小木匠高高的颧骨上。

"杨木门窗怕变形呀！碎木匠娃娃，怕变呀，怕变呀……"

头上裹着白手巾的老农背靠在窑口敞着的、大渣泥抹过的窑面上向里探询，一只手握着烟锅子使劲地尽可能多地往出掏烟丝。

"那咱用樟子松做，我敢保证不变形，一分钱一分货。"

小木匠耳朵上别着铅笔，嬉逗老汉的言语从一张一翕的嘴里传向窑口，引得高颧骨也在脸上张弛，铅笔掉在了地上。

"碎娃娃。唉！变就变吧。换樟子松门窗那是儿孙手上的事哟，我老汉瞎（ha）瞎（ha）好好还箍下了这么一排石窑了，满行了！搬出祖祖辈辈住过的土窑洞，满行了，满行了。感谢社会好哩。"

一股浓烈刺鼻的旱烟味逼近后窑掌，老汉弯下腰拾起那支掉在地上的铅笔，款款地架在小木匠的耳朵上。

"我走哟，娃娃。"

他看着老农蹒跚着出了窑洞，消失在敞口外空荡荡的光明里。心想："儿孙都搬进县城了，你老汉还指望他们回来给你换樟子松……"而老汉的从容和沉静又似乎预示着什么。

"小"木匠从后备厢取出电推刨，跟着帮忙提工具的中年人进了院子。看着自己亲手做成的门窗横七竖八地躺在院子中央，混着漆皮的裂口仿佛在嘲笑他多年前的判定……它们已然完成了使命，而他却正要完成老汉的遗愿。

坚硬的樟子松木椽在他的手中缓缓前行，电锯扬起木头缝里的木屑，落在当年老汉蹲着的地方，堆成了坟茔状，他那高高的颧骨撑起的肉脸在晃荡，耳朵别着的铅笔纹丝不动。

"椿木大门怕是要变形呢，主家大哥。"

这次木匠反倒为主家发愁了，像多年前主家的父亲一样。他接过主家大哥递过来的纸烟，摆手示意——暂不点燃，然后别在另一只耳朵上。

"没事，变了再换。"

主家大哥站在当年木匠推推刨的后窑掌，倒像是来揽工的，一脸轻松。打火机的光亮照在那张似曾相识的脸上，他没有再寄托希望于后人，当然，他的父亲当年也算力尽汗干了。

"椿木花纹好，清漆一刷，那叫一个攒劲，像画了妆的大姑娘。这趟活完了我也回去换个上了妆的'大姑娘'。"

嬉逗的言语随着木匠的大嘴一张一翕传向后窑掌，已不再见他那高高的颧骨在脸上张弛，两耳别着的东西牢牢地夹在耳缝间。

"你也收拾了老家的地方？"

"嗯。搬回去了，孩子都已经去省城上大学了，我回去搞搞产业，弄了个网箱养鱼。县上的补助政策力度也大，扶持着咱搞产业哩。你回来准备搞个什么产业？"

主家大哥掐灭了指尖的香烟，一口气吹散了罩在眼前的烟雾，"养羊呀！"

……

刚刚漆好的椿木大门此时正散发着树脂香，飘进泥皮已经脱落的土窑洞。站在脚地的男人取下相框，把一张近照夹了进去，端详着……他顿时明白了相框里两个不同时期的自己乐的是什么——是他们用双手奋斗出来的幸福生活啊！

窄窄的相框顿时显得局促。

老支书：向我开炮

崖窑沟村口的老榆树下蹴着一群把蓝色口罩绷在下巴的村民，老榆树葳蕤的枝叶阻隔住了白坨坨太阳毒辣的投射，很久没有跨出过家门的村民显得很兴奋，谝一趟闲传似乎已然慰藉了封控所带来的不安和焦灼。

"诸葛，你终于快由孙子熬成爷了。"一个妇女使劲扇着破报纸，一股股凉风灌进她的胸脯，她悠然地说着并望向靠在老榆树干上的男人。

扇报纸的女人说罢后人们齐齐望向在老榆树干上靠着的男人。男人"噗嗤"一笑，故意吹起耷拉在嘴角的八字胡："要不是疫情影响倒是快了，上次刚请罢人，乡政府就通知不让办事情了。八字没一撇呢，疫情刚稳定，我正愁这事情放在啥时间过。大喇叭，你不也媳妇快熬成婆了嘛，你啥时候过？"

扇报纸的妇女接过话："早办早了结，趁着疫情空空赶紧过事情。"

几个人七嘴八舌。"咦！咱村过事情的不少啊！""是呢，是呢，老支书也快娶儿媳妇了。""对，对，还有老支书呢。"

扇破报纸的妇女说："诸葛，你在咱村那可是，坐在窑掌吹喇叭——名声在外，神算算哩么，天上飞个鸟你都能知道公母哩么。你分析分析，老支书的事情咋个过也？"

众人骚动，七嘴八舌，但几乎都表明了一个意思——大操大办。

诸葛不再靠着树干，他双手倚地站了起来，用拇指和食指捋捋八字胡，略带思索地说："哪来的神算，都是一点点揣摩来的。你看，老支书就这么一个儿子，还是子女里最小的，垫窝窝。你再看，老支书一辈子说大了小，在十里八村算得上是能行人、有威望人吧！你们看着，他不会差于别人，羊肉饸饹得有吧？烟最低该是'华子'吧？酒……额……以老支书的财力，咋个都得在三百以上。看着吧！"

众人不以为然，有人说："这个还需要你诸葛算哩，愣李逵怕都心知肚明的些事情。"

有人察觉到朝代不对，反驳道："李逵怕和诸葛亮不是一伙的吧，愣张飞叫有着。"

"都黑天暗地，毛碴碴的，差不多，差不多。"

众人哄笑。

扇报纸的外号"大喇叭"的妇女说："这二年谁不是羊肉饸饹到底，谁不上'华子'，席水档次谁家低了。你说老支书过事的酒要涌上三百多，有点……有点……不管了，我先过呀。诸葛，你也最好过到老支书前头去，不然比的咱寒酸的。"

诸葛说："没办法，过完事情的儿子和老子，你没听人说过吗？'窑里睡个有钱的，地里跑个还账的'。"

大喇叭说到做到，不久后就在崖窑沟山半腰她的院子里支起了大帐篷。喜庆的唢呐声在崖窑沟的七沟八岔中游荡，把七沟八岔居住在山半腰的人们往大喇叭的窑院赶。

一盆盆香味四溢的羊肉上桌了，饸饹锅率先开了，各种各样的小菜琳琅满目，细长劲道的荞面饸饹被高高捞起，继而又投进盛满羊腥汤的瓷碗中，吸溜声在乡亲们中此起彼伏。

刚撤下饸饹席，一碟碟大鱼大肉、美味佳肴又朝席上端，碟子摞碟子，酒杯碰酒杯，划拳、摇骰子好不热闹。酒足饭饱，"十三花"又朝还有大量剩菜刚刚被撤下的桌子上摆。摆得规规矩矩，很有讲究，赶事的乡亲们却心有余而力不足，实在吃不动了。先前声震如雷的猜拳者，此刻也随着酒足饭饱的人群退出了帐篷。

大喇叭留够未来几天后席的菜、馍，把其余的打包起来让酒足饭饱的亲戚朋友、父老乡亲带走，他一袋、你一袋，仍有大量剩余堆积在杯盘狼藉的桌子上。天热得塘土路都烫脚，余下的东西怎么能放得住，第二天不到就会变酸，大喇叭在几个亲戚的帮助下把大量剩余饭菜倒进了狗食桶，一桶、两桶、三桶……终于盛下了。黑土狗卧在石板狗窝里伸着垂涎三尺的舌头，圆鼓鼓的肚子一闪一闪，忽有响动才抬起的眼皮安然地耷拉着。

老支书靠在村口的老榆树下，不时欠欠身向路过朝他打招呼的乡亲们以示回应。在他身边放着的，大喇叭递在他手里的一袋白面馍一袋炖羊肉，散发着浓郁的香味。他抬起头，看着有阳光随风闪烁散落的榆树枝叶……

五十多年前，这棵榆树曾救过他的命。那时，老支书还是个半大小子，崖窑沟遭遇了年馑，他饿得前胸贴后背，骨瘦嶙峋，一根根肋骨像山水冲刷过的坡洼，一道比一道鲜明。春天吃"榆钱"，夏秋吃树叶，冬天吃树皮磨下又煮熟的糊糊饭……每次坐在树下他就会想起那些个艰苦的岁月，想起吃罢糊糊饭后那难以启齿的尴尬排泄经历。

造孽啊！大鱼大肉、白面馍馍人不吃，喂了狗，狗不吃再丢掉。光景好了也不敢这么糟践。他犯愁了，不久后就要为自己唯一的、最小的儿子办婚礼了，是大事，是他老汉剩下的最后一件大事了，事情过得红红火火哪怕第二天就埋上山心中也安然了。揪心呀！如此触目惊心的浪费令一个过过苦日子的老一辈为难了。老天爷看着哩，老天爷看不看，他都看不下去了。

老支书扶了一把树干，猛地立了起来，目光坚定地朝家的方向踱步。

喜庆的唢呐又将七沟八岔居住在半山腰的人们召集到了老支书的窑院，一张张惊诧的面孔映在了盛有饸饹的臊子蛋蛋汤面里。

老支书没有上羊肉饸饹，也没有上碟子摞碟子的酒席，他的事情过得简单，过得节约，没有"华子"，没有超过二百的白酒，没有一袋袋的剩馍剩菜。

老支书说他的事情过好了。

难啊！怎么能不难呢，他下定的决心几次都被臆想中众人的口舌征讨得不得不改旗易帜。人富裕了，即便小部分还谈不上富裕，红白事情都会不自觉地向别人看齐，大操大办。他是受过苦的，受苦人最难忘记的就是苦难岁月留下的永远抹不去的危机感，尽管人人都已经过上了小康生活。大喇叭事情上的一幕幕常常浮现，甚至会把他从睡梦中惊醒，辗转在炕板石上彻夜难眠。要改变，必须要改变，作为干了多年支部书记的老党员，他不带头谁带头。

　　他的想法和新任的村支部书记不谋而合，新支书很振奋，他正在想"一约四会"如何在全县创全国文明城市之际发挥作用，老支书就站了出来，并且大义凛然地说：向我开崖窑沟的第一炮吧！

　　捋着八字胡的诸葛，没算准他的事情会和老支书的一样简单，更没有算出崖窑沟后来的所有事情都是这样的过法。

一碗水端平

崖窑沟村口的老榆树下蹴着一群人，同阵雨刚刚过去后蓊郁的树叶一样精神抖擞，激烈的争论声中，一个字格外掷地有声——吃。他们所说的"吃"并不是指吃什么美味佳肴，而是低保。

包村干部小韩不止一次参与指导过村上评定低保的会议，但是崖窑沟村的情景着实令他诧异——拄拐杖的、坐轮椅的、手里提着 X 光和 CT 片子的站满了村部小院，甚至村口的老榆树下还蹴着等待结果的村民。看来之前的政策宣传和低保预备会开得有些过早了。他的初衷是早早把政策宣传下去，让大家伙吃透弄清，然后根据各队的实际情况把真正遇到急事、难事、重大事的人员报上来，他想让各队长把好第一关的。现在看来，各个队长谁也不愿意惹人，队里的宣传会无疑开成了动员会，但凡有一点困难的，只要你报给我，我就报给评议会，谁要是不信，那你自己到村部院子一探虚实，看我报了没，看是谁把你划掉的。这阵仗始料未及。

村支书和八个队长（村民小组长，农村习惯叫法一直称其为队长）已然落座就位。还未开会，会议室里已经争得面红耳赤了，格外掷地有声的还是那个"吃"字。

小韩立在会议室门口美美吸了一支烟，一点也不着急，他心里清楚这注定将是一个漫长的低保评议会。

果不然，会开了一个多小时，七个队长一共报上来了五十多人，还有一个尚未开口就被村支书叫停了的队长，好像这个队长也并不急于发言。支书的手指在一头密发中穿梭，指甲与头皮不时发出"噌噌"声，明显有一种犯难的意思。就连"家有千口，主事一人"的村支书都挠开头了，作为本次会议的指导者小韩更是阵阵犯怵。

小韩说："各位队长，咱们村各方面条件都好，目前低保人数全镇乃至全县都是最低的，只有四户。我相信你们新报上来的每一个人都是近期遇到了具体困难的人，但是我们有政策规定，这里面据我掌握就有好多不符合要求的人。不符合低保的我们可以按照要求给予一定的临时救助帮扶……干工作怕惹人就一定做不到公正。你们报上来的村上将来还要进一步调查研判的，你们再过一遍筛子把真正符合的人员捋出来，十分钟后咱们再研究。"

十分钟后，村支书说："你们都怕惹人，统统报在会议上，将来划掉了，你们回去也好解释，说支书划掉的，你们仁至义尽，都提在了会议上，最后让人家骂我不是人。事情不是这么个弄法，各位，咱们早就开了预备会，啥事都在之前叫得明堂堂的，不该上报上来的你们大家就没有把关么……"

一个身材魁梧的队长打断了村支书，"都该吃！我看崖窑沟一村的村民全给吃上都好着呢。我报的害病的几个哪一个花费约摸都在万元以上哩，哪个有问题？咋个我们不把关？我报的人吃不上别的休想吃！"

他的四个"吃"字分别喊得底气十足，喊得理直气壮，喊得志在必得，喊得惊天动地。

"约摸是啥意思？是估计！是觉得！是认为！是猜测！没有研判，没有分析，有失公道！约摸是什么？在这里就是对工作的草草了事，对百姓的轻蔑视之，对会议的严重不尊！"

小韩抓住壮实队长的"约摸"二字，说出了四个"是"字，而且是有针对性的，分别喊得凝练有力，喊得言之凿凿，喊得千真万确。

壮实队长没想到自己说出的"约摸"二字，被这么解析起来居然如此叫人醍醐灌顶，一时间默不作声。

小韩继续道："把你报来几个人的病历、医药花费条据拿来我看。"

壮实队长从桌下提出一个大塑料袋子，里面装着一小袋一小袋的个人病例和花费条据。小韩默默读着记着。"张……冠心病，三十加八十加九十……李……高血压，一百九加三百加八十……"加完后小韩与支书合计了下，有大病，且得了癌症的有一个，近两年花费也比较大。支书在本子上记下了名字，名字旁边标注了个"1"。

他们用同样的法子筛了后面的几个队，只见支书写在名字旁的标注已经到了"20"。只有那个起初被叫停的队长一直一言不发。

正当大家议论这二十个人是否满足条件的时候，一个汉子摇摇晃晃地走了进来，一股酒气也随之飘了进来。他环顾四周一圈，露出很不自在的窘迫感——像是开会的大家都在等他似的："我是吴起丰庆农业机械服务有限责任公司的总经理！当然，额，当然也是崖窑沟村民。"会议室里酒气更大了。他双手倚在桌上，面向小韩和支书说："我有权利参会不？我是村民代表的同时也是吴起丰庆农业机械服务有限责任公司的总经理。"大家此时更佩服的是他酒醉成这样反而两遍都很一致地说出了那个叫作什么机械服务公司的名称。他又说："一定给咱们弄公平啊，那二十个人里面还有子女当官有工作的。到时候弄不好，别怪我吴起丰庆农业机械服务有限责任公司的总理不受这号事情着。好了，你们继续，我下午还有个会。"说罢后那个什么公司的总经理跌跌撞撞出了院门，人们还在笑他最后错把总经理说成总理的笑话。

笑归笑，正好缓解了下接近三个小时会议的沉闷，只有支书表情凝重，他很快就觉得事情愈发复杂了。显然有人故意透露了会议内容，才有了这个原本在村口老榆树下掀花花喝酒的"总理"的突然造访，抑或叫突然杀出吧。小韩心里也跟明镜似的。

接下来大家争论的焦点就是那几个子女有工作的，还有几个类似户的（相同条件没有被报到会议上的）。这几个人的子女均有赡养能力理应剔除，可是有人别有用心，或者说为了平衡利弊，毅然坚持己见，会议一时又陷入僵局。"别有用心"和"平衡利弊"，这里面就复杂了——有人想让家里党员多的户户吃上低保，以便日后换届时候好让其还情，有人为了陈年旧账，种种。看来今天这个会是吵不出结果的。

他一言你一语，会议室乱作一团。那个沉默不语的队长反而更加引人注意了，大家这才想起他家里还有个每月花费一两千害肾炎的儿子，于是纷纷提出。

沉默的人往前欠了欠他那黑瘦黑瘦的身体。一粒红光闪闪的党徽在他的胸前放光,对于别人贸然提出让他吃低保后,那双忧郁的双眼反而并未因此放光:"我们队没有一户需要被纳入低保的,正因为我自己都没有提出自己来,我们队就没人埋怨,一碗水就端平了。况且我收入还凑合,孩子有病国家报销得已经很多了,不必再给谁添麻烦,已经很好了,真的。"

小韩问支书关于这个队长的情况,支书说:"他是个原则性强,遵党纪、守国法的模范党员,他的父亲还领过国家颁发的'光荣在党五十年勋章'……同志们,咱们的党纪规定:严禁个人专权擅断。所以我们坐在一起集思广益,本着公平、公正,研判低保问题。现在呢,我们真该向人家学习。人家儿子三十多岁还没结婚不说,一天还与病魔抗争,从不给党和政府添麻烦。而有的人呢,优亲厚友!对啦,优亲厚友也是党在群众纪律中所不允许的……"

壮实队长此后再未多言语,毕竟上升到党的纪律问题上谁也不会含糊。历经了五个小时的会议,最后进行得异常顺利。

村口老榆树下的人群散去了,蓊郁的树叶顺着七股八岔的枝干伸懒腰……

拐沟往事

俯瞰黄土高坡，满目沟壑林立，川有河流常伴，沟随山系环绕。大山之中几户人家组成的庄邻院舍成了多少出门人魂牵梦绕的故乡，黄土高坡的硷畔上只有那闲置的磨盘与孤独的老人在暖阳下相伴……

故事就从十年前这磨盘上靠着的祁隆说起。他一俯一仰有气无力地搓着那条受伤的小腿，一副拐立在磨道边上。那年他六十出头。

自从年初被坡洼底下高速行驶的油罐车撞伤后就再未下过地，农事重担自然就落在了他老婆一个人的肩上。在外务工的两个儿子、儿媳当然不会放弃优越的县城生活和丰厚的务工报酬，而返乡去帮助他在土地里刨挖。加之他们好不容易才走出那深山大沟。

老祁的窑洞倒是借着新农村建设的东风，整修得窗明几净，但囊中却如同窑面上挂着的那雪白的瓷砖相仿，一穷二白。

受伤前的老祁算得上一把庄稼好手，日出而作，日落而息，一条忠实的狗跟在他身侧。然而，天有不测风云，后来就连狗也在那次肇事中离开了，如今陪在他身侧的只有一副冰冷的铁拐。

地荒了，荒了地就意味着断了收入，好在这一年来一直有村上为他申请下来的临时救助维持度日。

日复一日，出山劳动的斗志同耕地里的荒草此消彼长。老人依旧坐在磨盘上寻思着"出路"："对呀！今年再借助身边的这副拐去乡政府闹一闹，要上它千儿八百！"

一次得逞，二次得逞……"等、靠、要"思想就如镶在他小腿里的钢针一般，已经融为了一体，彼此依赖。

春暖花开，草长莺飞，秋意盎然，冬风凛冽……四季悄没声地从他沉睡着的磨盘上又一次被忽视而过。

后来精准扶贫来了，他自然成了建档立卡户。然而令他意外的是悠闲日子居然过到了头。"等、靠、要"已经不复存在了。只要你愿意劳动，养殖有补助，杂粮、中药材种植有补助，经济林果栽植有补助……政策的诱惑使得他再也闲不住了。

与磨盘相守了几十年的自留地开始被重用。随着小腿钢针的取出，他下地了，春忙浇灌、修剪、防冻……夏忙除草、打药、浇水……秋忙施肥、翻地……冬忙涂白、清园……双拐早就被遗弃在了角落里，拐上缠绕的蜘蛛网随着三亩桃园的绿树成荫而渐渐布下了周密的网格，鸟语花香萦绕在这美丽的庄园上空。

近两年他营务的桃园有了成效。草帽下那个笑得皱纹都堆住了眼的老祁正提着一杆秤殷勤地为顾客服务着。路旁大伞下放置的盆、箱、桶都盛满了桃子，蜜蜂趴在上面为它免费代言。两个儿子、儿媳从城里购置了一批礼盒，此时他们正将品相好一点的桃子往磨盘上放置的礼盒里拾。一盒五十元，一斤五元。一家人忙得不亦乐乎，谁也不觉着累。

仅仅初挂果这两年，老两口就收入了八万元。

穷帽子摘了，钢针去除了，如今他可是这川道上下的"桃专家"，不少人慕名而来向他请教管护知识，他常常说："人欠下地的，地会还你以苦焦；人厚待地的，地会赏你以福报。没有什么窍门！"

当下路也油了，他的儿子、儿媳们便常常待在农村家中。作为党员的儿子、儿媳每年年初都会在党员承诺一栏里写下满满的初心，然后去一一实践。路好了，有车了，他们开始积极投身于农村事业当中。尤其是老祁的大儿媳，她是一个出类拔萃的小个子外地女人，这几年来她一直以党务工作者的角色忙碌在这个黄土高坡的庄邻院舍中。

2021年初她被选为了村支部书记。

夕阳将一天中最温情的一束光洒向了人间，老祁家背后的阳洼山被照得金灿灿。磨盘上围坐着他们一大家子人，千沟万壑里的农村硷畔又回到了阔别已久的红火场景。

在这里，就在这片黄土高原上，人们正在响应着乡村振兴的嘹亮号角，从四面八方聚拢回来！

桃花红杏花白

"荒芜",这两个字无需翻阅词典,在李台子村的大山上,在老李的瞳孔里。他的名字里有一个"树"字,像一根刺,时刻讥刺着老李。他闭着眼睛躺在躺椅上,磁带的齿轮不停工地转动,明快的三弦声合着陕北说书人特有的悠扬的唱腔,一首《刮大风》回荡在他的庄园中,本该感到恬静的老李,心却被这股子无形的风搅和上了凌霄殿。

穷苦人出身,这并不阻挡他对文化的渴求,赶上好时代好机遇了,他的光景已然过了人前,在他的庄园里最大的一间是书房。老李没有念过书,偌大的红木书柜中间摆放着一本红色的聘任书,他是政协委员。红色,别样的红色,也像一根刺,时刻讥刺着老李。

李台子村流传着一首民谣:"山是和尚头,沟里无水流,天上不飞鸟,地里不长草,春耕一面坡,秋收一瓢粮。"这首民谣也像一根刺,时刻讥刺着老李。

老李待不住了,来到李台子村的山峁盖上。他要在这片荒芜的土地上种树。多少个苦日子都熬过来了,更何况现在他有了一定的经济基础,只要能把这件事做成,在所不惜。他自己心里清楚,谈何容易啊,祖祖辈辈人都没能够改变,他凭什么就会改变。纠结来纠结去,那一声声《刮大风》,那别样的证件红,那形象的民谣……一时全都刺进了老李的心中,在他的瞳孔里闪过一抹绿。

老李是个地地道道的陕北汉子,血液里流淌的、骨子里渗透的,无处不在,执着起来九头牛也拉不回来,任凭谁也拗不过。老婆儿子都随老李背着一捆捆山桃、山杏苗木上山了。商界摸爬滚打了多年,老李冲劲十足,不干则罢,要干就扑下身子把事干成。他一口气流转了村上的"四荒地"、沟洼地上万亩。他要把心中的绿耕植在这片荒芜的土地上。村里人手不够,他就从外村雇,一时间李台子村的田间地头上都是植树人,忙得热火朝天,人们都说有当年大会战的感觉。

钱没少花,老李这不求回报的付出好多人不理解,他说的最多的一句话:"再造一个秀美山川!"这句话只有他自己知道有多么厚重。困难接踵而至,栽树是身累,苗木缺水成活率不高,心也跟着累。黄土高原流传着一句老话:"年年造林不见林。"一万四千亩的山桃、山杏要想在李台子村的山山峁峁上活下去,靠一扁担一扁担的人工挑水,显然是杯水车薪,得修蓄水池,得建地下灌溉系统。苗木费、平地费、劳务费已花了老李六百万了,为了心中的那片绿,老李不顾家人反对,毅然决然修起了蓄水池、建起了地下灌溉系统。

老李在书桌的白纸上弯弯曲曲赫然写下了四个大字:"人定胜天"。为了胜天半子,为了心中的那一片绿,朴实的老李不知道遭受了多少苦累,有人骂他"钱多烧手",有人说他"老汉憨了",不管别人怎么评价他,如今总算熬出了头,看见了希望。他是政协委员,他的提案都是关于植树造林的,他要用自身的经历和尝试推动这件事。他常得意地说:"植树造林靠委员，秀美山川看委员。"

老李躺在躺椅上，手摇一把扇子，嘴里哼唱着那首《刮大风》。《刮大风》业已不是多年前那首《刮大风》了，三十多座荒山早就换了新颜，绿意盎然的大环境哪还有说书词里描绘的那个样子。无数个老李胜了天，将一座小城彻底变了样子，如今，它有个响当当的称号："全国退耕还林第一县"。旅游打卡的人多了，他们来到小城，爬上山坡，满眼的桃花、杏花，"崖娃娃"上回荡着信天游——"桃花花你就红来，杏花花你就白。"